Otto Schöndube

AUF FALSCHEM KURS

OTTO SCHÖNDUBE

Auf falschem Kurs

Erzählt nach
einer wahren Begebenheit

VERLAG SCHULTE + GERTH ASSLAR

Best.Nr. 15 344
ISBN 3-87739-344-6
Umschlaggestaltung: Herybert Kassühlke
Umschlagfoto: Mauritius
Satz: Typostudio Rücker + Schmidt, Niederkleen
Druck: Druckhaus Benatzky, Hannover
Printed in Germany

1

Was es doch für Schiffsnamen gibt, dachte Roland Burger, seinen Seesack geschultert, die Pier von San Franzisco entlangschreitend und nach der Jacht suchend, auf der er eben vor dem französischen Konsulat als Matrose gemustert worden war. Da gab es den Frachter „Kamikaze", der unter dem Sonnenbanner Nippons fuhr, die „Antje" aus Amsterdam, „Peer Gynt", die aus Oslo kam, „Marco Polo", an deren Heck Italiens Flagge wehte, und dort ... Unwillkürlich setzte er seinen Seesack ab und starrte zu der Jacht hinüber, die vor Anker lag.

Schnittig und schneeweiß ihr Rumpf, hellbraun die drei Masten mit den Rahen und dem Klüver, weiß auch die Segel, die auf die Rahen gebunden waren, metallisch glänzend ihr Name an Bug und Heck: „Vicomtesse de Leblanc". Auf Anhieb verliebte er sich in sie.

Tief atmete er die frische Luft ein, die von der See herüberwehte. Auf solch einer Jacht zu fahren hatte er sich immer gewünscht. Sechsundzwanzig war er, 1,78 groß, blondes Haar, eine durchtrainierte, sportliche Figur. Die blaue Seemannstracht stand ihm großartig. Offensichtlich ein Typ, der sofort Vertrauen einflößte, der seine Kraft und Gewandtheit hinter einem zur Schau gestellten Phlegma verbarg und seine Vorliebe für Reisen und Abenteuer hinter dem Schleier seiner blauen Augen. „Vicomtesse de Leblanc!" rief er zur Jacht hinüber, die Hände zu einem Schalltrichter geformt. „Hallo – ‚Vicomtesse de Leblanc'!" Er mußte seinen Ruf noch oft wiederholen, bis er drüben auf der Jacht beachtet wurde.

Ein weißgekleideter Mann sprang in ein Beiboot, winkte und wriggte zur Pier hinüber. Hell und klar war der Tag, fast überhell. Roland konnte den Mann im Boot gut ausmachen. Ein alter, grauhaariger Seemann mit einem von Wind und Wetter gegerbten, kantigen Gesicht, um die sechzig Jahre alt. Er reihte ihn in jene Sorte alter Seeleute ein, die erst bei der zweiten Flasche Rum aus sich herausgingen, theoretisch die Seefahrt und was mit ihr zusammenhing kaum beschreiben konnten, aber in der Praxis manchem Kapitän auf großer Fahrt etwas vormachten.

„Pedro Gomez", stellte sich der Weißhaarige bei der Begrüßung auf englisch vor. Sein Händedruck zeugte von der großen Kraft, die in seinem mittelgroßen, sehnigen Körper steckte. „Ich komme aus Barcelona."

Roland nannte seinen Namen: „Roland Burger – Deutscher."

„Redselig bist du gerade nicht", reagierte der alte Seemann.

„Möglich", gab Roland zu. „Aber verlaß dich drauf, Augen und Ohren halte ich immer offen."

„Glaube ich dir direkt", knurrte Pedro. „Wirst es auch nötig haben auf der ‚Vicomtesse de Leblanc'."

Roland horchte auf. Das hatte so komisch geklungen. Um mehr zu erfahren, fragte er: „Sind Deutsche an Bord?"

Pedro räusperte sich, spuckte in hohem Bogen ins Wasser und antwortete: „Bei der Besatzung nicht. Alle möglichen Typen sind wir, stammen aus Ost und West und verständigen uns mit Englisch. Aber bei den Achtergästen ist wohl ein Deutscher dabei."

Auf der Jacht feierten die Achtergäste Abschied von San Franzisco. Unter dem Sonnensegel des Achterdecks saß eine feuchtfröhliche Gesellschaft. Musik, Lachen und Gläserklirren klangen herüber.

„Wo finde ich den Kapitän, Pedro?" fragte Roland, an Bord gekommen.

Der Spanier deutete nach Achtern: „Er feiert mit den anderen. Im Gegensatz zu ihnen trägt er Uniform."

Wie ein Bühnenrund lag das Achterdeck der Jacht vor Roland. Und er fühlte sich in diesem Augenblick auch wie ein Schauspieler, der Lampenfieber vor dem Auftritt hatte und weder die Bühne noch das Publikum kannte und eigentlich auch nicht wußte, was er spielen würde. Ein Stegreifspiel ...

Zehn verschiedenaltrige Menschen lagen in Liegestühlen, fünf Pärchen. Ein weißgekleideter Steward, dem man unschwer seine malayische Herkunft ansah, bediente sie. Hatten sie bisher getrunken, gesprochen und gelacht, so verstummten sie jetzt schlagartig und starrten neugierig dem Ankömmling entgegen.

Etwas befangen grüßte dieser und reichte dem Mann in der Kapitänsuniform seine Seefahrtspapiere: „Roland Burger ist mein Name. Ich bin Deutscher und wurde auf dem französischen Konsulat für Ihre Jacht als Matrose gemustert."

Der kritisch prüfende Blick des Kapitäns traf ihn: „Ich lege Wert auf einen segelkundigen Matrosen!"

„Ich bin zuletzt ein Jahr lang, als Steuermann ohne Patent, auf einem Dreimast-Rahenschoner gefahren, wie Sie aus meinen Papieren ersehen können."

Fast wie eine körperliche Berührung spürte er die Blikke aller Anwesenden auf sich ruhen, während der Kapitän seine Papiere durchsah. Ein scheinbar einnehmender, sieggewohnter Typ war dieser Kapitän, mit welligem, schwarzem Haar und einem flotten Menjoubärtchen im weiblich-weichen Gesicht. Er wirkte eher wie ein Schauspieler als ein Seemann.

„Sind Sie Sektierer, Seemann?" hörte er sich angesprochen.

Roland blickte den Fragenden, einen schlanken, älteren Herrn mit einem verlebten Gesicht, der mit weißer Hose und blauem Sporthemd bekleidet war, erstaunt an.

„Wie kommen Sie auf diese Frage, Professor?" kam eine junge Dame Rolands Antwort zuvor, eine Schönheit mit grünlich schimmernden Augen und langen, rotbraunen Locken.

„Ganz einfach, Mademoiselle Delon", erklärte der

Professor. „Wegen des Kreuzes, das er als Halsschmuck trägt."

Unwillig gab Roland zur Antwort: „Das Kreuz gab mir meine Mutter, damit es mich immer an das erinnere, was damit zusammenhängt."

Der Professor machte eine wegwerfende Handbewegung: „Kreuz, Christus, Gott, Schöpfer! Alles Schwindel. Die Welt ist durch einen reinen Zufall entstanden ..." Er blickte sich im Kreise um, ob man ihm auch zuhörte, bevor er mit dozierender Stimme fortfuhr: „Wie alles kam? Es war einmal eine Masse, die war so groß, so dicht und so heiß, wie es sich kein Mensch vorstellen kann. Woraus sie bestand, können selbst moderne Astronomen und Physiker nicht errechnen. Es fehlen ihnen ganz einfach die Formeln dafür. Diese Masse war der Ausgangspunkt des Universums. Alles, was heute ist, ging vor schätzungsweise 15 – 20 Milliarden Jahren aus ihr hervor ..."

„Moment mal, Professorchen", unterbrach ihn eine grazile, junge Dame mit platinblond gefärbtem Haar und schwarz glänzenden Augen:

„Woher kam denn diese Urmasse?"

Der Professor räusperte sich. „Ja Señorita Ramirez, das ist eine Frage, auf die es immer noch keine exakte Antwort gibt. In Gedanken und aus Versuchen entwickelten die Wissenschaftler die Vorstellung von der Geburt des Alls, die heute als die wahrscheinlichste gilt: die Theorie vom ‚Big Bang', dem Urknall. Dieser Theorie zufolge begann das Dasein aller Dinge mit einer unbeschreiblichen Explosion, die die Urmasse so auseinandertrieb, daß jedes Teilchen von jedem anderen davonflog. Urplötzlich gab es Zeit und Raum, existierten Energie und Materie."

Er wandte sich an Roland. „Eines dieser Teile war unsere Erde, die erkaltete. Nach Jahrmilliarden entwickelten sich darauf Pflanzen, Tiere und zuletzt der Mensch. Was auf der Erde ist an Technik und Geistesgut hat der Mensch geschaffen – auch ihren Gott."

„Sehr interessant, Professorchen", schmeichelte eine schlanke Brünette. „Das haben wir zwar in der Schule gelernt, nur nicht so excellent vorgetragen. Aber ich glaube nicht, daß Sie mit dieser Hypothese der Naturwissenschaft den Seemann überzeugen konnten."

Ärgerlich blickte der Professor Roland an: „Stimmt das?"

Roland war unbehaglich zumute, auf solche Weise im Mittelpunkt dieser reichen, verwöhnten Gesellschaft zu stehen. „Ich bin Seemann", erwiderte er mit Nachdruck, „lebe in und mit der Natur und erlebe ständig die Präzision der uralten Naturgesetze, nach denen alles abläuft. Ich kann mir nicht vorstellen, daß das alles ohne Planung vor sich gegangen sein soll. Auch nicht, daß das, was Jesus von Nazareth der Menschheit verkündete und durch seinen Tod am Kreuz besiegelte, Lüge sein soll."

„Eine durchaus respektable Einstellung", äußerte Raymond Giraud, ein breitschultriger, schwarzhaariger Dreißiger. „Ich mache mir als Architekt doch auch vorher einen Plan, wenn ich ein Haus bauen soll, und ..."

Eine herrische, weibliche Stimme unterbrach ihn unwillig: „Nun reicht's aber mit dieser komischen Konversation."

Betroffen blickte Roland zu der Sprecherin hin, die sich erhoben hatte. Sie war sicher noch jung, aber ihr krankhaftes Aussehen ließ sie älter erscheinen, als sie war. Eine abgemagerte Gestalt, hohlwangig das bleiche Gesicht, tief lagen die großen, schwarzen Augen in den Höhlen, ihr schwarzes Haar war im Nacken geknotet. „Gehen Sie zu Pedro", forderte sie ihn herrisch auf. „Er wird Sie einweisen."

Daß keiner der anderen sich dazu äußerte, verwunderte Roland. Im Fortgehen hörte er den Professor sagen:

„Aber Claudia – was war denn schon dabei! Ein Zeitvertreib, der ..."

Barsch fuhr sie ihn an: „Ich wünsche auf meiner Jacht keine Verbrüderung mit dem Plebs!"

Roland war empört. Plebs hatte sie gesagt! Plebejer und Patrizier war die Unterteilung der Gesellschaft im alten Rom gewesen. Unbemittelte und Vornehme. Die Jacht fuhr doch unter Frankreichs Trikolore, und Frankreich war schließlich Republik wie seine Heimat! Ein Land, in dem es nicht mehr die Klasseneinteilung der Menschen gab. Was bildete sich denn diese arrogante Jachtbesitzerin ein!

„Sie ist die Vicomtesse Claudia de Leblanc", klärte Pedro ihn auf. „Sie stammt aus einer der ältesten und reichsten Adelsfamilien Frankreichs und ist Besitzerin der Jacht. All die anderen sind verkrachte Existenzen und hängen sich an sie, um zu profitieren. Der Professor ist ihr Onkel, Captain Rossi ihr intimer Freund. Ein mieser Kapitän, wie du bald merken wirst, der nur durch ihre Beziehungen sein Kapitäns-Patent erhalten hat. Mit Geld geht ja bekanntlich alles!"

Zehn Kojen befanden sich in dem Logis, aber nur sechs waren besetzt einschließlich der, die Roland jetzt bezog. Viel zu wenig Leute für eine Jacht von dem Ausmaß der „Vicomtesse de Leblanc". Es waren zwei Leichtmatrosen an Bord, die am Vortag gemustert hatten, der Pole Stanislaus Polanski und der Italiener Guiseppe Cestary, ferner der Koch Paul Basien, der aus der französischen Bretagne stammte, der malayische Steward Shaka und Pedro.

„Wenn es not tut, greifen die Achtergäste mit zu", meinte Pedro. „Es sind einige ganz gute Segler unter ihnen."

Eigentlich bewohnte der Koch ein kleines Logis neben der Kombüse. Aber zur Zeit wohnte dort Muna, die jordanische Zofe der Vicomtesse. Roland lernte sie später kennen.

Er packte seinen Seesack aus und richtete sich in seiner Koje ein, legte Kissen und Decken auf die Matratze, hängte seine Gitarre und Bilder an die Kojenwände, das Foto seiner Eltern, das der „Gorch Fock", dem Segelschulschiff der deutschen Bundesmarine, wo er als Seekadett seine seemännische Laufbahn begonnen hatte.

Gegen Abend fuhren die Achtergäste noch einmal an Land. Pedro brachte sie mit der Motorbarkasse zur Pier. Der alte Seemann hatte recht gehabt, als er behauptet hatte, die anderen wollten von der Vicomtesse nur profitieren. Auf eine kriecherische Weise, wie Roland beobachten konnte.

Hinterher brachte Pedro die Mannschaftsmitglieder, die Landgang hatten, an Land. Er selber wollte in einer nahen Seemannskneipe auf ihre Rückkehr warten.

Roland hatte die Ankerwache übernommen. Nachdenklich blickte er nach San Franzisco hinüber. Sie war ihm vertraut geworden, die Stadt am Golden Gate mit ihrer Market-Street, der bekannten Zahnradbahn und der weltberühmten China-Town, war er doch durch den Pendelverkehr seines letzten Schiffes zwischen Frisco und den asiatischen Häfen des öfteren hierher gekommen. Als er abgemustert hatte, wollte er hier sogar die Seefahrtschule besuchen, um sein Steuermann-Examen zu machen. Die verlangte Seefahrtzeit hatte er absolviert und auch genug Geld gespart. Aber ihn hatte der Spielteufel gepackt, die Hoffnung, seine Sparsumme auf leichte Art zu vermehren. Er verlor mehr als die Hälfte seiner Ersparnisse, bis ihm die Einsicht kam, daß er nicht zu den Menschen gehörte, denen alles leicht zuflog, sondern die hart kämpfen mußten.

Langsam schlenderte er über Deck. Unwiderstehlich zog ihn die Öffnung an, die zu den Räumen der Achtergäste führte. Eine mit Teppichen belegte Treppe führte in den langen Gang, an dem sich die Türen zu den einzelnen Räumen befanden. Wie in einem Grand Hotel der Gang zu den Luxussalons. Ein schlankes, braunhäutiges Mädchen trat aus der mit wertvollen Kacheln gefliesten, modernen Kombüse. Fragend blickten ihn ihre großen, schwarzen Augen aus dem schmalen Gesicht an: „Kann ich etwas für Sie tun?"

„Roland Burger", stellte er sich vor, „ich bin neu an Bord, habe Ankerwache und Lust bekommen, mir die Jacht einmal von innen zu betrachten." Sie nickte: „Ich bin Muna, die Zofe der Vicomtesse de Leblanc. Ich kann Ihnen die Räume zeigen."

Wie eine Fremdenführerin führte ihn die junge Araberin durch die märchenhaft schönen Räume. So viel Luxus hatte er bisher nur im Film gesehen. Der weiße Rumpf der „Vicomtesse de Leblanc" barg einen Feenpalast. Nichts fehlte, was eine Luxusjacht bieten konnte. Mahagonigetäfelte Wände in den Luxuskabinen und Salons, Orientteppiche auf den Böden, Wandlampen in Adlerform, Seidenkissen in den schweren Sesseln, kostbare Gemälde und Gobelins, chromblitzende Bars und Musiktruhen. Am prächtigsten aber war das Appartement der Vicomtesse. Roland kam aus dem Staunen nicht heraus. Mahagoniglänzend Wände und Decke des Boudoir, im Empirestil gehalten die Möbel, Couch und Sessel mit rotbraunem Leder überzogen, elfenbeinfarbig das breite Bett, der riesige Kleiderschrank, die Frisiertoilette. Das daneben liegende Bad grüngekachelt, vergoldete Hähne an Wanne und Waschbecken.

„Kein Wunder, daß bei solchem Luxus die Seele eines Menschen aufgefressen werden kann", entfuhr es Roland.

„Ich bin in der Wüste in einem kargen Beduinenzelt geboren und aufgewachsen", sagte Muna, „und danke Allah dafür."

Überrascht blickte Roland sie an: „Wie bist du denn nach Amerika und auf diese Jacht gekommen?" Unwillkürlich gebrauchte er dabei Arabisch, das er auf der letzten Reise von einem arabischen Bordgefährten gelernt hatte.

Muna horchte auf. Dann gab sie in ihrer Muttersprache Antwort: „Ich komme aus Jordanien. Aber ich bin schon seit dem letzten Bürgerkrieg fort, als ich mitansehen mußte, wie man meine Mutter vergewaltigte und meinen

Vater zu Tode prügelte. Mein Onkel, der in die USA auswanderte, nahm mich mit. Vor kurzem packte mich das Heimweh. Da die Vicomtesse de Leblanc eine Zofe suchte und Interesse an meinem Schicksal hatte, nahm sie mich ..."

„Aus Mitleid?" zweifelte Roland, gewöhnt auszusprechen, was er dachte.

„Sie ist ein guter Mensch", äußerte Muna ihre Meinung. Dabei blitzten ihre Augen drohend, jede Widerrede erstickend. „Gewiß – sie hat Schübe von Depressionen, in denen sie alt und stumpf wirkt. Dann wieder folgen Zustände großer Erregung, in denen sie sich über jede Kleinigkeit aufregt. Aber daran sind auch die Umstände und ihre Umgebung schuld. Im Grunde ihres Herzens ist sie ein guter Mensch ..."

Wie sie das sagte ... Ein Mädchen, das aussah, als hätte die Sonne ihrer Haut einen besonderen Goldton verliehen, als hätte die Wüste selbst, in der sie geboren und aufgewachsen war, einem ihrer bezauberndsten Geschöpfe das Licht der Welt geschenkt. Eine Würde wie die einer Königin strahlte ihre gazellenhafte Gestalt aus. Ihre großen, wunderschönen, langbewimperten Augen schienen die Weite, die Sehnsucht nach Licht und Frieden eingefangen zu haben. Augen, die das Paradies verkündeten, in denen aber auch die Wildnis lebendig geblieben war.

* * *

Pedro brachte seine Bordgefährten kurz vor Mitternacht an Bord zurück. Roland konnte erst gegen Morgen die Achtergäste von der Pier holen.

Singend und johlend warteten sie auf der Pier, als er anlegte. Ausgelassen benahmen sie sich auch auf der Barkasse, als er der Jacht entgegenfuhr. Fünf Pärchen, die miteinander verkehrten, als gehöre jeder jedem, eine Art Wohngemeinschaft auf schwimmenden Planken. Dabei war es widerlich und lächerlich, wie der alte Professor sich abmühte, die anderen Männer von der jungen Janine abzuhalten, und wie die anderen Frauen alles aufboten, um zu gefallen. Nur die Vicomtesse bildete eine Ausnahme. Total betrunken hockte sie auf einer Bank neben dem Kapitän, der jetzt keinerlei Notiz von ihr nahm und ganz wild auf ihre Freundin Madeleine Delon war. Alles drängte an Bord, als Roland am Fallreep anlegte. Wie schon während der ganzen Fahrt blieb die Vicomtesse sitzen, unverständlich vor sich hinlallend, wie es Betrunkene tun. Ärgerlich forderte er sie auf, an Deck zu gehen, und als sie nicht folgte, faßte er ihren Arm und zog sie hoch: „Wir haben angelegt. Kommen Sie!"

Ihr blasses Gesicht war starr und maskenhaft, ihre Augen hatten einen Ausdruck gläserner Leere. „Lassen Sie mich los!" zischte sie, kaum die Lippen bewegend.

Er wollte sie zum Fallreep ziehen.

Sie starrte ihn an. „Lassen Sie mich los! Was soll das?" flüsterte sie wieder.

Roland hatte den Eindruck, daß sie ihn gar nicht sah. Sie blickte durch ihn hindurch, irgendwohin in die leere Nacht. Es war nur ein Etwas, das sie aufhielt und zu dem sie sprach: „Lassen Sie mich los!"

Er lockerte seinen Griff etwas. Sie hätte sich leicht losmachen können, wenn sie gewollt hätte, aber sie bemerkte es nicht, so sehr war sie mit Alkohol vollgepumpt.

„Soll ich Sie an Deck tragen oder können Sie allein gehen?" fragte er sie noch einmal ruhig und ließ ihren Arm endgültig los.

Die Vicomtesse schwieg. Aber sie ging nicht weiter. Es war, als ob sie – einmal angehalten wie eine Uhr – nicht mehr weitergehen könne. Kurz entschlossen hob er sie empor und trug sie an Bord.

Das halbe Fallreep hinauf blieb sie ruhig. Roland hatte sogar das Gefühl, als schmiege sie sich an ihn, als suche sie Schutz bei ihm. Doch dann fing sie an zu toben: „Lassen Sie mich los!" schrie sie wieder. „Was erlauben Sie sich, Sie ekelhafter Kerl!" Ihre Augen funkelten böse.

Ihm wurde fast übel von dem Alkohol- und Zigarettendunst, der ihm aus ihrem offenen Mund entgegenschlug. Fest preßte er sie an sich, damit er auf dem Fallreep nicht das Gleichgewicht verlor. Nie hatte er es für möglich gehalten, dieser Frau so nah zu kommen, hatte sie doch ihren Gästen verboten, mit den Vormastleuten Verbindung zu haben!

„Lassen Sie mich runter, Sie Dreckskerl!" schimpfte sie, als er gerade das Deck betrat.

Unsanft stellte er sie auf die Füße. „Sie haben ja eine feine Art, sich zu bedanken", sagte er scharf, indem er ihre französische Muttersprache gebrauchte, die er neben Englisch in der Schule gelernt hatte. Das schien in ihr vernebeltes Gehirn gedrungen zu sein, denn sie starrte ihn verblüfft an. Muna kam und machte dem Vorfall ein Ende. „Immer das gleiche", schimpfte sie, „die anderen verschwinden und lassen sie, die am hinfälligsten ist, allein ..."

Wahrscheinlich wird sie mich morgen von Bord schikken, wenn sie sich an die Nacht und den Vorfall erinnert, dachte Roland wütend.

2

Erst gegen Abend des nächsten Tages stach die Jacht in See. „Heiß Segel", kam das Kommando, nachdem die Anker gehievt waren und das Schiff mit Hilfe des Motors die Bucht hinter sich gelassen hatte. Wie Pedro vorhergesagt hatte, griffen die männlichen Achtergäste mit zu. Roland lernte sie dabei näher kennen. Von allen war ihm der Franzose Raymond Giraud am sympathischsten, sein Landsmann Alfred Gödecke fluchte gern in seiner Muttersprache, sonst aber vermied er es, sich als Deutscher erkennen zu geben. Roland fand ihn ebenso wie den aalglatten Franko-Amerikaner Bernhard Vaillant ausgesprochen widerlich. Der Professor war bestrebt, sich vor jeder Anstrengung zu drücken.

Klirrend stiegen die Vorsegel am Klüver in die Höhe, dann folgte Segel um Segel, und die Jacht machte Fahrt ohne den Hilfsmotor. Ihr schneeweißer Rumpf mit den schneeweißen Segeln glitt über die See, in der sich der verdämmernde Himmel mit dem Sternenheer spiegelte. Leise schlugen die Wellen an den Schiffsplanken.

Die Wachen wurden eingeteilt. Roland kam mit dem Italiener zur Steuerbordwache, die Captain Rossi unter sich hatte. Der schien ein wahres Nervenbündel zu sein. Wie ein gefangenes Raubtier im Käfig lief er unruhig auf der Brücke hin und her, eine Zigarette nach der anderen rauchend, bis er nach einer knappen Stunde die Brücke verließ und die ausgelassene Runde der Achtergäste aufsuchte. Er ließ sich die ganze Wache hindurch nicht wieder blicken.

„Ich sagte dir doch, daß er unzuverlässig ist", erinnerte Pedro beim Wachwechsel. „Mach du doch an seiner Stelle die Eintragung ins Journal. Wirst es noch oft machen müssen während der Reise."

Eine sanfte Brise lief hinter der Jacht her, als Roland seine Freiwache antrat. Die Wellen erschienen aus dem Dunkel, versuchten die Jacht einzuholen, wiegten sie nur sanft und verschwanden wieder in der Nacht.

Pedros Behauptung, Captain Rossi sei unfähig als Kapitän, fand Roland auf der weiteren Reise bestätigt. Die Seele der Jacht war der alte, spanische Seemann. Ein Freund der Flasche zwar, aber der geborene Seemann. Von der ersten Stunde an, als die Jacht ihre Jungfernreise gemacht hatte, befand er sich an Bord. Ein französischer Reeder hatte sich das Schiff bauen lassen. Bald nach der Fertigstellung geriet er in Konkurs. Von ihm kaufte die Vicomtesse de Leblanc die Jacht. Das war vor drei Jahren gewesen. Die Besatzung übernahm sie ebenfalls. Nach und nach musterten die anderen ab, Pedro war geblieben. Er ersetzte nicht nur einen Steuermann, sondern auch den Kapitän, der ständig betrunken herumtorkelte oder schlief.

Trotzdem kam die Jacht, mit Pedros und Rolands Hilfe, gut voran. Es gab dabei Tage, an denen man mehr als 200 Seemeilen loggte. Die beiden waren grundverschieden nach ihrer Herkunft, ihrer Nationalität, ihrer Kultur, ihrer Art, die Dinge zu beurteilen, aber sie waren, als gute Seeleute, ihrem Schiff in gleicher Weise verbunden. Breitengrad um Breitengrad segelten sie, und mit jedem kamen sie ihrem Zielhafen näher: Kalkutta am Delta des Ganges, Indiens heiligem Fluß, dessen Fluten sich in den Bengalischen Golf ergießen.

* * *

Die Achtergäste spielten Tennis, um sich etwas Bewegung zu verschaffen. Über die Reling waren Fangnetze gespannt worden, damit die Bälle nicht über Bord gingen.

Die junge Schweizerin eröffnete mit dem Franzosen Giraud das Spiel. Es war eine wahre Freude, das gesunde kräftige Mädchen, das etwas vom Tennisspielen verstand, zu beobachten, wie ihr offenes langes Haar in der Sonne leuchtete, ihre hellen, blauen Augen strahlten, wenn sie Monsieur Giraud zu schaffen machte. Bewundernd verfolgten die Männer und neiderfüllt die Frauen ihr Spiel.

Das Spiel hatte die Vicomtesse angeregt. Captain Rossi wurde ihr Gegner. Sie spielte mittelmäßig, wurde aber trotzdem von den anderen gelobt wie ein Weltstar. Roland, der am Ruder stand, konnte das kriecherische Getue beobachten. Nur Janine machte dabei eine Ausnahme.

Die Vicomtesse trug weißseidene Tenniskleidung. Bluse und Shorts betonten erschreckend die abgemagerte Gestalt. Sie wirkte überaktiv, selbstbewußt und ungeduldig.

Es schlug Acht Glas, Pedro kam gerade zum Wachwechsel auf die Brücke, als die Vicomtesse plötzlich zusammensackte. Sie rang nach Luft, riß sich die Bluse auf. „Ich brauch' einen Schuß", röchelte sie. Bestürzt kamen alle angerannt. Giraud und Vaillant trugen sie in einen Liegestuhl. „Ich halte es nicht mehr aus", brüllte sie. „Verdammt – warum bringt mir denn keiner einen Schuß?" Sie zitterte am ganzen Körper, kalter Schweiß stand ihr auf der Stirn, Magenkrämpfe schüttelten sie. Madeleine Delon, ihre Freundin, hielt die Zitternde umklammert und streichelte sie. Die Vicomtesse hatte einen Schüttelfrost und bot ein erschreckendes Bild.

Endlich brachte Captain Rossi eine Spritze und band mit einem Gummiband den linken Arm der Vicomtesse ab. „Nun mach schon!" stöhnte sie. „Drück los!" Der Kapitän stach die Nadel in die Vene und drückte die ganze Spritze voll hinein. Tief atmend ließ sich die Süchtige zurücksinken.

„Ihr Mann, ein Playboy, hat sie süchtig gemacht", erklärte Pedro, als wäre er Roland eine Erklärung schuldig. Mit einem Gesicht, in dem plötzlich die Weite der See und alle Erfahrung der Welt lagen, fuhr er nachdenklich fort: „Vorher war sie ein prächtiges Menschenkind, gesund, stolz und eine Schönheit."

So ist das also mit dieser arroganten Dame, dachte Roland auf dem Weg ins Logis. Ein Mensch, der über andere herrschen will und nicht einmal sich selber beherrschen kann!

3

Mit voller Leinwand segelte die Jacht ihren Kurs. An Bord waren Menschen, grundverschieden nach Nationalität, Herkunft, Kultur und Mentalität, obwohl sie alle aus dem gleichen Stoff waren, den gleichen Gesetzen unterworfen. Daß es aber an Bord der Jacht eine Art Kastenwesen gab, Patrizier und Plebejer wie im alten Rom, konnte Roland nicht begreifen. Zudem wehte doch am Heck Frankreichs Trikolore, unter der das Volk für Gleichheit, Freiheit und Brüderlichkeit auf die Barrikaden ging.

Diese Anordnung ging von der Vicomtesse aus, und die anderen äfften sie mehr oder weniger nach. Nur Janine nicht. Die junge Schweizerin war zu allen gleichbleibend freundlich. Ein junges, lebensfrohes Mädchen mit Augen wie blaue Kristalle, die unglaublich schräg über slawischen Wangenknochen standen, eine kleine Stupsnase und lange, blonde Haare, um die Augen herum Fächer von Lachfältchen. Sie wirkte an Bord wie ein Kind mit Hausarrest. Insgeheim haßte die ganze Besatzung den Professor, der dieses halbe Kind verführt und auf einen Weg gedrängt hatte, der ihr gar nicht lag.

Wache um Wache wechselten hintereinander ab. Meile um Meile brachte die Jacht hinter sich. Als bestände das ganze Leben nur aus Genüssen, feierten die Achtergäste Abend für Abend ihre ausgelassenen Feste. Am tollsten benahm sich die Vicomtesse.

„Sie trinkt in letzter Zeit täglich bis zu zwei Liter Wodka”, erzählte der Steward, „und sie nimmt Drogen, Drogen, Drogen. Dabei schleicht sie herum wie ein Gespenst ...”

Wie immer bei solchen Gesprächen nahm Pedro die Chefin in Schutz. „Als ich sie kennenlernte, war sie, gerade nach dem Tod ihres Vaters, frisch aus dem Internat entlassen und eben erst verheiratet, eine gesunde, junge Frau, schön, reich, gebildet und intelligent. Sie hatte den verkehrten Partner geheiratet. Und die Clique um sie herum – faule, oberflächliche Leute, Schickeria, die ihr Geld aus ihr herausziehen wollen – helfen tüchtig mit, sie immer mehr in den Sumpf zu ziehen.”

„Er verehrt dieses süchtige Biest, als wäre sie die vornehme Dame von früher”, ärgerte sich Roland über den alten Bordgefährten. Er hielt gar nichts von ihr, hielt sie für arrogant und verwahrlost. Seine Abneigung steigerte sich noch nach dem Erlebnis auf dem Klüver ...

Roland besserte gerade das Klüvernetz aus, das beim letzten Sturm gerissen war. Mit Interesse betrachtete er dabei die Galionsfigur. Ein wahres Meisterwerk war sie, eine schlanke Frau, mit langen, flatternden Haaren darstellend, in der einen Hand ein blankes Schwert, in der anderen eine Fahne haltend.

„Das soll Jeanne d' Arc sein", erklärte Pedro. „Nach ihr wurde die Jacht auch auf der Werft benannt. Die Vicomtesse änderte ihn nach dem Kauf in ihren Namen um."

Roland war empört. Durch Bücher und Schillers Drama „Jungfrau von Orleans" mit dem Schicksal des tapferen Mädchens aus Domremy bekannt geworden, verehrte er sie, als wäre er ein guter Franzose. Und diese arrogante Millionärin hatte es gewagt, ihren Namen gegen den der streitbaren Französin auszutauschen.

„Du bist wohl nicht gut auf die Vicomtesse zu sprechen", störte Pedro seinen Gedankengang, als könne er Gedanken lesen.

„Und du bist von ihr begeistert, als wäre sie deine Geliebte", konterte Roland bissig. „Diese süchtige Hexe ..."

Unwillig unterbrach ihn der alte Seemann: „Man soll nicht über einen Menschen abfällig urteilen, den man gar nicht richtig kennt. Du trägst das Kreuz auf deiner Brust. Der, an den es ja wohl erinnern soll, sagte einmal: ‚Warum kümmerst du dich um den Splitter im Auge deines Bruders und bemerkst nicht den Balken in deinem eigenen?'"

Der erste Streit mit dem Bordgefährten, den er sehr achtete. Verbittert trat Roland seine Freiwache an. „Als Kameraden wird man sich doch noch die Wahrheit sagen dürfen", rief ihm Pedro nach.

Am nächsten Tag näherten sie sich Kalkutta. Die Steuerbordwache segelte mit rauhem Winde der Küste zu. Gegen Ende der Wache betrat, was selten vorgekommen war, Captain Rossi die Kommandobrücke. Obwohl es erst Nachmittag war, hatte er schon reichlich Alkohol zu sich genommen und stank fürchterlich danach.

Die Vorsegel begannen zu killen. Roland, der gerade Rudergänger war, rief den Italiener, übergab ihm das Ruder und pfiff: Alle Mann an Deck – Klar zum Wenden!

Das schreckte Captain Rossi auf. „Gewendet wird, wenn ich es befehle”, schrie er Roland an. „Ich bin der Kapitän.”

Betroffen stand Roland da: Was sollte er tun? Auf sein Pfeifen hin waren die Freiwache und die männlichen Achtergäste gekommen und warteten auf Befehle. Monsieur Giraud kam Roland zu Hilfe.

„Es ist schon richtig, das Wendemanöver auszuführen, Gilbert”, nahm er Roland in Schutz. „Der Seemann hat recht.”

Nach der Art von Betrunkenen fuhr ihm der Kapitän, wie von einer Tarantel gestochen, über den Mund: „Bin ich hier an Bord Kapitän oder du?”

Monsieur Giraud fühlte sich getroffen. „Dem Namen nach bist du Kapitän”, erwiderte er beherrscht. „Aber du bist kein richtiger Seemann und schon lange kein Segler, denn du weißt noch nicht einmal, daß ein Segelschiff nicht ewig mit rauhem Winde segeln kann, sondern oft kreuzen muß. Wenn die Segel killen und das Schiff keine Fahrt mehr macht, wenn es selbständig vom angegebenen Kurs abweicht, dann ist höchste Zeit zu kreuzen ...”

Der laute Streit rief die Vicomtesse herbei. „Du bist betrunken, Rossi!” herrschte sie den Kapitän an. „Überlaß die Schiffsführung denen, die etwas davon verstehen!”

Welch ein Bild! Die schlanke Vicomtesse in schwarzer, hautenger Lederhose und gelber Seidenbluse und vor ihr der vierschrötige Captain Rossi wie ein gescholtener Schuljunge in protziger Kapitänsuniform. Wie ein geprügelter Hund schlich er davon. Selbst dem Letzten, der bisher noch nicht begriffen hatte, wer an Bord regierte, mußte es jetzt endgültig klar geworden sein!

Die Strömung des Ganges, an dem Kalkutta liegt, machte sich bemerkbar. Des Ganges, dem heiligen Strom der Hindus, der im Himalaya entspringt und in den Golf von Bengalen mündet. Stärker und stärker wurde er, je näher sie dem indischen Subkontinent kamen. Es ging auf den Abend zu, als die Jacht ihr Reiseziel erreichte.

4

Landgang. Zuerst verließen die Achtergäste die Jacht, an ihrer Spitze, elegant, charmant und damenhaft, die Vicomtesse, etwas später folgte die Besatzung.

Roland wartete, bis Pedro über die Gangway schritt. Sicher würde der alte Seemann, der ihn seit dem Streit wegen der Vicomtesse mied, als Freund der Flasche eine der zahlreichen Seemannskneipen aufsuchen. Diese Gelegenheit wollte Roland benützen, um sich mit ihm zu versöhnen.

Er war einige Male in Madras und Bombay gewesen, Kalkutta kannte er aber nur vom Hörensagen. Es sei eine verfluchte Stadt, hatten ihm Matrosen erzählt. Jeder dritte der neun Millionen Einwohner lebt in den Slums. Eine halbe Million Menschen schlafen auf der Straße. Auf der Straße werden Menschen geboren, auf der Straße verhungern sie. Es gibt keine Ärzte für die Armen und keine Verwaltung. Nur die Reiseprospekte loben die Stadt als Schmuckstück Bengalens, Schmelztiegel der Rassen, Nationalitäten und Kasten, preisen seine goldenen Tempel, prächtigen Paläste und Villen und die vielen heiligen Kühe.

Doch von all dem bemerkte Roland nichts. Wie ein Jäger hinter dem Wild war er hinter dem Spanier her, der schnell und zielstrebig vorwärts schritt.

Plötzlich verschwand Pedro mit Indern und Touristen in einem Tempel, der der blutrünstigen Göttin Kali, der man früher sogar Menschen geopfert hatte, geweiht war.

Weit breitete sich die Tempelhalle vor Rolands Blicken aus. Und, umgeben von Skulpturen indischer Mythologie, stand im Hintergrund ein riesiges Holzkreuz, davon zeugend, daß der Tempel jetzt den Christen diente.

Vor dem Kreuz sah er eine schmächtige Frauengestalt in Nonnentracht, die wirkte, als wolle sie das Kreuz gegen gegen die Menge, die die Halle füllte, verteidigen. Mit einer Stimme voller Energie und Enthusiasmus sprach sie, abwechselnd in Indisch und Englisch.

„Ist das die berühmte Mutter Theresa?" hörte Roland hinter sich eine Touristin ihre Begleiterin fragen. Die Gefragte bestätigte: „Ja. Das ist Mutter Theresa, die den Friedensnobelpreis 1979 erhalten hat. Und sie hat ihn, weiß Gott, reichlich verdient, mehr als manche der Herren, die ihn bekamen und ihr nicht das Wasser reichen können."

Roland hatte schon viel von der albanischen Nonne, die nicht von den Armen und aus den Slums von Kalkutta hinwegzudenken war, gehört. Sie opferte sich auf. Kein persönlicher Einsatz war ihr zuviel, den Armen zu helfen. Hingerissen lauschte Roland ihren Worten. Mit einer aufrüttelnden Rede wandte sie sich an alle, vor allem aber an jene, die vielleicht schon in Gleichgültigkeit gegenüber Armut und Leid erstarrt waren. Sie war ein Mensch mit einem festen Glauben, eine Frau, die trotz ihrer nahezu siebzig Jahre eine Vitalität und Überzeugung ausstrahlte, die mitriß.

„Ihr seid das Salz der Erde." Roland fielen die Worte Jesu ein. Hier war ein Mensch, der sie verwirklichte, der sie offensichtlich auslebte.

Mit einem Vaterunser beendete Mutter Theresa ihre Ansprache.

Die Menge strömte dem Ausgang zu. Aber wo war Pedro? Suchend blickte sich Roland um. Dort – er ging eben auf Mutter Theresa zu, die ihm, sichtlich erfreut, die Hand entgegenstreckte. Pedro kannte Mutter Theresa! Es mußte wohl so sein, denn sie unterhielten sich angeregt eine ganze Weile miteinander. Als sie sich voneinander verabschiedeten, gab ihr der Seemann einige Geldscheine.

Pedro und diese Mutter Theresa! – Der Engel der Armen von Kalkutta und der Mann der Flasche! Roland dachte noch darüber nach, als der Spanier dem Ausgang zustrebte und ihn bemerkte.

„Wie kommst du denn hierher?" staunte er. „Ich denke du warst noch nie in Kalkutta?"

„Ich bin dir nachgelaufen, Kumpel", gestand Roland. „Weil ich meine, daß man nicht auf die Dauer aneinander vorbeilaufen soll, wenn man das gleiche Brot ißt und dieselbe Luft atmet."

Schweigend schritten sie eine Zeitlang nebeneinander her.

„Mutter Theresa hat mir einmal sehr geholfen", sagte Pedro dann, als wäre er eine Erklärung schuldig. „Im Rausch verschlief ich einmal die Ausreise meines Schiffes. Ohne Geld und Obdach trieb ich mich monatelang in Kalkutta herum und sank von Stufe zu Stufe. Sterbenskrank fand mich Mutter Theresa und brachte mich in ihr Sterbehaus, wo sie mich wieder aufpäppelte. Das werde ich ihr nie vergessen." Pedro schwieg, überwältigt von der Erinnerung, und Roland war nachdenklich geworden.

Um sie herum wimmelte es von den Bewohnern der Slums, schäbig gekleidet, in Lumpen gehüllt, mit Gesichtern vom hellsten Weiß bis zum tiefsten Schwarz. Verhärmte Menschen mit eingefallenen Wangen und einem Aussehen, als geschehe ihnen Unrecht. Kinder, nackt oder halbnackt, fleischlose Skelette, vielleicht zehn Jahre alt, mit Augen, als wären sie Greise.

Roland gab ihnen einige Geldstücke. Hastig griffen sie danach, rannten davon, als würden sie verfolgt. „Gut gemeint von dir", reagierte Pedro. „Aber doch nur ein Tropfen auf den heißen Stein."

Wie aus weiter Ferne hörte Roland die Worte des erfahrenen Seemannes. Die hungrigen Kinder mit den alten Augen gingen ihm nicht aus dem Sinn. Kinder in Indien – er hatte damals in Bombay und Madras ihre Not kennengelernt. Wie sie beim Straßenbau Schotter schaufeln mußten, ohne Rücksicht auf ihre Gesundheit; wie sie Kohle und Erz aus Schächten schleppten, die so schmal und niedrig waren, daß selbst zehnjährige Jungen sich bücken mußten und viele Kinder bald zu Krüppeln wurden; wie kleine Mädchen, die bei ihm daheim noch mit Puppen gespielt hätten, in Bordellen verschwanden.

5

Spät in der Nacht – der Mond stand schon tief über dem Wasser und tauchte Kalkutta und seinen Hafen in sein gleißendes Licht – kehrten sie an Bord zurück. Pedro mit schwerer Schlagseite, Roland, der nur mäßig mitgehalten hatte, stützte ihn.

Die Jacht, die schon am Tage märchenhaft wirkte, schien im Zauberlicht des Mondes von überirdischer Schönheit. Wie Roland an diesem Schiff hing! Als wäre es eine Frau, in die er sich unsterblich verliebt hätte ... Das Vorkommnis mit der Vicomtesse in San Franzisco fiel ihm wieder ein, als sie ihn einen Dreckskerl genannt hatte. Es stimmte ihn wehmütig. Sicher würde sie ihn vor der Ausreise von Bord schicken.

Er brachte Pedro in dessen Koje, dann ging er selber schlafen. Trotz der späten Nachtstunde konnte er keinen Schlaf finden. Das fahle Licht des Mondes schien durch das Bullauge auf seine Koje, auf den zusammengelegten Seesack, die Kleider, die Bilder an den Wänden und auf eine Handvoll zerlesener Bücher. Ein Seemann brauchte wenig, um zu leben. Es war gut, sich nicht an zu viele Dinge zu gewöhnen, wenn das Leben so unruhig war. Man müßte sie doch nur immer wieder zurücklassen, oder sie würden genommen. Man mußte jede Stunde aufbrechen können, das Schiff wechseln – oder die See nahm einen für immer in ihre nassen Arme. Darum hatte Roland sich auch nicht an ein Mädchen gebunden. Wenn man unterwegs war, sollte man nichts haben, was einen festhalten könnte. Nichts, was das Herz bewegte. Das Abenteuer – nichts mehr.

Noch immer stand der Mond am Himmel. Roland hätte den Vorhang vor das Bullauge ziehen können, aber er liebte den nächtlichen Sternenhimmel. Für ihn hatte der Mond immer noch den geheimnisvollen Zauber wie zu seiner Kinderzeit, als er den Dezembermond für einen Schlitten hielt, in dem Jesus an Weihnachten zur Erde fahren würde, um alle Menschen zu beschenken. Der Mond war für ihn zauberhaft geblieben, trotz der Eroberung durch den Menschen ...

„Rise! Rise!" weckte der Ruf des Stewards, der merkwürdigerweise in dieser Nacht die Ankerwache hatte, die Schläfer. „Klar Schiff zum Auslaufen!"

Roland blickte auf seine Uhr. Ihr Leuchtzifferblatt schimmerte wie eine winzige, geborgte Sonne durch das Dunkel seiner Koje. Es war vier Uhr morgens. Voller Spannung kleidete er sich an. Die Jacht lief aus: Wenn er von Bord sollte, mußte das also in der nächsten Stunde geschehen!

Der Mond war untergegangen. In den Fenstern an Land spiegelten sich die Sterne. Ein Schlepper kam längsseits und zog die Jacht hinaus auf den Strom, dann hißten sie die Segel.

Roland konnte es kaum fassen, daß er noch an Bord war. Hatte die Vicomtesse den Vorfall in San Franzisco vergessen? War sie nicht nachtragend, oder war sie, wie Pedro behauptete, gar kein so schlechter Mensch? Er dachte nicht weiter über diesen Punkt nach, denn die Segelmanöver nahmen seine ganze Aufmerksamkeit in Anspruch.

Roland war mit Leib und Seele Seemann. Als solcher

fühlte er auch diesmal wieder die prickelnde Erregung, die einen Seemann überkommt, wenn sein Schiff in See sticht: Hinaus auf die freie See, die seine zweite Heimat ist, dem Abenteuer, dem Unbekannten, einem neuen Lebensabschnitt entgegen! Welches Glücksgefühl: Über sich blähende Segel, unter sich die weite See!

„Konnten die feinen Herrschaften nicht später auslaufen?" schimpfte der Pole, der erst gegen Morgen wieder an Bord gekommen war, „wo diese Wirklich-Reichen und Möchtegern-Reichen doch so viel Zeit haben!"

Was wußte Stanislaus Polanski schon von den Achtergästen und warum sie so plötzlich Kalkutta verließen! Es gibt Situationen, in denen der Mensch nicht über die Zeit verfügt, sondern die Zeit und die Ereignisse ihn bedrängen. Noch am gleichen Tage sollten Stanislaus und die anderen Unwissenden an Bord die Ursache erfahren.

Mit dem Steward fing es an ...

Es war Wachwechsel, als der Amerikaner Vaillant und der Deutsche Gödecke ihn mit Schlägen über Deck trieben. „Wenn ihr vornehmes Pack euch an dem Stoff bereichert, warum soll ich armer Teufel dann nicht auch ein paar Kröten verdienen?" schrie er laut vor Schmerz und Erbitterung.

Roland fand ihn bei Antritt seiner Freiwache am Boden im Logis liegend. Mitgleidig verband er ihm seine Wunden und linderte seine Schmerzen.

„Hüte dich vor den Achtergästen!" warnte ihn der Gequälte. „Du und die beiden Leichtmatrosen, ihr wißt ja nun, daß die Jacht Drogen schmuggelt. Seid auf der Hut! Die schrecken vor nichts zurück!"

Die Jacht hat also in Kalkutta während der vergangenen Nacht Drogen übernommen, überlegte Roland. Der Steward, der wohl eingeweiht war, hatte sich einen Teil davon beiseite geschafft. Gegen Mittag konnte er, der bis dahin noch nie Drogen genommen hatte, der Versuchung nicht mehr widerstehen und setzte sich einen Druck. Als er dann den Lunch servierte, bemerkten die anderen, daß er high war, und vermuteten, von ihm bestohlen worden zu sein. Wütend zwangen sie ihn zur Herausgabe des Diebesgutes.

Mit einer gewissen Besorgnis sah Roland der Zukunft entgegen. Beim Wachwechsel am Abend ließ man ihn und die beiden Leichtmatrosen durch den Steward, der wieder Dienst tat, nach Achtern holen. Im Salon waren sämtliche Achtergäste versammelt. Obwohl sie zwanglos herumsaßen oder standen und aus den Lautsprechern einschmeichelnde Musik ertönte, herrschte eine gespannte Atmosphäre. Die Vicomtesse lehnte neben ihrem Onkel in einem Sessel, bekleidet mit einem eleganten, schwarzseidenen Hausanzug, und rauchte. Lässig führte sie die vergoldete Zigarettenspitze, die ihre zartgliedrige Rechte mit den überlangen, rotlackierten Fingernägeln hielt, zum Munde.

„Durch den dämlichen Steward habt ihr nun mitgekriegt, daß wir uns durch Drogenschmuggel etwas Kleingeld verdienen", begann der Professor sachlich. „Nun gut – es soll euer Schade nicht sein, wenn ihr mitmacht. Geld kann man nie genug haben." Er zückte seine Brieftasche und holte drei Tausenddollarnoten heraus. „Für jeden eine als Anfang", sagte er und legte sie auf den Tisch.

Überrascht zauderten die beiden Leichtmatrosen einen Augenblick, dann griffen sie, als könnte es zu spät sein, hastig zu. „Und Sie?" fragte der Professor Roland, der keine Anstalten machte, das Geld zu nehmen.

„Ich gebe mich nicht dazu her, Menschen krank und unglücklich zu machen", lehnte Roland ab.

Seine Weigerung wirkte, als hätte eben ein Blitz eingeschlagen. Alle starrten ihn sprachlos an, auch seine beiden Bordgefährten, die sich, durch Annahme des Geldes, zu Komplizen der Dealer gemacht hatten.

Die Vicomtesse faßte sich zuerst. Sie sprang aus ihrem Sessel, baute sich vor ihm auf und sah ihn herausfordernd an. „Sie wollen nicht?" fragte sie scharf. „Wie meinen Sie, wie das weitergehen soll?" Das klang wie eine Drohung. „Sie können doch wohl nicht verlangen, daß wir warten, bis Sie uns verpfeifen?"

Roland steckte in einer Zwickmühle. „Ich bin kein Judas", verteidigte er sich. „Ich helfe zwar nicht, Menschen krank zu machen und ins Unglück zu stürzen, aber verraten, dazu bin ich auch nicht fähig. Ich werde in Dschidda abmustern."

Ihr Gesicht verzog sich zu einer höhnischen Fratze. „Halten Sie uns für blöd? Ich werde Sie einsperren und solange hungern und dürsten lassen, bis Sie das tun, was wir wollen."

„Bei solchen Menschen wie ihm hilft das nicht", konstatierte die Brasilianerin Ramirez. „Im alten Rom ließen sich die Christen lieber von wilden Tieren zerreißen, als Gottes Gebote zu übertreten!"

Die junge Schweizerin fiel ihr ins Wort: „Nach dem Mißgeschick mit dem Steward sollten wir den Stoff über Bord werfen. Dann kann uns keiner den Drogenschmuggel nachweisen."

Der Vorschlag löste ein wildes Durcheinander aus. „Bist du wahnsinnig, Janine!" schrie man. „Für zwanzig Millionen Stoff einfach über Bord werfen?"

Das Gesicht der Viçomtesse rötete sich. „Ich lasse mir nicht von einem verrückten, rückständigen Kerl wie Ihnen das Geschäft verderben!" herrschte sie Roland an. „Ich habe genug von Ihrer Humanitätsduselei!"

In ihm stieg die Empörung hoch, all der aufgestaute Widerwille der vergangenen Wochen sprudelte aus ihm heraus: „Gerade Sie sollte doch dieses Geschäft mit den Drogen anwidern, wo Sie doch bloß in den Spiegel zu blicken brauchen, um an sich selber festzustellen, was dieses Teufelszeug aus einem Menschen machen kann!"

„Was?" schrie sie heiser. Ihre Augen funkelten gefährlich. Ihre Hände ballten sich. Dann schlug sie zu, ihm mitten ins Gesicht.

Er reagierte blitzschnell. Seine Hände griffen nach ihr, er warf sie über sein Knie und schlug hart auf ihr Hinterteil. Dann stellte er sie wieder auf die Füße und stieß dabei grimmig hervor: „Das haben Sie sicher bei Ihrer Erziehung zu wenig bekommen!"

Alles war so schnell gegangen, daß die anderen noch verblüfft und stumm auf die Vicomtesse starrten, als sie, ihren schmerzenden Po mit beiden Händen reibend, vor ihrem Züchtiger stand und ihn sprachlos anstarrte.

„Macht den Kerl doch fertig!" forderte Gödecke aufgebracht, ein Klappmesser zückend. Atemlose Stille trat ein. Ängstlich wichen die beiden Leichtmatrosen zur Seite.

„Das ist doch Mord!" schrie die junge Schweizerin auf. „Ihr könnt doch keinen Mord begehen!" Sie war die einzige, die ihn zu schützen suchte.

Gödecke stürzte sich auf Roland und stieß mit dem Messer nach ihm. Im nächsten Augenblick ließ er es, brüllend vor Schmerz, fallen. Roland hatte ihm mit einem Judogriff das Handgelenk verrenkt. Die anderen drangen auf ihn ein, sogar seine beiden Kameraden. Er konnte zwar Karate und Judo und machte ihnen schwer zu schaffen, aber viele Hunde sind des Hasen Tod. Ein Schlag von hinten raubte ihm die Besinnung. Aus – dachte er, als es schwarz um ihn wurde.

6

Als Roland aufwachte, hatte er einen furchtbaren Brummschädel. An Händen und Füßen gefesselt, war er in das Kabelgatt geworfen worden, jenem Raum im Vorschiff, wo alles Überflüssige an Bord hinkommt. Auch er war jetzt überflüssig für diese Bande gewissenloser Dealer, die eine Unmasse Rauschgift schmuggelte, getarnt durch die elegante Privatjacht einer schwerreichen Adligen, die aus purem Vergnügen um die Welt segelte. Es war für ihn eine Frage der Zeit, abgestochen zu werden, einen Genickschuß zu bekommen oder lebendig den

Haien vorgeworfen zu werden. Das wäre sicherlich schon längst geschehen, wenn die junge Schweizerin Janine kein Gewissen gehabt hätte!

Finsternis umgab ihn und das Geräusch der Wellen, die gegen die Bordwand schlugen. Aber dieses Geräusch vermischte sich mit Gelächter und Musik. Die Achtergäste feierten wieder einmal mit viel Kaviar, scharfen Getränken, harten Drogen und heißer Musik eine ihrer tollen Orgien. Heute hatten sie einen besonderen Grund zum Feiern: ihr Sieg über ihn. Alle anderen schieden als Widersacher aus, und er war nun unschädlich gemacht.

Meeresrauschen und die Geräusche menschlicher Ausgelassenheit durchdrangen die Stille seines Kerkers, der ihm wie ein Grab vorkam. Eine ferne, plastische Erinnerung stieg in ihm auf, eine endlose Welle, die in dieser Schicksalsstunde heranrollte und nicht verdrängt werden konnte. Erlebnisse seiner Kindheit und Jugend standen ihm vor Augen.

Neun war er, als sein Vater durch einen Autounfall starb, bei dem die Mutter schwere innerliche Verletzungen erlitt. Roland selbst kam mit einem Schock davon. Seine Mutter versuchte, ihm den Vater zu ersetzen. Von früh bis spät saß sie an der Nähmaschine und arbeitete für ein Geschäft, denn ihre Rente war kärglich, und sie wollte, daß aus ihrem Jungen einmal etwas wurde. Er hatte schnell begriffen, daß es für ihn darauf ankam, fleißig zu arbeiten und zu lernen, um vorwärts zu kommen im Leben. Er bestand sein Abitur mit sehr gut und begann ein Medizinstudium, weniger aus Neigung, sondern weil seine Mutter das gern sah, da ihr Vater Arzt gewesen war. Am Ende seines zweiten Semesters starb sie. Mit ihr verlor er seinen Halt. Zum Glück kam seine Militärzeit. Der harte, lehrreiche Dienst bei der Bundesmarine brachte ihn über vieles hinweg. Durch die vielen Auslandsreisen fand er Gefallen an der Seefahrt. Als sein Wehrdienst absolviert war, wechselte er zur Handelsmarine hinüber und wurde Seemann.

Ursprünglich hatte er Kapitän werden wollen. Sein Lieblingswunsch war, ein Schiff zu führen. Das war nun wohl endgültig vorbei. Sein Schicksal lag jetzt in den Händen gewissenloser Dealer, deren Haupt diese in Pracht und Pomp lebende Vicomtesse war. Oh, wie er sie haßte!

Er döste vor sich hin. Nur noch eine Galgenfrist! Plötzlich hörte er schnelle Schritte und aufgeregte Stimmen an Deck. Der stählerne Deckel des Kabelgatts wurde aufgerissen. Ein Stück Sternenhimmel wurde sichtbar. Jetzt passiert es, dachte er und zerrte verzweifelt an seinen Fesseln. Und ich kann mich noch nicht einmal wehren!

Jemand stieg hastig herab, eine Taschenlampe flammte auf, Roland schloß einen Augenblick geblendet die Augen. Als er sie wieder öffnete, war Pedro dabei, ihm die Fesseln zu lösen. Monsieur Giraud war bei ihm. „Docteur", sagte er mit heiserer Stimme, „Janine ... die kleine Janine ... Sie müssen ihr helfen. Sie haben doch Medizin studiert."

„Woher wissen Sie denn das?" wunderte sich Roland und rieb sich die durch die Fesselung schmerzenden Handgelenke.

„Der Professor hat Ihre Sachen durchsucht, weil er in Ihnen einen Agenten von Interpol vermutet. Das Mädchen hat sich eine Überdosis Heroin gespritzt!"

Roland fühlte, wie das Blut wieder durch seine steifen Glieder strömte. Im ersten Augenblick war er wie betäubt und hatte Mühe, aus dem Kabelgatt zu steigen. Erst als er über Deck ging, wurde ihm wohler.

So also war das! Die junge Schweizerin, aufgeregt durch den Auftritt im Salon, hatte sich zuviel Heroin gespritzt. Tatsächlich kannte er sich etwas in der Rauschgiftszene aus. Durch sein Studium und auch bei der Bundesmarine hatte er einige Fälle miterlebt. Vielleicht konnte er dem jungen Mädchen helfen.

Schon im Niedergang hörte er ihre verzweifelten Schreie. Aufgeregt unterhielten sich die anderen, übertönt von der Musikbox, die noch immer plärrte. Drei hielten die Tobende fest. Das ehemals lebensfrohe, gesunde Mädchen war kaum wiederzuerkennen. Ihr Gesicht wirkte verkrampft, alt und häßlich. Schaum stand ihr vor dem Mund, tropfte auf ihr Kleid und hinterließ häßliche Flekken.

„Bring die Medizinkiste!" forderte Roland Pedro auf. Man machte ihm Platz, der Professor wollte ihm den Hergang erklären. Die das Mädchen hielten, lockerten ihren Griff. Das benutzte Janine. Sich losreißend stürzte sie sich schreiend auf die Musiktruhe, die wie ein Magnet auf sie wirkte. Mit den Fäusten trommelte sie auf das Glasgehäuse und stieß blitzschnell mit aller Wucht ihren Kopf dagegen. Glas splitterte, zerschnitt ihr Gesicht und Hände. Lautlos sackte sie zusammen, bevor Roland sie fassen konnte.

Wie ein Schaf unter dem Messer des Schlächters verstummte die demolierte Musikbox. Die anderen standen wie versteinert da und starrten auf das zarte, blutende Mädchen, das Roland behutsam auf den Tisch legte. Pedro kam mit der Medizinkiste.

Taghell erleuchtete der kristallene Kronleuchter den Salon, auf dessen Tisch Janine lag. Roland fühlte den Puls, horchte das Herz ab und spürte, wie das unsichtbare, pulsierende Leben plötzlich fortebbte, unter seinen machtlosen Händen zerfiel, angezogen wie von einem Strudel, dem kein Mensch Einhalt gebieten konnte. Das Gesicht, das eben noch atmete und einen Namen trug, wurde zur starren Maske mit glanzlosen Augen. „Aus", sagte er und richtete sich auf. „Ein kurzes Leben und ein bitteres, sinnloses Sterben!"

Ein Tumult ohnegleichen erhob sich nach seiner Feststellung. „Ich bin schuld an ihrem Tod!" schrie der Professor weinerlich. „Ich ... Aber sie wollte unbedingt einen starken Schuß, weil sie sich so aufgeregt hatte."

Die Frauen jammerten und heulten, die Männer redeten wirr durcheinander, Menschen, die ein schlechtes Gewissen hatten. „Warum mußtest du auch so ein empfindliches halbes Kind mitschleppen, du alter Trottel!" schimpfte Monsieur Giraud. Der Professor wollte etwas erwidern, doch eine metallisch, scharfe Stimme ließ ihn verstummen:

„Werfen Sie sofort alle Drogen über Bord, Pedro, und reißen Sie die Doppelwände der Drogenverstecke ab, damit niemand in Versuchung kommt, sie zu benutzen!"

Jäh verstummte der Tumult. Entgeistert starrten alle die Vicomtesse an. Captain Rossi war der erste, der die Sprache wiederfand. „Bist du wahnsinnig, Claudia?" herrschte er sie an. „Da steckt doch unser aller Geld drin." Die anderen schlossen sich an, protestierten laut: „Das gibt es doch nicht, für Millionen Stoff über Bord werfen! Warum denn das? Wir haben doch alle Trümpfe in der Hand!"

Mehr denn je fühlte Roland seine Abhängigkeit von der Haltung der Vicomtesse. Schon der nächste Augenblick konnte ihn wieder in das Kabelgatt bringen, sein Leben bedrohen ...

„Ich habe das Kommando hier an Bord!" trumpfte Captain Rossi auf. „Nur meine Befehle gelten!"

„Lediglich dem Namen nach sind Sie Kapitän", griff Roland ein. „In Wahrheit führt Pedro die Jacht. Und der Vicomtesse gehört sie. Wenn es diese Frau nun anwidert, weiterhin Menschen unglücklich zu machen, sollten Sie das zu würdigen wissen."

„Halten Sie sich da raus, Docteur", fiel ihm die Brasilianerin Inez Ramirez ins Wort. Ihre kalten, grauen Augen blickten ihn feindselig an. „Unser aller Geld steckt in dem Stoff. Und in Geldsachen verstehen wir keinen Spaß."

„Das ist mir klar", reagierte Roland. „Sie gehen über Leichen, wie wir gerade erleben. Und das wird Sie fertigmachen, denn es gibt Länder und Gerichte, die nicht viel Federlesens mit Dealern machen!"

Bernhard Vaillant, der aalglatte Franco-Amerikaner,

ereiferte sich: „Merkt ihr! Aus dem spricht der Agent von Interpol! Wahrscheinlich ist er auf uns angesetzt." Er wandte sich an die Vicomtesse: „Dann geht es vor allem dir an den Kragen, Claudia!"

Ihr Blick streifte Roland kurz. „Und wenn es so wäre", stieß sie hervor, „Janines bitteres Sterben bestimmt meine Handlungsweise. Alle Drogen werden über Bord geworfen!" Plötzlich redeten alle auf sie ein, um sie umzustimmen, erst lautes Klopfen und Hämmern ließ sie verstummen. Fragend blickte man sich an.

Als sie begriffen, was über ihren Köpfen geschah, wollten alle an Deck stürzen. Aber blitzschnell hielt die Vicomtesse einen versilberten Damenrevolver in der Hand: „Ich schieße jeden nieder, der den Salon verläßt und gegen meine Befehle handelt." Sie wandte sich an Roland: „Nehmen Sie ihnen ihre Waffen ab!"

Während des Tumults war Pedro aus dem Salon geschlichen. Mit Hilfe des Kochs, der Zofe, des Stewards und des Italieners hatte er die Befehle der Vicomtesse ausgeführt, während der Pole am Ruder stand.

Schimpfend und wutschnaubend hatten die Achtergäste im Salon Platz genommen. Pedro kam und untersuchte ihre Kabinen nach Waffen, dann durften sie sich frei bewegen. „Siehst du", sagte er hinterher zu Roland, „die Vicomtesse ist nicht schlecht. Sie wurde nur verführt. Wegen ihr bin ich an Bord geblieben. Im Grunde genommen ist sie ein guter Mensch."

* * *

Eine spannungsgeladene Atmosphäre herrschte, als die Leiche der jungen Schweizerin am nächsten Morgen der See übergeben werden sollte.

Pedro hatte die sterblichen Überreste in Segeltuch genäht und diesen Seemannssarg mit der Schweizer Flagge bemalt, weil seiner Meinung nach jeder, der auf See begraben wurde, mit der Flagge seiner Heimat umhüllt sein sollte. Nun lag das Segeltuchpaket auf einem Brett, das Reling und Achterluk miteinander verband. Auf Halbmast wehte die Trikolore. Die Vorderrahen waren gebraßt, langsam trieb die Jacht über die weite Wasserfläche, die in helles Sonnenlicht getaucht war. So war eben die Natur. Ohne Sentimentalität. Ließ die Sonne in offene Gräber scheinen und Sturm und Regen herrschen, wenn ein Kind geboren wurde oder ein junges Ehepaar zum Traualtar schritt!

Maskenhaft wirkten die Gesichter der Umstehenden, wie die von Angeklagten vor der Urteilsverkündung. Roland stand noch unter dem Eindruck der vergangenen Nacht. Vor kurzem noch schien sein Leben begrenzt, hatten andere für ihn Schicksal spielen wollen, nun waren diese selbst betroffen. War das höhere Fügung? Etwas, das man nicht erklären kann?

Es ist Brauch auf See, daß der Kapitän bei einem Begräbnis eine Trauerrede hält. Captain Rossi machte es sich dabei leicht, zu leicht. Er trat neben die Leiche. „Bringen wir diese leidige Angelegenheit hinter uns", sagte er. Es klang fast sachlich, kühl und beherrscht. Er machte eine kurze Pause, dann fuhr er fort: „Adieu, Janine." Dann eine Handbewegung zu Roland und dem Italiener hin, die zu beiden Seiten der Leiche standen: „Übergebt den Leichnam der See."

Betroffen starrte der Italiener den Kapitän an, während Roland die Initiative ergriff und zu sprechen anfing: „Ohne sein Zutun kommt der Mensch auf die Welt. Wie ein Geschenk empfängt er sein Leben. Geschenke verpflichten. Es liegt an dem Menschen, was er aus diesem Geschenk macht. Die größte Verpflichtung ist: Achte die Quelle alles Lebens und – deinen Mitmenschen ..." Er hielt inne und blickte sich um, als erwarte er einen Einwand. „Das haben wir alle gröblichst verletzt: Der bittere Tod dieses jungen Menschenkindes beweist es." Wieder schwieg er einen Augenblick, um dann leidenschaftlich weiterzusprechen: „Wenn ich sage, wir alle, dann schließe ich auch mich selber mit ein. Janine war verzweifelt, als sie sich dieses Teuelszeug spritzte. Und keinem von uns, auch mir nicht, konnte oder wollte sie sich in ihrer Verzweiflung anvertrauen. Deswegen sind wir an ihr schuldig geworden. Und jeder muß sich mit dieser Schuld auseinandersetzen. Ich tue es auf meine Art und bitte: Vater unser, der du bist im Himmel ..."

Erst war es Roland allein, der das Gebet sprach, aber die anderen fielen ein, bis zuletzt nur noch der Professor und Vaillant stumm und verbissen, ohne die Lippen zu bewegen, auf den Seemannsarg blickten.

Nach dem Gebet verständigte sich Roland mit dem Italiener durch einen kurzen Blick. Zusammen hoben sie das Brett an. Das Segeltuchpaket, das die Leiche jenes jungen Menschenkindes barg, das vor kurzem noch voller Hoffnung, Schmerz und zitterndem Leben gewesen war und jetzt nur noch Fleisch und Knochen, kam in Bewegung, stürzte in die See und verschwand, weite Ringe ziehend, bis das Wasser sich wieder glättete!

Langsam leerte sich das Deck. Jeder versuchte, auf seine Art, mit dem Vorkommnis fertig zu werden. „Seid auf der Hut!" warnte Pedro seine Bordgefährten. „Wir haben raffinierte, brutale Gegner unter den Achtergästen, die vor nichts zurückschrecken."

Roland hielt diese Befürchtungen für übertrieben. Was konnte schon geschehen? Die gesamte Besatzung stand geschlossen hinter der Vicomtesse, und die Waffen der Achtergäste, die diesen eine gewisse Überlegenheit gegeben hatten, befanden sich im sicheren Versteck im Matrosenlogis.

Vorerst hielten die Achtergäste „Leichenschmaus", wie sie es nannten. Dabei floß der Alkohol in Strömen und auch die Musik paßte eher zu einem fröhlichen Ereignis als zu einem Todesfall.

„Nur die Vicomtesse macht nicht mit", berichtete der Steward am Abend, als er zum Schlafen ins Logis kam. „Sie hat sich schon den ganzen Tag in ihren Räumen eingeschlossen. Der Tod des Mädchens muß ihr sehr nahe gegangen sein."

7

Um Mitternacht trat Roland mit dem Italiener seine Wache an. Er übernahm von Pedro das Ruder. Cestary ging in den Ausguck. Wie fast immer glänzte Captain Rossi, der ja Wachhabender war, durch Abwesenheit. Das Rad des Ruders in seinen Händen, starrte Roland auf den matt erhellten Kompaß.

Jemand betrat hinter ihm die Brücke. Als er aufblickte, erkannte er die Vicomtesse. Er hatte sie noch nie auf der Brücke gesehen. Sie stellte sich vor das Brückenfenster und starrte auf die nachtdunkle See hinaus, in der sich die Sterne spiegelten, daß es schien, als gleite die Jacht über einen sternenbestickten Teppich. Den Kopf etwas gesenkt, die Hände in die Taschen ihres rotbraun glänzenden, eleganten Ledermantels vergraben. Ein schmales, zartes Geschöpf, eine kleine, fremde Flamme Leben. Sie war ihm fremd, so wie er sich selbst überall fremd fühlte. War sie vorher in seinen Augen arrogant, lasterhaft, verlebt und verlottert gewesen, so hatte er, seit ihrem mutigen Auftreten im Salon, seine Meinung ändern müssen. Doch warum kam sie jetzt, mitten in der Nacht, auf die Brücke?

Lange stand sie da. Sie war ihm ein Rätsel. „Ich habe Angst, schreckliche Angst", stieß sie auf einmal hastig hervor. Er hatte das Gefühl, daß sie Mühe hatte, dieses Wort über die Lippen zu bringen.

„Angst?" wiederholte er fragend. „Vor Ihren enttäuschten Freunden?"

„Vor denen? Das sind doch nur erbärmliche Kreaturen, die mich ausnutzen." Einen Augenblick schwieg sie, dann drehte sie sich nach ihm um und blickte ihn mit ihren großen, schwarzen Augen verzweifelt an. „Angst vor mir selber. Ich bin in den letzten Jahren nur geflohen; zum Alkohol, zu Tabletten und bis gestern zu Drogen. Einsamkeit, Leere und Flucht, das ist mein Leben. Nun habe ich Angst, so zu enden wie Janine!"

Sie kam Roland vor wie ein verirrtes Kind, das man nicht allein lassen durfte. Der Italiener glaste. Alle halbe Stunde wurde die Glocke geschlagen. Vier Glas. Roland wechselte mit dem Bordgefährten. Er nannte ihm den anliegenden Kurs: „West zu West." Nach Seemannsbrauch wiederholte ihn die Ablösung. Als wäre es selbstverständlich, verließ die Vicomtesse mit Roland die Brücke und wich nicht von seiner Seite.

Der Mond war inzwischen aufgegangen, Dunstschwaden hingen über dem Wasser. Angestrahlt vom Vollmond, schien die Jacht zwischen zwei Meeren zu segeln, das eine oberhalb der dahinjagenden Wolken, das andere darunter. Wie verzaubert schien die Nacht.

„Wunderschön!" entfuhr es ihr. „So habe ich die See noch gar nicht erlebt."

Das Meer hat tausend Gesichter, und jedes ist von einmaliger Schönheit", erwiderte Roland. Dann schlief ihr Gespräch ein. Er mußte sich ganz dem Ausguck widmen, denn bei solchem Wetter war die Kollisionsgefahr auf See besonders groß. Später kam Wind auf und fegte die See rein. Zwischen dem Sternenheer leuchtete das Rund des Mondes und verzauberte die See zu einem riesigen Spiegel.

Die Vicomtesse nahm das Gespräch wieder auf: „Sie hätten Arzt werden sollen. Sie haben etwas an sich, das kranke Menschen beruhigt. Sie hatten doch Medizin studiert, wie mein Onkel feststellte, der in Ihren Sachen herumspionierte, weil er vermutete, Sie wären ein Agent von Interpol." Bei seiner Frage, ob sie ihn auch dafür hielte, hob sie nur zögernd die Schultern: „Ich weiß nicht, ob Sie ein Interpol-Agent sind. Es interessiert mich auch gar nicht mehr. Nach all dem Schrecklichen weiß ich nur, daß Sie ein Mensch sind, zu dem man aufschauen kann."

Er machte eine abwehrende Handbewegung: „Ich bin nichts Besonderes, habe meine Stärken und meine Schwächen. Und das Medizinstudium war nur von kurzer Dauer. Als ich neun Jahre alt war, raubte mir ein Autounfall meinen Vater. Trotz ihrer Krankheit arbeitete meine Mutter Tag und Nacht, weil unsere Rente kärglich ausfiel und sie unbedingt wollte, daß ich Arzt würde wie ihr Vater. Gegen Ende meines zweiten Semesters starb sie. Meine Militärzeit kam. Man zog mich zur Bundesmarine ein. Ich fand solchen Gefallen an der See, daß ich nach meiner Entlassung zur Handelsmarine überwechselte."

Wachwechsel. Pedro übernahm von Roland die Wache. Freiwache. Er wollte sich eben von der Vicomtesse verabschieden, als sie hastig seinen Arm ergriff. Bleiben Sie noch ein Weilchen mit mir zusammen!" bat sie. Schwer atmend stand sie vor ihm im blauen Dunkel der schwindenden Nacht. Der Mond fing sich in ihrem Haar, dunkelrot leuchteten die Lippen in dem abgemagerten, bleichen Gesicht, als wären sie fast schwarz. Ohne seine Zustimmung abzuwarten, hakte sie ihn unter und zog ihn mit sich fort. „Kommen Sie – ich brauche einen Menschen, den ich anfassen kann, der mir zeigt, wohin ich gehen soll."

Ihre Worte von früher fielen ihm ein: „Ich wünsche auf meiner Jacht keine Verbrüderung mit dem Plebs!" Und jetzt?

Ein Gefühl des Triumphes überkam ihn. Er war voller Neugier, als sie ihn hastig, als könne etwas geschehen, das sie trennte, hinab zu den Achterräumen führte.

Sie öffnete die Tür zu ihren Räumen. Damals, als Muna ihm die Achterräume gezeigt hatte, war er schon begeistert gewesen. Jetzt faszinierte ihn die Schönheit aufs neue. Über der Ledercouch hing ein Frauenportrait in rundem Goldrahmen, das ihn wegen seiner großen Ähnlichkeit mit der Vicomtesse interessierte.

„Meine Mutter", erklärte sie und ging auf sein offensichtliches Interesse ein. „Sie starb, als ich vierzehn war.

Mit zehn hatte ich erfahren, was die Erwachsenen ängstlich vor mir verheimlichen wollten: Sie litt an Krebs. Vier Jahre, bis zum Tod meiner Mutter, schleppte ich das Geheimnis, daß ich über ihre Krankheit Bescheid wußte, mit mir herum." Sie schwieg, überwältigt von der Erinnerung. Nach einem Weilchen fuhr sie fort: „Mutters Krankheit und die Strenge meines Vaters trugen wohl die Schuld daran, daß wir nie eine richtige Familie waren, ich nie Wärme verspürte. Mein Vater war ein sehr schwieriger, harter Mensch, der nur an Geld und Geschäfte dachte. Gleich nach dem Begräbnis meiner Mutter steckte er mich in ein Internat, in dem es so zuging, wie er es auch praktizierte: Mit Angst erziehen, aber nicht verziehen. Ich war siebzehn, als er starb. Daß mir sein Tod gar nicht naheging, ist wohl verständlich."

Sie griff nach ihrem Zigarettenetui, einem Kleinod aus Gold und Juwelen, und bot Roland zu rauchen an. Als er ablehnte, bediente sie sich, zündete die Zigarette an, inhalierte tief und stieß den Rauch aus der Nase. Sie wies auf die Sessel: „Nehmen Sie doch Platz."

Sie holte zwei Gläser und eine Flasche Champagner. In den Gläsern perlte der edle Wein. Sie trank ihr Glas in einem Zuge leer. „Nicht so hastig", mahnte er. „Edler Wein muß genossen werden."

Sie nickte: „Ich weiß. Ich weiß. Aber eine Alkoholikerin wie ich vergißt das nur zu oft." Sie holte tief Luft: „Und ich bin schon eine ganze Weile Alkoholikerin. Fast seit meiner Hochzeit, bald nach meines Vaters Tod. Ich sehnte mich so sehr nach einem eigenen, richtigen Zuhause, nach einer Familie, nach Wärme und Geborgenheit. Doch wie konnte ich das bei einem Playboy finden, der nur an sich dachte und Alkoholiker, Schürzenjäger und drogensüchtig war?"

„Hat Sie denn nicht der Professor als ihr Onkel gewarnt?" wunderte er sich.

„Der?" Verächtlich sagte sie: „Einer, der viermal verheiratet war und wieder geschieden wurde und sich noch mit siebzig wie ein Playboy benimmt? Mein Mann war ein jüngerer Freund von ihm."

Sie hatte sicher eine Unmasse Verehrer, mußte er denken: jung, schön, eben aus dem Internat gekommen, einzige Tochter und Erbin eines Multi-Millionärs!

„Im Internat waren Rauchen, Alkohol und natürlich Drogen strengstens verboten", blätterte sie ihm weiter ihr bitteres Lebensbuch auf. „Mein Mann machte mich innerhalb kurzer Zeit auf raffinierte Weise damit bekannt. Dann ging es mit mir rapide abwärts. Mit schwerer Hirnhautentzündung und infektiöser Gelbsucht brachte man mich in ein Entwöhnungs-Sanatorium. Monatelang lag ich hinter dunklen Vorhängen und litt schwer. Nicht ein einziges Mal besuchte mich mein Mann, der sein Leben in vollen Zügen genoß und mit meinem baldigen Tod rechnete. Aber ich erholte mich und ließ mich, angewidert von diesem Menschen, sofort scheiden. Drei Millionen verlangte er als Abfindung, und ich zahlte. Dann lernte ich viele Männer kennen, die mich umschwärmten wie die Bienen den Honig und mich heiraten wollten. Aber von einer Ehe wollte ich nichts mehr wissen. Ich wehrte mich entschieden dagegen, nur nicht gegen Rauchen, Alkohol und Drogen, denen ich bald wieder erlag ..."

Hastig drückte sie ihre Zigarette im Aschenbecher aus. „Und jetzt bin ich wieder dabei, eine Entziehungskur zu machen. Diesmal aber ohne Sanatorium und ärztliche Aufsicht." Sie seufzte: „Das ist noch schwerer als damals."

Sie faßte seine Hand, hielt sie umklammert wie ein Ertrinkender eine rettende Planke. Ihre Augen flehten, ihre Stimme zitterte: „Helfen Sie mir, bitte! Ich schaffe es nicht allein. Und die Menschen hier, mein Onkel und die anderen, sind selber drogensüchtig, labil und gewissenlos."

Roland war verwirrt. Ein psychisch hochgradig gestörter Mensch bat ihn verzweifelt um Hilfe! Sie griff nach der Flasche, um die Gläser neu zu füllen. Die Juwelen der Ringe an der schmalen, feingliedrigen Hand funkelten. „Sie haben ja noch gar nicht ausgetrunken", bemerkte sie.

„Wein trinkt man, um zu genießen, nicht, um sich zu betrinken", zitierte er einmal Gelesenes.

Ihre Augen hefteten sich nachdenklich an sein Gesicht. „Können Sie Mitleid mit einer Versagerin haben?"

Seine Stirn runzelte sich. „Versagerin?" wiederholte er und meinte es ernst damit: „Sie wollen doch nicht etwa behaupten, daß jemand, der so tapfer aufgetreten ist bei der Auseinandersetzung im Salon wie Sie, eine Versagerin ist?"

Seine Worte lösten eine merkwürdige Veränderung bei ihr aus. Das todblasse Gesicht rötete sich, ihre Augen wurden feucht, Schluchzen schüttelte ihren Körper. Beruhigend strich er ihr übers Haar: „Nicht weinen! Es wird schon alles wieder gut!"

„Sie sind der erste Mensch, der an mich glaubt", schluchzte sie: „Alle wollten etwas von mir, fragten nicht nach mir, suchten nur ihren Vorteil ..."

Tränen! Die stolze Vicomtesse weinte! Das hätte er nie für möglich gehalten. Er hatte sie für einen Verstandesmenschen ohne Gefühl gehalten. Aber die Wirklichkeit sah anders aus. Ihr Wille, sich zu ändern, imponierte ihm. Sich seines Einflusses auf sie voll bewußt, hob er sie empor und legte sie auf die Couch. „Jetzt wird schön geschlafen!" forderte er sie auf.

„Aber bleiben Sie bei mir!" bat sie.

„Was bleibt mir weiter übrig", scherzte er. „Ich kann doch solch ein zartes Menschenkind nicht allein lassen."

Sie griff nach einer Schachtel auf dem nebenstehenden Tischchen und nahm eine Tablette heraus. „Ich habe sie noch von meiner letzten Entziehungskur. Ich brauche jetzt eine. Ich spüre, wie dieser schreckliche Magenkrampf kommt, der Schweißausbruch. Ich habe Angst!"

Sie nahm die Tablette, an allen Gliedern zitternd. Fürsorglich deckte Roland sie mit einer Decke zu, die auf der Couch lag. Sie griff nach seiner Hand, umfaßte sie mit beiden Händen und schloß die Augen. Ihr hastiger Atem wurde allmählich ruhiger.

Neben ihr auf der Couch sitzend, hatte er Zeit, sie aus nächster Nähe zu betrachten. Sie erschien ihm so ganz anders als früher. Ihr Anblick faszinierte ihn. Die Feinheit ihrer Züge, die trotz der verheerenden Wirkung des Rauschgiftes noch ihre ursprüngliche Schönheit besaßen, der Schnitt ihres schmalen, edlen Gesichtes, ihre Hilflosigkeit ... Sie tat ihm leid, und er nahm sich vor, alles zu tun, um ihr zu helfen.

Müdigkeit überkam ihn. Die Augen fielen ihm zu. Seine Gedanken, die sich eben noch mit der Schläferin beschäftigten, gingen in Träume über. Er träumte von ihr ...

An einem sonnenhellen Strand hielten sie sich bei den Händen und rannten lachend und voller Übermut in die See, deren Wellen schäumend heranrollten ...

Jäh wurde er aus Schlaf und Traum gerissen. Jemand schlug auf ihn ein und schrie: „Sie verdammtes Schwein wagen es, mit meiner Braut zu schlafen!"

Schlagartig war Roland hellwach, stieß den Angreifer von sich und sprang auf die Beine. „Lassen Sie mich in Ruhe, Captain Rossi!" drohte er. „Ich blieb bei der Vicomtesse, weil sie sich nicht wohlfühlte!"

Die Vicomtesse machte dem Auftritt ein Ende. „Braut sagst du?" herrschte sie ihn an. „Befreundet waren wir miteinander. Und diese Freundschaft ging mit dem Tod Janines, der nicht den geringsten Eindruck auf dich machte, in die Brüche. Raus – und laß dich nicht wieder hier sehen!"

Er grinste hämisch: „Daß sich die stolze Vicomtesse de Leblanc mit dem Plebs einläßt!"

Mit einem Satz sprang sie zur Wand, wo ihre Reitpeitsche hing. Im nächsten Augenblick ließ sie sie auf sein Gesicht klatschen. Er hob die Hände, um ihr die Peitsche zu entreißen. Blitzschnell schlug sie immer wieder zu, traf die Hände, sein Gesicht und trieb ihn aus ihrem Boudoir. Captain Rossi war kein Held. Brüllend vor Wut und Schmerz flüchtete er vor seiner ehemaligen Geliebten.

Welch ein Bild: Der flüchtende Mann und diese grazile Dame, die die Reitpeitsche geschickt gebrauchte und wie eine wütende Tigerin auf ihn einschlug – Roland konnte sich das Lachen kaum verkneifen.

Mit zorngerötetem Gesicht und zitternden Händen gab sie ihrer Zofe, die der Lärm herbeigerufen hatte, die Reitpeitsche. Diese hängte sie an die Wand zurück und fragte: „Wo soll ich das Frühstück servieren, Vicomtesse de Leblanc?"

„Das Frühstück? Hier in meinem Boudoir. Und alle weiteren Mahlzeiten während der ganzen Reise hier. Und für Monsieur Burger gleich mit."

Roland blickte auf seine Uhr: „Das geht nicht. In zehn Minuten fängt meine Wache an."

Ihr Gesicht, eben noch voller Zorn, verzog sich und drückte Hilflosigkeit aus. Die Vicomtesse hatte viele Gesichter. „Lassen Sie mich nicht allein. Nehmen Sie mich mit!" bat sie.

Er dachte daran, daß sie ja schwer krank war und er ihr helfen wollte.

Da kam ihm eine Idee: „Ich muß Sie sogar mitnehmen. Ich will Ihnen doch das Segeln beibringen."

„Das Segeln?" wiederholte sie erstaunt.

Ernsthaft bejahte er: „Das Segeln. Es ist doch schrecklich, daß Sie solch ein herrliches Schiff besitzen und nicht wissen, wie man es lenkt."

Sie war Feuer und Flamme und hastete in den Ankleideraum: „Ich ziehe mich schnell um. Muna kann uns ja das Frühstück auf die Brücke bringen."

„Erst wird sich aber tüchtig kalt geduscht und frottiert, damit der Kreislauf in Bewegung kommt!" rief er ihr nach.

Die Zofe half ihr. Die Vicomtesse duschte, wie er ihr befohlen hatte. Sie war krank und klammerte sich in ihrer

Hilflosigkeit an ihn. Sie würde alles tun, was er ihr sagte. Darüber war er sich im klaren – und auch über seine Verantwortung.

Bald kehrte sie zurück, bekleidet mit Hose und Weste aus blauem Nappaleder. Unter der Weste trug sie eine weiße Bluse, ein Paar hochhackige Stiefel vervollständigten ihre Aufmachung. Schmal und knabenhaft wirkte sie darin. Sie hielt sich an seiner Seite, als sie an Deck gingen. Pedro, den Roland am Ruder ablöste, staunte nicht wenig, als sie gemeinsam die Brücke betraten. Gleich darauf brachte die Zofe das Frühstück.

„Und nun werde ich Sie in die christliche Seefahrt einführen", erklärte er nach dem Essen. „Also – dieses Rad in meinen Händen steuert das Schiff. In der Seemannssprache wird es Ruder genannt ..."

Aufmerksam hörte sie ihm zu, wie er ihr die einzelnen Geräte erklärte und sie mit den Geheimnissen der Seefahrt bekanntmachte. Er war ein guter Seemann und ein hervorragender Segler dazu und wußte so ziemlich alles, was Meer und Wind mit einem Schiffe machen konnten!

Am späten Vormittag tauchte der Professor an Deck auf. Dabei veranstaltete er sein übliches Morgenkonzert, hustete und ächzte, als besäße er zehn Lungen, und ließ sich unter dem Sonnensegel sein Frühstück servieren.

„Wie schrecklich!" reagierte die Vicomtesse. „Er hat völlig gedankenlos gelebt. Und ich war auch auf dem Weg!"

Mittagszeit und Wachwechsel kamen. „Ich habe gewaltigen Hunger", gestand die Vicomtesse. „Natürlich speisen wir zusammen."

Sie hatte wirklich Hunger, aß tüchtig und wurde dabei müde.

„Verlassen Sie mich nicht!" bat sie, als sie sich auf der Couch ausstreckte. In einem der Sessel döste er vor sich hin, während sie tief und fest schlief.

Die Zeit, die dann folgte, war schlimm. Daß für einen Süchtigen die erste Woche der Entziehung eine Qual bedeutet, war ihm bekannt, daß sie aber eine Hölle war, mußte er jetzt aus nächster Nähe miterleben.

Er hatte nie recht an die Existenz des Teufels glauben können, doch hier erlebte er, wie dessen Macht in einem Menschen wirkte, der die Gesetze der von Gott geschaffenen Natur mißachtete. Eine Suchtkranke in der Hölle des Entzugs, die sich aus dem Teufelskreis befreien wollte.

Dabei hielt sich die Vicomtesse tapfer. Mit Eifer widmete sie sich der Seemannschaft, als hänge davon ihr Leben ab, und versuchte, damit ihre Depressionen zu bekämpfen. Er half ihr dabei, redete ihr gut zu, wenn sie verzagen wollte, fütterte sie wie ein Kind, wenn ihr jede Speise zuwider war, und drängte ihr helfende Tabletten auf. Aber auch schreckliche Stunden machte er mit ihr durch, in denen sie sicher einen Rückfall gehabt hätte, wenn er nicht gewesen wäre. So wie jener Augenblick, als sie, am ganzen Körper zitternd, verzweifelt schrie: „Ich komme nicht los von der Nadel! Ich halte es nicht mehr aus! In meiner Kommode ist eine Büchse mit einem Rest Heroin. Machen Sie mir einen Druck! Bitte, bitte!"

Das hohlwangig gewordene, totenblasse Gesicht, in dem die mandelförmigen Augen fieberhaft glühten, drückte ein einziges Flehen aus.

Er holte die Büchse, die Spritzen, Gummiband zum Abbinden und einen Rest Heroin enthielt, und band ihr den von zahllosen Nadelstichen zerstochenen Arm ab. Doch er spritzte ihr kein Heroin in die Vene, sondern ein Schlafmittel aus der Medizinkiste. Aufatmend ließ sie sich zurückfallen. Das Schlafmittel wirkte. Ihr Gesicht entspannte sich, ihr Atem wurde ruhig, bald schlief sie tief und fest. Sie schlief noch, als er zur Wache mußte. Um sie beim Erwachen nicht zu beunruhigen, weckte er ihre Zofe und ließ sie bei ihr wachen.

Die Vicomtesse schlief noch, als er am Morgen von der Wache kam. Das Schlafmittel hatte dem ausgemergelten Körper einen langen, erholsamen Schlaf verschafft. Erst gegen Mittag erwachte sie.

„Ich fühle mich so entspannt und gestärkt", erklärte sie. Doch dann kam die Erinnerung. Sie senkte den Kopf. „Ich werde wohl immer vom Dope abhängig sein."

Er setzte sich neben sie auf die Couch und klärte sie auf: „Es war gar kein Heroin, das ich Ihnen gespritzt habe. Ein Schlafmittel, und Sie haben neun Stunden geschlafen." Sprachlos starrte sie ihn an, dann umarmte sie ihn impulsiv und schluchzte voller Freude:

„Ich bin frei! Das Gefängnis, das ich mir zimmerte, ist zerstört! Ich fühle es! Ich fühle es mit allem, was ich bin! Mein Atem ist anders, mein Schlaf ist nicht mehr tot, mein Leben hat wieder Sinn, ist nicht mehr leer." Sie löste sich von ihm, sah die Büchse mit den Fixer-Utensilien auf dem kleinen Tischchen, sprang auf, ergriff sie, lief zum offenstehenden Bullauge und warf alles über Bord, riß die Tür der kleinen Bar auf, nahm Flasche um Flasche und schleuderte sie in die See. Lächelnd sah er ihr zu. „Man darf alles", sagte er, als sie völlig außer Atem allen Alkohol hinausbefördert hatte. „Nur – es muß in Maßen genossen werden."

„Aber für eine Alkoholikerin wie mich ist jeder Schluck eine Versuchung", widersprach sie. „Wie anders lauten die Worte Jesu: ‚Führe uns nicht in Versuchung!' Sind sie nicht so zu verstehen, daß ich alles Versuchende aus meinem Bereich verbannen muß?"

Das überraschte ihn. „Sie glauben an Gott?"

„Ja – ich glaube an Gott. Vielmehr – ich glaube wieder an Gott. Meine Mutter war sehr fromm und lehrte mich glauben. Doch mein Kinderglaube starb mit ihr. Die Dinge, die dann kamen, die Strenge des Internats, die Haltung meines Vaters, später meines Mannes und dem sogenannten Freundeskreis, waren nicht dazu angetan, mich zu ihm zurückzuführen. Erst Ihre Haltung und Janines Tod haben mir bewußtgemacht, was ich damals aufgegeben habe."

Daß er die Ursache ihrer Wandlung gewesen sein sollte, machte ihn nachdenklich.

„Um von einer Sucht wirklich freizukommen", hörte er sie weitersprechen, „braucht man nicht nur große Willenskraft, man muß auch zusätzlich eine Kraft in sich verspüren, die stärker ist als Drogen und Alkohol. Bei mir war diese Kraft der Glaube an Gott. Und nun ist mir, als wäre ich aufs neue geboren ..."

Tatsächlich – die Menschen auf der Jacht erlebten eine neue Vicomtesse. Voller Freude gab sie sich der Arbeit auf der Brücke hin, und in der Freizeit war sie bemüht, Roland den Aufenthalt bei sich so angenehm wie möglich zu machen.

Fast drei Wochen lang hatte sich Roland um sie bemüht, um sie gesorgt und versucht, ihre Schmerzen und Ängste zu lindern. So etwas verband miteinander. Doch nun war es an der Zeit, sich zu trennen. Er drängte den Gedanken daran zurück, entschuldigte sein Bleiben damit, sie könne einen Rückfall bekommen ...

Nach wie vor schlief sie in Kleidern auf der Couch, und Roland schob die Sessel zu einem Lager zusammen. Sie gingen zusammen auf Wache und verlebten die Freiwachen miteinander.

Meile um Meile hatte die Jacht inzwischen zurückgelegt. Still und friedlich war das Leben an Bord verlaufen. Wie üblich kochte der Smutje für alle, die Vormastleute holten sich ihr Essen selber aus der Kombüse, die Achtergäste bediente der Steward, und Muna bemühte sich um die Vicomtesse und Roland.

Man wahrte Distanz. Von Haß war nichts zu spüren. Doch der Schein trog. Immer wieder warnte Pedro: „Seid auf der Hut vor den Achtergästen! Sie sind zu allem fähig."

Hatten sie bisher das beste Wetter gehabt, veränderte es sich auf einmal schlagartig. Das Barometer begann zu fallen. Nicht schnell, sondern ganz langsam, was kein gutes Zeichen war. Die Sonne war hinter einem Wasserschleier verborgen, ihre Scheibe wurde bleich und verschwand schließlich aus dem Zenit, um kurze Zeit später für wenige Minuten in blutroter Schrecklichkeit dicht über dem Horizont aufzutauchen. Dichter und dichter bauten sich, einem Gewölbe gleich, Wolken auf.

Pedro, Roland und die Männer, die die See kannten, lasen am Himmel die Vorboten des drohenden Unwetters.

Noch immer fiel das Barometer, langsam und stetig, Anzeichen eines Sturmes von langer Dauer. Captain Rossi galt als Führer der Jacht, wer es aber wirklich war, bewies der Augenblick – Pedro, der alte spanische Seemann. Er spannte auch die Achtergäste ein, ließ das stehende Gut durchsetzen und die Segel reffen und alles für den Kampf mit Sturm und See vorbereiten.

Die erste Bö setzte ein. Bald folgte Bö auf Bö. Wie ein Wasserfall überschütteten sie jedesmal die Jacht. Pausenlos jagten sie heran, ständig im Angriff. Der Sturm zerfetzte die Segel und knallte böse in die Segelfetzen. Die Jacht tanzte auf heranrauschende Wogenberge, fiel in tiefe Wellentäler, die glasig wie geschmolzene Lava aussahen. Vor jeder Bö kam eine seltsame Dunkelheit, die das Grau des Himmels und der See noch vertiefte. Von Zeit zu Zeit leuchtete hinter den Wolken ein schwacher Blitz auf. Dann zog die Bö wieder weiter, wurde die Sicht für kurze Zeit wieder besser.

Angst machte sich breit. Vor allem bei den Achtergästen, die alle ein hohes Bankkonto an Land besaßen, das sie noch verleben wollten. Der Professor, obwohl durch sein Alter dem Tod am nächsten, zitterte am meisten. Mehrmals am Tage kam er über das überschwemmte Deck auf die Brücke, um sich bei Pedro zu erkundigen, ob das Ende des Unwetters noch nicht nahe sei.

8

Am dritten Sturmtag wachte Roland auf und hatte das Gefühl, beobachtet zu werden. Die Vicomtesse saß auf der Couch. Er überlegte, ob er weiterschlafen sollte, aber es störte ihn, daß sie ihn beobachtete. Er richtete sich auf.

„Ist etwas?"

Sie schüttelte den Kopf. „Ich konnte nicht mehr schlafen. Es tut mir leid, wenn ich Sie geweckt habe, Docteur. Ich dachte eben darüber nach, wie ein Mann wie Sie dazu kommt, sich solch einem gefährlichen Beruf zu widmen. Sie haben doch zwei Semester Medizin studiert. Soll ich dafür sorgen, daß Sie Ihr Studium beenden können?"

Das war ihm peinlich. Er erhob sich und zog seine Stiefel an. „Ich habe keinen Grund zu klagen, denn ich habe den Seemannsberuf selbst erwählt. Daß er manchmal gefährlich ist, war mir klar." Er griff nach seiner Jacke und ging zur Tür.

„Docteur!" hörte er sie rufen. „Was ist? Wir haben doch noch eine Stunde Zeit bis zu unserer Wache."

Im Weitergehen dachte er: Ja – was ist eigentlich? Sie meint es doch gut mit dir ... Alle nannten ihn Docteur seit sie von seinem Medizinstudium erfahren hatten, und er fand nichts dabei, aber aus ihrem Munde, und dann dieses Angebot! Irgendwie fühlte er sich dadurch gedemütigt.

Er hörte hinter sich die Tür ihres Boudoirs zuschlagen. Offenbar folgte sie ihm.

Noch immer tobte der Orkan mit unverminderter Stärke. Es gab kein Meer und keinen Himmel, nur ein Brüllen und Toben. Berge aus Wasser, die zerbarsten und heulend auf das Werk von Menschenhand herunterstürzten. Es gab nur noch Wellenfelsen, die donnernd aus riesigen Tälern geboren zu werden schienen, und schwarze, brüllende Tiefe, in die man hineinstürzte und wieder hinaufgeschleudert wurde in eine Welt, die aus salzigem Gischt und tosendem Wasser bestand.

Roland suchte die Brücke auf, wo sich Pedro und der Pole befanden. Wie sein Schatten folgte ihm die Vicomtesse.

„Wir kommen durch!" sagte Pedro, um ihr Mut zu machen. „Wir schaffen es! Wir haben ein gutes Schiff!" Doch sie reagierte nicht darauf. Erst ein Weilchen später, sie schien darüber nachgedacht zu haben, ging sie darauf ein: „Wenn Sie mich gemeint haben, Bootsmann, ich habe keine Angst vor dem Unwetter. Ich glaube an Gott und vertraue auf ihn."

Gegen Mittag begegneten sie der siebenten US-Flotte, die im Indischen Ozean operierte. Die in ihren Grundseen rollende See überschüttete die riesigen Schlachtschiffe, die sonst Tod und Verderben verbreiteten, mit ihren Wasserbergen, daß es aussah, als wären sie für immer verloren. Macht und Ohnmacht dicht beieinander.

Beim Wachwechsel ließ Pedro, den die Sorge um das Schiff an Deck bleiben ließ, die zerfetzten Segel auswechseln, da die Jacht zuviel Wasser übernahm. Von den Achtergästen war nur Monsieur Giraud bereit, mit den Vormastleuten in die Wanten zu gehen. Den Kapitän und die anderen Männer spannte der Spanier ein, die notwendigen Griffe an Deck zu tun.

Roland erwischte die Vicomtesse gerade, als sie vor dem Italiener in die Takelage steigen wollte. Er faßte sie um die Hüfte: „Das gibt es nicht. Das ist viel zu gefährlich!"

Sie hielt sich an dem Want fest. „Sonst gibt es wohl wieder welche hinten drauf!" höhnte sie. „Ich kenne mich in der Takelage aus. Ich war schon einmal oben."

Er verstärkte seinen Griff. Ja – er hatte sie einmal an einem schönen Tag auf die unterste der Rahen mitgenommen, um ihr zu zeigen, wie Segel gerefft werden. Krampfhaft hielt sie sich am Want fest, drängelnd: „Lassen Sie mich! Lassen Sie mich!"

Ein riesiger Brecher, der über Deck schlug, machte ihrem Lamentieren ein Ende. Er warf beide auf die Planken, schwemmte sie fort und schleuderte sie gegen den Brückenaufbau. Instinktiv hatte er fester zugegriffen und sie sich an ihn geklammert. Nun lagen sie, völlig außer Atem, vor dem Brückenaufbau. Er löste sich von ihr.

„Das hätte schlimm ausgehen können", knurrte er ärgerlich. Aus weitaufgerissenen Augen, in denen noch Angst und Grauen stand, starrte sie ihn an.

Sturm und See machten ihnen beim Auswechseln der Segel schwer zu schaffen. Stundenlang dauerte es, bis sie es geschafft hatten und die Jacht ruhiger in der See lag.

Ein richtiger Seemann muß leben, als wäre das Leben ein Schachspiel. Man denkt nicht einen Schritt voraus, sondern zehn. Pedro ließ die zerfetzten Segel sofort flikken, um notfalls Ersatz zu haben.

In der achtern liegenden Segelkoje hockten die Vormastleute mit Segelhandschuhen und zogen die gebogenen, starken Nadeln mit den Hanffäden durch das Segeltuch. „Zeigen Sie mir mal, wie das gemacht wird, Bootsmann", bat die Vicomtesse, die nach dem Vorgefallenen nicht wagte, zu Roland zu gehen. Pedro zeigte es ihr.

Segelflicken. Wo geschieht das – wie das Ankerhieven – auf Windjammern ohne Gesang? Pedro stimmte das alte kubanische Fischerlied „La Paloma" an. Er sang englisch, der Umgangssprache an Bord der Jacht. Alle sangen mit, außer der Vicomtesse. Schämte sie sich vor den Männern, oder war sie wieder in jene undefinierbare Unnahbarkeit von früher verfallen?

Und doch war die Stille, nachdem das Lied von der Weißen Taube verhallt war, wie ein Warten und Lauschen nach der Vicomtesse hin.

Ein Ton klang auf, eine Melodie voller Wehmut, die mitriß. Die Vicomtesse besaß eine wunderbare Stimme, unsagbar weich und innig. „Ich weiß nicht, was soll es bedeuten, daß ich so traurig bin …", klang es. Roland horchte auf. Die Vicomtesse sang deutsch! Wie benommen starrte er auf die Sängerin, die im Nähen innegehalten hatte und beim Singen versonnen vor sich hinblickte. Weich und klagend durchzitterte ihr Gesang die Segelkoje!

Das Lied verhallte.

„Großartig, Vicomtesse!" lobte Pedro. „Sie können fabelhaft deutsch."

„Früher vielleicht, Pedro", widersprach sie, „schließlich war Deutsch Pflichtfach an dem Schweizer Internat. Aber ich habe es fast verlernt, wie man jede angelernte Sprache verlernt, wenn man nicht in Übung bleibt. Nur dieses Lied Heinrich Heines von der Loreley ist mir unvergeßlich geblieben."

Für eine Weile der Welt entrückt, hatte Roland den Gesang in seiner Muttersprache auf sich wirken lassen und sah im Geiste den steilen Felsen am Rhein. Ihm war zumute wie dem Schiffer im Lied von der Loreley, der die holde Sängerin auf dem Gipfel des Steinriesen sah, bis sein Schiff am Felsen zerschellte. Immer wieder suchte sein Blick die Vicomtesse, während er bemüht war, seine Erregung durch die Arbeit zu verschleiern.

Draußen dunkelte die Nacht herauf, und langsam ebbte das Unwetter ab.

Die Vicomtesse erhob sich, als Pedro eine Laterne aufhängte, die die Segelkoje nur spärlich erhellte. „Ich bin todmüde, Bootsmann", sagte sie und stand auf.

Pedro ruhte nicht, bis die zerrissenen Segel geflickt waren. Es ging auf Mitternacht zu, als er die Segelkoje schloß. Auf der Brücke befand sich Monsieur Giraud, im nebenliegenden Kartenhaus Captain Rossi, die die kundigen Vormastleute während des Segelflickens abgelöst hatten. Die Taschenlampe mit dem Mund haltend, stand Captain Rossi über den Kartentisch gebeugt und studierte aufmerksam die vor ihm liegende Karte. Welch großes Interesse er auf einmal an den Tag legte! So etwas war noch niemals vorgekommen.

Roland übernahm mit dem Italiener die Wache. Pedro, der in den Sturmtagen nicht zur Ruhe gekommen war, trat seine Freiwache an. „Das Unwetter wird noch mehr abflauen", prophezeite er aufgrund seiner seemännischen Erfahrung, als er unter Deck ging. „Sicher wird morgen die Sonne scheinen. Dann können wir ein Besteck nehmen und wissen, wie weit uns der Sturm von unserem Kurs abgetrieben hat."

Der alte Seemann behielt recht. Der Sturm flaute merklich ab. Wolkenfetzen jagten über den Himmel, zerfetzten Fahnen nach einer Schlacht gleichend. Hin und wieder gab das dunkle Gewölk ein Stück des Himmels frei, blickte das Mondlicht wie ein riesiges Auge forschend aus himmlischen Höhen herab.

Die Zeit verging. Der Italiener glaste – acht Glas – Wachwechsel. Unschlüssig blieb Roland auf halbem Wege nach achtern stehen. Er mußte an das Wortgeplänkel mit der Vicomtesse denken. War es nicht an der Zeit, wieder ins Matrosenlogis umzuquartieren?

Dann siegte aber doch die Vertrautheit mit dem Boudoir und die Nähe seines Schützlings.

Vorsichtig öffnete er die Tür. Wie die ganze Zeit hindurch lag die Vicomtesse auf der Couch, doch nicht wie sonst in ihrer Kleidung, sondern mit einem gelbseidenen Pyjama bekleidet. Er spürte, sie wurde zu einer Gefahr für ihn. Ein Seemann sollte nichts haben, was ihn festhalten könnte. Nichts, was das Herz bewegte. Das Abenteuer, aber nicht mehr ... Doch diese Vicomtesse war eine große Verlockung. Sie war nichts als Verzweiflung, wenn sie verzweifelt war, und würde nichts als Liebe sein, wenn sie liebte. Eine Liebe, die einen Mann halten konnte wie ein starker Anker das Schiff ...

Er mußte sich Gewalt antun, den Blick von ihr zu lassen. Langsam schob er, nach gewohnter Weise, die Sessel zusammen und legte sich schlafen. Trotz seiner Erschöpfung – schließlich war er die letzten zwanzig Stunden auf den Beinen gewesen – konnte er lange nicht einschlafen. Immer wieder zog die Schläferin wie ein Magnet seine Blicke auf sich. Nur langsam beruhigte er sich. Wie töricht von ihm zu glauben, er würde ihr etwas bedeuten! Sie, die arrogante Dame von Adel, und er, ein armer Seemann. Absurd. Schließlich war es die Müdigkeit, die ihn allen Denkens enthob.

Er erwachte, als die Zofe die Vicomtesse weckte. Sie hielt ihr den Morgenrock und ließ sie hineinschlüpfen, dann gingen beide ins Bad. Das Prasseln der Dusche vertrieb bei ihm die letzten Spuren der Müdigkeit. Er räkelte sich schlaftrunken und schob die Sessel des primitiven Lagers auseinander.

Die Vicomtesse kam. Wie in den vergangenen Wochen trug sie die Lederkleidung, die ihm vertraut geworden war wie sie selbst. „Habe ich gut geschlafen!" begrüßte sie ihn lächelnd. Ein Lächeln, das um die Augen herum war, und dann erst auf ihren feingeschwungenen Mund übergriff.

„Das war der Schlaf der Erschöpfung", erklärte er, staunend über ihre Veränderung.

Sie nahmen das Frühstück gemeinsam ein. Munter plaudernd und tüchtig essend saß sie ihm gegenüber. Mehr als vor dem Einschlafen packte ihn der Drang, zärtlich zu ihr zu sein. Er mußte sich gewaltsam zurückhalten, damit er sie nicht an sich riß und ihr gestand, wie er fühlte.

Wie eine Sturmbö hatte ihn dieses Gefühl überrascht, drang durch Mark und Bein. Dabei kam ihm ein Gedanke: Sie ... ausgerechnet sie, die er von Anfang an nicht ausstehen konnte ...

Noch immer war die See voller Unruhe, als sie an Deck kamen. „Vielleicht haben wir Mittag Sonne zum Besteckaufnehmen", tröstete Pedro beim Wachwechsel. „Ich vermute, daß wir in der Nähe des Persischen Golfs treiben."

Roland und die Vicomtesse standen auf der Back und blickten hinaus auf die See.

„Der Sturm ebbt ab", sagte sie.

„Das klang ja fast bedauernd."

Sie blickte ihn an: „Ich habe ihm viel zu danken, hat er mich doch wieder leben gelehrt. Ich habe gelernt zu atmen. Ich war da, wieder da, fühle mich wie neugeboren. Und was in meiner Vergangenheit war, waren bloß die Geburtswehen. Zum ersten Mal spüre ich, daß ich bin."

Roland konnte es kaum fassen: War diese Frau neben

ihm noch die verängstigte Vicomtesse? Wind und Wetter hatten ihr Gesicht gebräunt, lebensfroh leuchteten daraus die großen, schwarzen Augen.

Als wäre es wichtig für ihn, sprach sie hingerissen weiter von diesem neuen Lebensgefühl, das sie ergriffen hatte: „Durch und durch ist mir alles gegangen, so wie der Wind durch einen Baum fegt. Es war mir, als strömten überall Quellen in mir; über den Nacken, gegen die Brust, bis in die Zehenspitzen, als müßte ich grünen wie ein Baum und Blätter und Blüten treiben. Es läßt mich nicht los, und ich bin glücklich! Glücklich!"

Er kannte als Seemann die Freude, die man verspürt, wenn man eine Gefahr oder ein Unwetter heil überstanden hat. Darum konnte er nachfühlen, wie einem Menschen zumute sein mußte, der die gefährliche Drogensucht überwunden hatte.

Kurze Zeit später tauchte der amerikanische Flottenverband wieder auf, dem sie vor kurzem begegnet waren: Die siebente US-Flotte. Um den riesigen mit Atomkraft getriebenen Flugzeugträger „Enterprise" scharten sich U-Boote, Kreuzer und Zerstörer wie die Küken um die Glucke. Sie demonstrierten Amerikas Macht vor der Einfahrt zum Persischen Golf. Es ging um Öl. Um Öl, das zum Lebenselixier der westlichen Zivilisation geworden war.

Gegen Mittag klarte das Wetter weiter auf. Ein scharfer Wind fegte den Himmel rein. Voller Sonne und Wind schien der Tag zu werden, leicht gekräuselt war das Meer mit einem Geruch nach Ewigkeit.

„Wir befinden uns fast auf der Höhe von Aden", verkündete Pedro, der punkt zwölf die Sonne geschossen und die Position der Jacht festgestellt hatte.

Der Wachwechsel wurde zum Segelsetzen genutzt. Mit Hilfe der männlichen Achtergäste machte man sich an die Arbeit, während die Vicomtesse das Ruder übernahm. Segel um Segel wurde gehißt. Eine leichte Brise wehte, streichelte die Masten und flüsterte in den Segeln. Die

Jacht hielt auf die Straße Bab el Mandeb zu, die irgendwo im Norden lag und die beiden Kontinente Afrika und Asien voneinander trennt. Sentimentale Radioklänge trug der Seewind über Deck von Achtern her. Nichts schien den Frieden der Fahrt in irgendeiner Weise zu gefährden.

Doch der Schein trog …

Als Roland aus der Takelage stieg, überkam ihn ganz plötzlich ein unbehagliches Gefühl. Wie ein Scheinwerfer suchten seine Gedanken die stumme Zeit der Zukunft ab. Drohte Gefahr? Aber woher sollte sie kommen? Nur die Vicomtesse und die Besatzung verfügten über Waffen. Der Rest war im Matrosenlogis gut versteckt. Die Achtergäste schieden als Gefahrenquelle also aus.

Und doch sollten sie die Urheber eines Dramas werden, bei dem die Jacht die Bühne, die weite See Kulisse war und Geld und Rachsucht Regie führen sollten.

Wie Fußballer hatten sich die Achtergäste eine Taktik zurechtgelegt, lange den Überfall geplant und jede Einzelheit geübt. Roland, der ihnen am gefährlichsten schien, sollte das erste Opfer sein. Der Franko-Amerikaner Vaillant schlug ihn plötzlich mit einem stählernen Marlspieker von hinten nieder, als er den Focks-Fall festlegte. Plötzlich hielten die Achtergäste Revolver in den Händen, entwaffneten die Besatzung, fesselten alle und brachten sie in das Kabelgatt. Zu gleicher Zeit überwältigten die Frauen die Vicomtesse. Madeleine, ihre ehemalige Freundin, war auf die Brücke gekommen, hatte sie in ein belangloses Gespräch verwickelt, während die beiden anderen Frauen draußen warteten. Als Madeleine die Vicomtesse schließlich angriff, kamen sie hereingestürzt. Die Überfallene wehrte sich verzweifelt, da sie aber von ihrer Waffe keinen Gebrauch machen konnte, unterlag sie der Übermacht.

* * *

„Ich bin kein Hellseher", hörte Roland beim Erwachen den Polen schimpfen, „aber die verdammten Hunde machen uns fertig, bevor wir Dschidda erreichen."

Der Koch, den man ebenfalls eingesperrt hatte, widersprach: „So ohne weiteres geht das nicht. Wir haben vor den Behörden gemustert, ganz rechtmäßig, stehen in der Musterrolle der Jacht ..."

Pedro unterbrach ihn: „Hast du eine Ahnung, welche Macht ein Kapitän besitzt! Selbst einer wie dieser Captain Rossi, der es nur dem Namen nach ist. Ein Kapitän vertritt das Gesetz an Bord. Wenn er in das Journal einträgt, daß wir gemeutert hätten und dabei umgekommen wären, gilt das vor jedem Gericht."

„Wie ist es nur soweit gekommen?" grübelte Roland. Zum Zerbersten schmerzte sein Kopf. Er konnte kaum einen klaren Gedanken fassen. Hände und Füße waren gefesselt und ganz steif. Wie aus weiter Ferne drangen die Stimmen seiner Leidensgefährten an sein Ohr.

„Pedro", fragte der Italiener, der mit seinen achtzehn Jahren der Jüngste von ihnen war, „gibt es ein Weiterleben nach dem Tode?"

Diese Frage löste einen Lachkrampf bei dem Polen aus. „Du Dummkopf", meinte er lachend, „hast du noch nicht begriffen, daß dich die Fische fressen werden, wenn man dich über Bord wirft? Und an Land tun es die Würmer ..."

Empört verwies Pedro den Polen: „Was weißt du schon vom Leben?"

Dicht neben ihm meldete sich Muna, die Zofe: „Er sein ein Ungläubiger. Halten sich für eine Tier. Denken nur an Fressen und Saufen und nicht an Allah. Er bald so sein wie Steward, der uns verraten und den Achtergästen Waffen gegeben."

Der Pole entrüstete sich, während Roland dachte: Also so war das! Der Steward hatte Verrat begangen und den Achtergästen das Versteck der Waffen gezeigt. Und nun wartete man in dem Kabelgatt darauf, umgebracht zu werden. „Und was ist mit der Vicomtesse geschehen?" hörte er sich fragen. Ein lautgewordener, sorgenvoller Gedanke.

Der Pole antwortete: „Mach dir um dein adliges Weibchen keine Sorgen. Das reiche Pack schlägt sich und verträgt sich. Die feiert sicher achtern mit den anderen nach alter Weise."

„Du halten dein Maul, du Teufel!" erregte sich Muna: „Du denken, alles andere Mensch sein wie du. Vicomtesse glauben an Allah. Und wer an Allah glauben, sein nicht schlecht."

„Allah, Allah", äffte der Pole ihr nach. „Wo ist denn dein Allah jetzt? Wahrscheinlich hilft er den skrupellosen, brutalen Dealern, die uns in ihrer Rachsucht foltern werden, bevor sie uns über Bord werfen."

„Allah nicht helfen schlechten Menschen", entrüstete sich Muna. „Docteur, Koch, Pedro, Muna und Italiener an Allah glauben. Wenn unser Glaube an Allah sein wertlos, dann wir es jetzt erfahren."

Arme Muna, dachte Roland. Dein Glaube in Ehren. Aber gegen diese verdammten Dealer sind wir machtlos.

Feuchtkalte Luft erschwerte das Atmen. Es roch nach verrostetem Eisen und verrottetem Tauwerk.

„Docteur", hörte er da Muna sagen, „du dich legen auf Bauch. Muna haben scharfe Zähne und werden zerbeißen Handfessel von dich."

Roland stockte der Atem: Muna hatte einen Plan, diesem gefährlichen Gefängnis zu entkommen. Dann wälzte er sich hastig herum, spürte Munas Mund an seinen Handgelenken, wie sich die Fessel an ihnen löste und konnte es kaum fassen, als er seine Hände bewegen konnte. Er richtete sich auf und löste sofort, als könnte es zu spät sein, seine Fußfessel. „Machen meine Handfessel auf!" drängte Muna. Eine Ewigkeit schien es ihm, bis er die festgezogenen Knoten von Munas Handfessel gelöst hatte.

Ihre Leidensgefährten merkten, was vor sich ging. Ihre Erregung stieg. Hoffentlich kamen die Achtergäste nicht vorzeitig!

„Du sehen, so helfen Allah", meinte Muna, als sie den Polen befreite. „Er gab mir den Gedanken ein, das andere muß man selber tun."

„Du hast eine Art, Menschen zu bekehren", reagierte Polanski. „Eine besondere Missionarin. Aber alle Achtung vor dir, Muna!"

Erregt berieten sie gemeinsam, was weiter zu tun war.

„Um uns zu erledigen, müssen sie ins Kabelgatt runterkommen", meinte Pedro. „Sie werden arglos sein, halten sie uns doch für gefesselt. Es wird nicht schwer sein, sie zu überrumpeln."

Der Koch fiel ihm ins Wort: „Das werden höchstens zwei oder drei sein. Wir haben aber acht Gegner, denn auch die Frauen sind bewaffnet."

Muna suchte seine Bedenken zu zerstreuen: „Die wir überwältigen, haben auch Revolver, die wir ihnen abnehmen. Und wir nehmen sie selber als Geiseln."

Man entwickelte die komischsten Ideen. Über eines waren sie sich aber alle klar: Es würde einen Kampf auf Leben und Tod geben.

Vorläufig schien den Achtergästen die Zeit noch nicht gekommen, die Besatzung zu erledigen, denn die Zeit verstrich und nichts geschah, so daß manche im stillen hofften, es könne eine unblutige Lösung geben. Roland war voller Unruhe. Alle Augenblicke lauschte er auf Schritte an Deck, auf Geräusche an dem geschlossenen Luk. Manchmal ballte er die Fäuste und hielt den Atem an, doch nur das Rauschen der See am Bug war zu hören. Plötzlich dröhnten dumpf schwere Männerschritte an Deck.

Schneller ging der Atem der Eingeschlossenen. Sie legten die losen Stricke über die Füße, um den Schein zu wahren, und versteckten die Hände hinter dem Rücken. „Es sind zwei", flüsterte einer. Als ob es nicht jeder selbst hören würde. Dann blieben alle regungslos liegen und starrten hinter halbgeschlossenen Lidern nach dem Luk.

Die beiden auf Deck unterhielten sich ungeniert, während sie den Verschluß des Luks lösten. Der Deutsche Gödecke und Vaillant waren an den Stimmen zu erkennen.

Der Lukendeckel wurde geöffnet. Der Schleier der Nacht lag über der See. Eine Sturmlaterne in der Hand, stieg der Franko-Amerikaner die Eisenleiter hinab. „Löse ihm aber nur die Fußfessel, Vaillant!" warnte Gödecke von oben. „Der Hund versteht meisterhaft Karate und Judo."

„Das gilt mir!" sagte sich Roland. Alle Muskeln gespannt, lag er da.

Am Fuße der Leiter wartete Vaillant einen Augenblick und hob dann die Lampe, um besser das Kabelgatt überblicken zu können. Muna, der Leiter am nächsten, sprang ihn wie ein Raubtier an und riß ihn zu Boden. Die Lampe stürzte zu Boden, zersplitterte und erlosch. Blitzschnell erfaßte Roland die Situation und erklomm die Leiter. Mit einem Handkantenschlag schlug er Gödecke, der sich gerade über das Luk beugte und nach Vaillant rief, bewußtlos, nahm dessen Revolver und hastete dem Achterdeck zu.

Im Zwielicht, das die Kompaßlampe auf der Brücke verbreitete, sah er Monsieur Giraud am Ruder stehen. Unbemerkt huschte er vorbei und zum Niedergang hin. Als er die mit Läufern belegte Treppe hinabschlich, schlug ihm aus der halboffenen Tür des Salons die wütende Stimme des Kapitäns entgegen: „Wenn du nicht unterschreibst, werde ich deinem verdammten Liebhaber die Zunge aus dem Halse schneiden!"

Roland hatte die Türe des Salons erreicht. Der Raum war in das grelle Licht des kristallenen Kronleuchters getaucht. Vor dem Tisch, auf dem damals die junge Schweizerin ihr Leben aushauchte, saß die Vicomtesse mit blutigem, zerschlagenem Gesicht festgeschnürt auf einem Stuhl, nur ihre rechte Hand hatte man freigelassen.

Also darum sollte er aus dem Kabelgatt geholt werden! Unwillkürlich wartete er und lauschte auf die Reaktion der Vicomtesse.

„Nicht mein Liebhaber!" widersprach sie mit dem Stolz eines Menschen, der selbst noch in Ketten frei war. „Er ist der einzige Mensch, der mir etwas bedeutet auf der Welt."

Das machte den Kapitän noch zorniger. Rasend vor Wut schrie er: „Unterschreib! Sonst ..." Er hob die Faust.

Rolands schneidende Stimme: „Hände hoch!" ließ ihn herumfahren. Angstvoll rissen die anderen ihre Arme in die Höhe und starrten nach der Tür, nur er wollte sich nicht der veränderten Lage anpassen und griff zur Pistole. Roland schoß sie ihm aus der Hand. Mit einem Schmerzensschrei ließ Rossi sie fallen.

„Einzeln an den Tisch treten, die Waffen beim Lauf fassen und niederlegen!" befahl Roland. Eingeschüchtert folgten der Professor und die Frauen und legten lamentierend ihre Waffen nieder.

„Wir haben mitmachen müssen! Es blieb uns keine andere Wahl", jammerten die Frauen.

„Alles liegt nur an der Halsstarrigkeit der Vicomtesse", verteidigte sich der Professor. „Es ist ..."

Er hielt jäh inne, in seine Augen trat ein gefährlicher Glanz. Das war ein Warnsignal für Roland. Er wandte den Kopf und sah den Steward mit einem erhobenen Küchenbeil in der Faust hinter sich stehen. Im gleichen Augenblick fielen kurz hintereinander zwei Schüsse, der Steward stürzte und krümmte sich am Boden. Er brüllte fürchterlich vor Schmerz.

Pedro, der Koch und der Italiener, die Monsieur Giraud auf der Brücke überwältigt hatten, stürzten herein. Während sie die Waffen einsammelten, befreite Roland die Vicomtesse. Auf dem Tisch lag das Journal der Jacht mit der Eintragung, die ihn erschauern ließ:

Vor dem unterzeichnenden stellvertretenden Kapitän – Professor Henry de Leblanc, Paris, haben heute der diensttuende Captain Paul Rossi, geboren 3.12.1946 in Toulon, und die Vicomtesse Claudia de Leblanc, geboren 5.9.1955 auf Château Leblanc, den heiligen Bund der Ehe geschlossen.

Henry de Leblanc

„Ich brauche einen Arzt!" wimmerte der Steward.

„Du bekommst das, was du als Verräter verdienst!" zischte Muna. Haß funkelte in ihren Augen, gnadenloser, orientalischer Haß. „Die Frauen bringen den Steward an Deck!" befahl sie. Ängstlich befolgten diese ihre Forderung.

Hinter den Frauen mit ihrer wimmernden Last suchte Roland die Brücke auf, um mit Pedro über die veränderte Lage zu beraten. Mit zwei Bauchschüssen, ohne ausreichende medizinische Versorgung, war dem verräterischen Steward nicht mehr zu helfen. Darüber waren sie sich klar. Man hätte ihm das Sterben durch Narkotika erleichtern können, aber der Vorrat an Bord war erschöpft.

Durch eine erzwungene Heirat mit der Vicomtesse hatte der schuftige Kapitän die Jacht samt dem Vermögen der Vicomtesse an sich bringen wollen. Anschließend sollte wohl die gesamte Besatzung mit der Vicomtesse umgebracht werden. Ihre Wut darüber kannte keine Grenzen. Man war auf der Hut. Seeleute sterben selten an Altersschwäche, aber solange sie leben, wissen sie sich ihrer Haut zu wehren.

Ein Schuß peitschte durch die Nacht. Die Frauen schrien auf. Das Wimmern des Stewards verstummte. „Werft ihn über Bord!" herrschte Muna die verängstigten Frauen an. Um die erbitterte Araberin nicht zu reizen, beeilten sie sich, der Aufforderung nachzukommen. Roland, der gemeint hatte, man wolle den Sterbenden ins Logis bringen, kam zu spät.

„Was wollt ihr?" herrschte Muna die entsetzten Frauen an, „ihr hättet sicher lieber gesehen, wenn wir es gewesen wären, nicht wahr? Verdient hättet ihr es, daß man euch nachschickt. Verdient habt ihr es!" Sie wies auf die Blutlache an Deck, die der Sterbende hinterlassen hatte: „Und nun macht den häßlichen Fleck weg. Wir brauchen keine Erinnerung an diesen Verräter!"

Welch ein Anblick: Drei Frauen in teuren Cocktailkleidern und kostbarem Schmuck schrubbten das Deck, angetrieben von einer racheschnaubenden Araberin.

Von der Schwelle des Niederganges aus beobachtete die Vicomtesse mit Roland die Szene. „Alles ist so schrecklich!" jammerte sie. „Wenn Muna nicht gewesen wäre! Diese furchtbaren Menschen! Und ich nannte sie einmal Freunde. Muna verdanken wir alle unser Leben."

„Sie sollten jetzt schlafen gehen, Vicomtesse", schickte Roland sie unter Deck. „Sie haben in den letzten Stunden Schweres erlebt. Schlaf ist die beste Medizin." Wie ein gehorsames Kind folgte sie.

Am Himmel zogen die Sterne nach uraltem Gesetz ihre Bahn. Wachwechsel.

Eine herrliche Sternennacht wölbte sich über das Rote Meer, das durch die Straße Bab el Mandeb mit dem Indischen Ozean und im Norden über den Suez-Kanal mit dem Mittelmeer verbunden war.

An die Reling gelehnt, ließ Roland die Stille und Schönheit der Nacht auf sich einwirken. Allein mit dem Meer. Allein mit dem weiten Himmel. Allein mit der Erinnerung an die letzten Stunden, in denen er dem Tod ins Auge geschaut hatte. Er war Seemann. Seeleute lernen beizeiten, von einem Tag zum anderen zu leben, manchmal sogar von einer Stunde zur nächsten. Das Leben hing immer an einem seidenen Faden. Hier war es nicht die Natur gewesen, die es bedrohte, sondern Menschen, die die Gier nach Geld zum Verbrecher werden ließ.

Und Muna hatte ihm das Leben gerettet. Wie hatte sie doch zu Polanski gesagt? „Wenn unser Glaube an Allah sein wertlos, dann wir es jetzt erfahren!"

Nachdenklich ging er unter Deck.

Das Boudoir der Vicomtesse war dunkel, die Tür zur

Schlafkabine etwas geöffnet. Dahinter brannte Licht. Roland zögerte. Schlief die Vicomtesse nicht, wie in letzter Zeit, auf der Couch? Oder war sie trotz der frühen Morgenstunde schon auf? Schließlich hörte er sie tief und fest atmen. Der Raum war plötzlich für ihn voller Schweigen, Warten und Spannung, wie ein Strudel, der lautlos rief.

Die Luft, das Licht, alles erschien auf einmal erfüllt von ihr. Ein atemloses, sanftes Ziehen ging von ihr aus.

„Er ist der einzige Mensch auf der Welt, der mir etwas bedeutet." Diese Worte klangen ihm noch im Ohr. Er fühlte sich zu ihr hingezogen. Und doch war da auf einmal so etwas wie Abneigung gegen sie, eine sonderbare Abwehr, gemischt mit einer heftigen Zuneigung. Warum hatte sie ihre Schlafkabine aufgesucht?

Angst, Verzweiflung, Krankheit und Hilflosigkeit hatten sie zu ihm getrieben. Jetzt, da sie sich gesund und stark fühlte, distanzierte sie sich wieder von dem armen Seemann, sie, die Aristokratin.

Wie hieß es doch bei Verdi: „Der Mohr hat seine Schuldigkeit getan. Der Mohr kann gehen ..."

Das tat weh. Einen Augenblick kämpfte er mit sich, seine Koje im Logis aufzusuchen, dann siegte seine Zuneigung. Wie üblich schob er die Sessel zusammen und legte sich schlafen. Kaum hatte er sich ausgestreckt, fielen ihm die Augen zu.

* * *

Ganz allmählich erwachte Roland. Eine Zeitlang lag er noch in dem sonderbaren Zwielicht zwischen Traum und Wirklichkeit. Der Traum war noch da, wurde aber blasser und fetzenhafter. Doch gleichzeitig wußte er schon, daß er träumte.

Der sterbende Steward lag an Deck, sein Körper triefend von Blut. Wie aus einem nie versiegenden Quell strömte es, überschwemmte das Deck und floß durch die

Speigatten in die See. Auf einmal waren da verzweifelte Hilferufe: „Hilfe, Docteur! Hilfe, Docteur!" Die Vicomtesse rief nach ihm. Draußen auf See schwamm sie mit den anderen, die ihr weit voraus waren, dem nahen Lande zu. Sie flohen vor den Wellen. Überall wo das Blut des Stewards das Wasser berührte, wurde es unruhig. Fast rings um die Jacht bedeckten die blutigen Wellen schon die See, nur ein schmaler Streifen war noch frei davon. Kopfüber sprang er hinein und schwamm mit kräftigen Stößen auf die Ertrinkende zu. Endlich hatte er sie erreicht und griff mit den Händen nach ihr. Hilflos starrten ihn ihre weitgeöffneten Augen an. Er bekam sie zu fassen, als sie eben in der Flut zu versinken drohte. Hinter sich die schrecklichen Blutwellen, die unaufhörlich näher schwappten, schwamm er mit der Bewußtlosen um ihr Leben. Er spürte, wie ihm der Schweiß aus allen Poren brach, wie seine Kräfte mehr und mehr nachließen. Er atmete heftig, stöhnte ...

Die Vicomtesse weckte ihn endgültig: „Docteur, was ist?"

Er öffnete die Augen. Noch wußte er nicht, daß dieser Traum eine Warnung, ein Vorgriff auf die Zukunft war.

„Mein Onkel befürchtet in Dschidda Unannehmlichkeiten durch das Verschwinden des Stewards und der Verwundung von Captain Rossi", sagte sie. „Ich wollte mit Ihnen und Pedro darüber beraten."

Er erhob sich, nickte Pedro zu, der mit dem Professor in der Tür zum Salon stand.

„Ja, das kann eine böse Überraschung geben", meinte der Professor, „wenn wir nicht das Logbuch frisieren." Roland horchte auf.

„Das Journal frisieren?" wiederholte er. „In ein Journal gehört die Wahrheit."

Das hagere Gesicht des Professors verzog sich zu einer höhnischen Fratze: „Die Wahrheit – da würde die Welt aber staunen! Eine Luxusjacht fährt, angeblich zum Vergnügen, von Kontinent zu Kontinent. In Wirklichkeit hat sie Drogen im Werte von Millionen Dollar an Bord. Und die Vicomtesse Claudia de Leblanc ist die glückliche Besitzerin ..."

Aufgeregt unterbrach ihn die Vicomtesse: „Deren Onkel Henry de Leblanc sie zu dem lohnenden Geschäft als Dealerin zwang." Ihre Stimme hob sich: „Aber das ist vorbei. Endgültig vorbei, seit Janines bitterem Tod, der mein Gewissen wachrüttelte – dem Kompaß im menschlichen Dasein, der mir anzeigte, daß ich auf falschem Kurs war."

„Auf falschem Kurs!" Der Professor lachte wie über einen guten Witz. „Das könnte direkt der Titel einer Skandalserie der Boulevard-Presse werden: ‚Großdealerin auf falschem Kurs!'"

Barsch fiel ihm Roland ins Wort: „‚Siebzigjähriger Professor verführt Minderjährige und bringt sie durch goldenen Schuß um', klingt vielleicht noch besser. Sind Sie hergekommen, um Redensarten zu machen?"

Schlagartig verwandelte sich das Gesicht des Professors. Er wurde rot, kalt blitzten seine Augen. „Nun gut", lenkte er ein, „Sie sind als Mensch vor dem Gesetz unbescholten, haben ein reines Gewissen, vor uns im Augenblick also im Vorteil. Aber irgendwie müssen Sie ja mitmachen, um die Vorgänge an Bord den Behörden plausibel zu machen. Meine Freunde und ich meinen, wir sollten angeben, daß der Steward rebellieren wollte, dabei den Kapitän anschoß und von diesem in Notwehr erschossen wurde."

„Klug ausgedacht!" machte Roland seinem Unwillen Luft. „Der Herr Kapitän wird bedauert und die Untergebenen verwünscht. Und doch zu kurzsichtig. Halten Sie die Behörden für Idioten? Denken Sie nur an die Vernehmungen! Meinen Sie, die anderen würden sich bei den Verhören nicht verheddern?" Er wandte sich an die Vicomtesse: „Wenn wir schon eine falsche Darstellung geben müssen, dann so, daß sich der Kapitän beim Reinigen seiner Pistole selbst verletzte, also ein Unfall. Den Steward erwähnen wir überhaupt nicht. Er kann ja, beim Anlegen in Dschidda, von Bord gelaufen sein."

Lebhaft stimmte die Vicomtesse diesem Vorschlag zu: „Das scheint mir am unverfänglichsten." Ihre Stimme wurde schneidend, als sie sich an ihren Onkel wandte: „Und du packst mit deinen Freunden die Koffer und verläßt mit ihnen die Jacht, sobald wir in Dschidda festmachen!"

Seiner Nichte einen gehässigen Blick zuwerfend, verließ der Professor wütend den Salon.

Günstiger, achterlicher Wind trieb die Jacht rasch vorwärts, als Pedro an Roland die Wache übergab.

„Weit haben wir inzwischen das Bab el Mandeb hinter uns gelassen. Wenn der Wind so anhält, werden wir sicher am späten Nachmittag Dschidda anlaufen", meinte Pedro.

„Warum heißt diese Meerenge zwischen Afrika und Asien eigentlich Tor der Tränen?" wollte die Vicomtesse wissen.

„Ein trauriger Anlaß gab ihr den Namen", meinte Pedro. „Früher hat man Neger als Sklaven aus Afrika geholt, teils von habgierigen Stammeshäuptlingen verkauft, meist aber durch Überfälle geraubt und in Ketten aus ihrer Heimat verschleppt. Wenn dann die Sklavenschiffe diese Meerenge passierten, bedeutete das für die Sklaven endgültige Trennung von Heimat und Familie."

„Arme Menschen!" seufzte die Vicomtesse. „Was den Menschen als Individuum auszeichnet, ist doch der Wille. Und diesen Willen nimmt man ihm, wenn man ihn versklavt. Ich kann es ihnen nachfühlen, nachdem man mich gefoltert hat, als ich meine Einwilligung zur Unterschrift für die Heirat mit Captain Rossi verweigerte." Nach einer kleinen Pause fuhr sie gedankenverloren fort: „Jeder tut mir leid, den man zu einer willenlosen Kreatur degradiert. Auch durch Drogenmißbrauch geschieht das. Wenn ich daran denke, mitgewirkt zu haben, daß Menschen zu willenlosen Kreaturen herabgewürdigt wurden, ist mir, als könnte ich niemals wieder froh werden."

Eine US-Fregatte kreuzte ihren Kurs und erforderte alle Aufmerksamkeit. Am Heck wehte das Sternenbanner, Symbol der Freiheit und der menschlichen Fähigkeit, die Erde zu erobern, darin zu verwurzeln und sie zu verteidigen.

„Es ist schwer, in einem Aquarium aufzuwachsen", nahm die Vicomtesse das Gespräch wieder auf, als die Gefahr gebannt war. „Ich hatte immer das Gefühl, ein Goldfisch zu sein, der im Kreis schwamm. Und immer hieß es: Achtung! Keine Fehler machen! Die Erzieherinnen beobachteten mich dauernd, lobten oder tadelten. Da wird man verklemmt. Und wenn man dann befreit wird aus dem Zwang, schlägt man leicht über die Stränge."

„Ich hatte, als ich in Frisco an Bord kam, den Eindruck, daß Sie sehr leicht verletzbar sind. Wo ist Ihre Achillesferse?" wollte Roland wissen.

„Nach Verlassen des Internats nahm ich mich selbst wichtig, zu wichtig, aber nicht ernst. Bis ich schließlich durch Ihre Hilfe begriff, daß ich dabei war, mich zu vergiften. Das ist mein Leben, und ich lebe es nur einmal ..."

Eine Staffel französischer Jäger brauste über die Jacht hinweg, erkannte ein Schiff der eigenen Nationalität, umkreiste die Jacht dreimal und flog dann nach Westen davon.

Das laute Geräusch hatte Koch und Freiwache an Deck gerufen. „Das ist ja wie damals im Krieg", meinte der Koch. „So niedrig kamen sie auch bei uns in der Bretagne geflogen."

„Kann bald wieder so sein", gab Pedro zu bedenken. „Und hier unten zuerst. Hier sitzen die Hauptakteure des dritten Weltkriegs dicht nebeneinander: in Somalia die Franzosen, in Aden die Sowjets, auf der Insel Perim die Briten, und über Saudi-Arabien und die Emirate am Öl-Golf versucht die USA ihre schützenden Hände zu halten, um die Ölzufuhr des Westens zu sichern."

Fragend blickte die Vicomtesse Roland an: „Meinen Sie, daß es einen dritten Weltkrieg gibt, Docteur?"

„Vorbereitet hat die Menschheit ihre Selbstzerfleischung jedenfalls perfekt", erwiderte Roland. „Nur der Zeitpunkt steht noch nicht fest. Aber reif ist die Zeit schon jetzt: Aufstand in Afghanistan, Krieg zwischen Iran und Irak, die ungeklärten Probleme um Israel. Aber auch an anderen Ecken brennt die Welt."

Sie näherten sich den langen Säumen der Korallenriffe an Arabiens Küste. Phantastische Wolken zogen über die Weite des Himmels, die auf der See, wo sie sich im Westen hinter der Kimm verloren, ein greifbares Gefühl für die Rundung der Erde hinterließen.

Stille herrschte, nur unterbrochen von dem Rauschen des Bugwassers. Und doch war Roland voller Unruhe. In seinem Unterbewußtsein wehrte sich etwas gegen diese völlige Ruhe. War neues Unheil im Anzug? Eine neue Schurkerei der Achtergäste?

9

Pedros Schätzung sollte sich bewahrheiten. Am späten Nachmittag lief die Jacht in Dschidda ein. Tief stand die Sonne schon im Westen, färbte den Himmel blutigrot und zauberte auf die Paläste, Moscheen, Minaretts, die Häuser der Armen und dürftigen Hütten der Slums einen geheimnisvollen Hauch.

Die Achtergäste standen, von Muna mit Argusaugen bewacht, mit ihrem Gepäck an Deck, um die Jacht zu verlassen, sobald sie angelegt hatte. Muna verabschiedete sich gerade von der Vicomtesse, als eine Polizeibarkasse mit schäumender Bugwelle auf die Jacht zuhielt. Am Heck flatterte die grüne Flagge Saudi-Arabiens im Fahrtwind.

Der Anblick löste bei der Besatzung und den Achtergästen Betroffenheit aus. Roland spürte ein ungutes Gefühl in sich aufsteigen. Fieberhaft überdachte er ihre Lage: Man mußte Verdacht geschöpft haben. Doch gab es keine Beweise an Bord der Jacht. Der Stoff war restlos in die See geworfen worden, die gutgetarnten Verstecke makellos beseitigt. Sein Blick suchte die Vicomtesse. Sie hatte sich umgezogen, um an Land notwendige Formalitäten zu erledigen. Sie trug ein weißseidenes, elegantes Kostüm, das ihr fabelhaft stand. Sie zeigte nicht die geringste Nervosität.

Vielleicht ist es hier üblich, eine Jacht, auf der man eine hohe Persönlichkeit vermutet, so zu empfangen, versuchte Roland sich zu beruhigen. Aber diese Hoffnung ließ er bald fallen, als die Barkasse längsseits kam.

Als wären sie Piraten, sprangen Polizisten mit entsicherten Maschinenpistolen an Deck der Jacht, andere mit Spürhunden folgten. „Hands up!" forderte ein weiß uniformierter Polizeioffizier, die Pistole in der Faust. „Im Namen des Königs von Saudi-Arabien ist die Jacht beschlagnahmt. Jeder an Bord gilt als verhaftet!"

Roland schaute auf die Vicomtesse, die zögernd ihre Hände erhoben hatte. Ihr Gesicht war gerötet, die Nasenflügel der leichtgebogenen Nase bebten vor Erregung. „Die Jacht gehört mir", sagte sie scharf. „Ich protestiere gegen Ihr Vorgehen und verlange den französischen Konsul zu sprechen."

Das markante Gesicht des Saudi-Offiziers verzog sich zu einem Lächeln.

„Tut mir leid, Madame. Aber ich handle auf Befehl und bitte Sie in ihrem eigenen Interesse, sich meinen Befehlen nicht zu widersetzen."

Unter starker Bewachung brachte man Besatzung und Achtergäste an Land ins Gerichtsgebäude von Dschidda. Die Jacht wurde von der Polizei besetzt.

Bis in den Hof des alten Gerichtsgebäudes, das wie eine Festung wirkte, hielt man sie zusammen, dann wurden sie voneinander getrennt. Ein langer, fragender Blick ihrer großen schwarzen Augen traf Roland, als man die Vicomtesse in das Gerichtsgebäude abführte. Er hatte dabei das Gefühl, als hielt sie ihn für die Ursache dieser Verhaftung und die Beschlagnahme ihrer Jacht.

Der Professor schien derselben Meinung. „Also hatte ich doch recht", zischte er wütend, „Monsieur Interpol!"

Zuletzt führte man die Besatzung ab. Einzeln wie die anderen brachte man sie in ein Zimmer, wo ihre Personalien festgestellt und ihnen ihre Habseligkeiten abgenommen wurden. Hinterher kamen sie getrennt voneinander in Massenzellen, die völlig überfüllt waren.

Decke und Matte, die er bei der Aufnahme erhalten hatte, unter den Arm geklemmt, stand Roland in der Zelle, in die ihn der Wärter geschoben hatte. Spärlich erhellte die Deckenbeleuchtung den weißgetünchten Raum, aus dem ihn neun Augenpaare neugierig anstarrten.

Häftling in Saudi-Arabien, dachte er. Was würde ihm die Zukunft noch bescheren?

„Du bist bestimmt Deutscher", riß ihn eine Stimme aus seiner Nachdenklichkeit. Er blickte auf den Sprecher. Ein Mann etwa in seinem Alter, blonde Haare, ein markantes Gesicht mit stahlblauen Augen, das aussah, als hätte es viel gelacht, das aber jetzt viele Falten hatte. „Stimmt", antwortete er. „Wie bist du darauf gekommen?"

Der Mann lachte: „Ganz einfach. Weil du wie ich die typischen germanischen Merkmale mit dir herumschleppst." Er machte eine knappe Verbeugung: „Franz Lechleitner, Ingenieur aus Nürnberg. Seit vier Monaten in dieser schönen Zelle als Untersuchungsgefangener."

„Vier Monate Untersuchungshaft?" wiederholte Roland erstaunt. „Wieso?"

Sein Landsmann holte tief Atem. „Angeklagt wegen Mißachtung des Korans, des heiligen Buches der Moslems. Ich kam vor zwei Jahren hierher, um den größten

Flughafen der Welt mitzubauen. Vor vier Monaten folgte ein neuer Kollege aus Deutschland. Er brachte reichlich Alkohol mit, und wir feierten seinen Einstand. Als ich, ziemlich voll, auf dem Heimweg war, griff mich eine Polizeipatrouille auf ..."

„Wegen Trunkenheit vier Monate in Untersuchungshaft?" Roland schüttelte den Kopf. „Daß so etwas möglich ist in unserem aufgeklärten zwanzigsten Jahrhundert!"

„Hier, wo nach dem Koran gerichtet wird, ist noch ganz anderes möglich", ereiferte sich der Ingenieur. „Ehebruch der Frau wird mit dem Tode bestraft. Hinrichtungen und Steinigungen finden öffentlich auf den Marktplätzen statt. Dieben werden die Hände abgehackt, und wer gegen das Alkoholverbot verstößt, wird ausgepeitscht, auch wenn er Ausländer ist. Alles strikt nach den Vorschriften des Koran."

„Die nehmen eben den Koran und ihren Glauben ernster als wir in unserem sogenannten christlichen Abendland", mischte sich da ein Häftling in ihr Gespräch ein. „Solche Fälle wie der der ‚Ebani', die bei uns keine Seltenheit sind, würden bei denen nicht vorkommen."

„Was war denn mit der ‚Ebani'?" fragte der Ingenieur.

„Die ‚Ebani' war ein Frachter, der im Jahre 1968 im Auftrag der britischen Regierung 170 Tonnen Munition für Nigeria an Bord nahm. Außerdem wurden Bibeln und Kleidung, die von christlichen Hilfsorganisationen für Biafra gespendet worden waren, auf die ‚Ebani' verladen. Nicht gerade die feine Art, einem Land die Bibel, in der von Liebe die Rede ist, und seinem Kriegsgegner mit dem gleichen Schiff die Waffen für den Vernichtungskrieg zu liefern!" Der Sprecher blickte Roland und seinen Landsmann fragend an: „Ist das vielleicht besser?"

„Jedenfalls habe ich genug von Orient und Koran", wetterte der Ingenieur. „Sobald ich hier entlassen werde, haue ich ab nach Deutschland. Und wenn schon Ausland, dann höchstens Amerika." Er drehte Roland den Rücken zu und lüftete sein Hemd. Sein Rücken war mit blutigen Striemen bedeckt. „Die haben genügt. Die bekam ich für Trunkenheit, vor drei Wochen. Dreißig Hiebe! Nun will man noch von mir wissen, woher ich den Alkohol hatte."

„Wenn ich schon in einem fremden Land bin, muß ich auch dessen Gesetze respektieren", wandte der dritte Häftling ein.

„Nicht möglich", höhnte der Ingenieur, „und warum hast du dich in deine Suleika verliebt?"

„Das ist nicht verboten", verteidigte sich der Gefragte. „Nicht im Koran und nicht vor dem Gesetz Saudi-Arabiens."

Der Ingenieur machte bekannt: „Das ist William Howard, Engländer und Sprachgenie, Sprachlehrer und Kapazität an der Universität Dschidda. Spricht außer Deutsch noch sämtliche Sprachen des Erdballs."

„Nur fünf davon", verbesserte der Sprachlehrer, „außer Deutsch also noch meine Muttersprache, dann Französisch, Arabisch und Hebräisch."

Hoffentlich nimmt seine Liebschaft nicht solch tragisches Ende wie das der Prinzessin Misha und ihres Liebsten Hassan."

Fragend blickte ihn Roland an. „Was war denn mit den beiden?"

„Keine Love-Story mit Happy End. Mir läuft noch jetzt ein Schauder den Rücken hinunter, wenn ich an den Ausgang denke, den ich selber miterlebte. Durch Zufall, versteht sich, denn wer möchte als feinfühliger Mitteleuropäer sich schon solch ein Massaker ansehen? Prinzessin Misha stammte aus dem saudischen Königshaus und studierte an der Universität in Beirut. Sie verliebte sich in Hassan, einen Studenten aus einfacher Familie. Das sollte nicht sein. Man machte ihnen den Prozeß. Weil sie der Liebe nicht abschwor, wurde die Prinzessin öffentlich auf dem Marktplatz von Dschidda durch Genickschuß hingerichtet. Hassan, der ihrer Hinrichtung beiwohnen mußte, enthauptete der Henker anschließend."

Roland war erschüttert: Zwei junge Menschen bewiesen ihre Liebe und Treue zueinander durch einen schimpflichen Tod!

Dann lernte er die übrigen Häftlinge kennen: zwei Kameltreiber aus dem kommunistischen Südjemen, die fünf anderen waren Gastarbeiter des größten Flughafens der Welt in Dschidda und kamen aus Pakistan, Spanien, Ägypten, Algerien und der Türkei.

Etwas später ging das Licht aus. Rolands erste Kerkernacht im Gerichtsgebäude von Dschidda begann. Er schlief zwischen dem Ingenieur und dem Sprachlehrer und war froh, in seiner schlimmen Lage einen Landsmann gefunden zu haben.

Wie gewohnt überdachte er vor dem Einschlafen das Tagesgeschehen. Irgendeiner auf der Jacht mußte Verrat geübt haben. Und ausgerechnet in diesem Lande mit seinen archaischen Gesetzen hatte man sie festgesetzt …

10

Ein schrilles Klingeln weckte die Gefangenen des Gerichtsgebäudes. Gleichzeitig ging das Licht an. Verwundert blickte sich Roland um, dann kam die Erinnerung: Er war Häftling, Untersuchungsgefangener des saudischen Gerichts in Dschidda …

In dem breiten Gang vor dem Waschraum stauten sich die Häftlinge, die nur zellenweise eingelassen wurden. Menschen aus aller Welt, vom hellsten Weiß bis zum tiefsten Schwarz, Gastarbeiter in einem Land, das von dem Öl im Wüstensand reich geworden war.

„Ich würde das Kreuz ablegen, das du als Halsschmuck trägst, solange du dich in diesem Zwangshotel befindest", riet ihm der Ingenieur, als sie sich im Waschraum duschten.

Fragend blickte ihn Roland an: „Warum?"

Der Ingenieur ereiferte sich: „Daß die Leute hier Fanatiker sind, hast du wohl inzwischen begriffen. Und Moslems sind sie außerdem. Das Kreuz muß für sie eine Herausforderung bedeuten, verschlechtert darum deine Lage und das Urteil in deinem Prozeß."

Der Spanier Diaz, der auch Deutsch sprach, da er schon Gastarbeiter in Deutschland gewesen war, mischte sich ein: „Weshalb soll er das Kreuz nicht tragen und seinen Glauben verleugnen? Bist du nicht auch christlich getauft? Ich bin es und achte darum jeden, der das öffentlich bekennt!"

Gereizt konterte der Ingenieur: „Warum hängst du dir dann nicht auch solch ein Kreuz um den Hals? Bist du zu feige dazu?"

„Was sagst du da?" brauste der Spanier auf. Mit geballten Fäusten ging er auf den Ingenieur zu. Eine Schlägerei drohte. Der Sprachlehrer suchte sie zu verhüten und trat zwischen die Streitenden.

„Hier wird niemand durch das Kreuz benachteiligt", wies er sie zurecht. Er wandte sich an den Ingenieur: „Da du bereits zwei Jahre hier bist, müßtest du doch das Glaubensbekenntnis des Islam kennen: Jesus und Moses sind auch Propheten. Was ihr durch eure Streitigkeiten ruinieren könnt, ist euer eigenes Ansehen. Wie ein Mensch sich aufführt, so wird er eingeschätzt."

Trotzdem kam es zu einem erbitterten Kampf, der erst endete, als die beiden Kontrahenten völlig erschöpft am Boden herumkrochen. Achmed, der Ägypter, der in Deutschland Medizin studiert hatte und in Dschidda die Arbeiter des Flughafens ärztlich betreute, trennte endgültig die Streithähne voneinander. Zwischen sie tretend, fuhr er sie an: „Jesus von Nazareth ließ sich ans Kreuz schlagen, um die Menschheit mit Gott zu versöhnen. Was ihr tut, ist das Gegenteil. Unsere andersgläubigen Zuschauer und Leidensgenossen werden sich ihren Teil über euch und das Kreuz denken!"

Verärgert blickte ihn der Ingenieur an: „Ausgerechnet

du als Moslem willst mir sagen, was Jesus wollte", höhnte er. „Das lernt man bei uns schon in der Schule."

Der Ägypter verneinte: „Ich bin kein Moslem, sondern ein Christ, ein koptischer Christ. Davon gibt es in meiner ägyptischen Heimat mehr als eine Million. Unsere Vorfahren sind schon Christen geworden, als Jesu Jünger noch über die Erde gingen und die Botschaft vom Kreuz in alle Welt trugen."

Noch schwer atmend von der Anstrengung des Kampfes, erhob sich der Ingenieur. „Alle Achtung vor euch koptischen Christen", sagte er gedehnt. „Muß nicht so einfach sein, mit einem Versöhnungsglauben unter fanatischen Moslems zu existieren. Was mich betrifft: Seit ich meinen Kinderglauben verloren habe, glaube ich nur noch an mich selber und verlasse mich weder auf Gott noch sonstwen ..."

„Und wenn du nicht weiter kannst?" fragte der Ägypter. „Was dann? Und wenn du dich fragst, worin der Sinn des Lebens liegt?"

„Meinst du, du erhältst von irgendwoher Antwort?"

„Klipp und klar", erwiderte der Ägypter. „‚Ich bin der Weg, die Wahrheit und das Leben', sagt Jesus von Nazareth ..."

Der Ingenieur unterbrach ihn: „Und Pilatus fragte ihn: ‚Was ist Wahrheit?'"

Der Ägypter ereiferte sich: „Lebte er heute, hätte sich diese Frage erübrigt. Wenn jeder Christ nach den Maßstäben Jesu lebte, würden Krieg, Hunger, Not und Elend in der Welt bald verschwinden. Aber für die Sünden der Menschheit ließ er sich ans Kreuz schlagen. Das muß man sich mal überlegen!"

Der Ingenieur suchte seine Matte auf. „Du hättest Pfaffe werden sollen", knurrte er. „Aber gib dir keine Mühe, mich zu überzeugen. Für mich ist die Welt ein Dschungel voller Tiere, wobei der Mensch das am weitesten entwickelte ist. Und wer nicht aufpaßt, wird von den anderen gefressen."

Ratlos zuckte der Ägypter die Schultern. „Wem nicht zu raten ist, dem ist auch nicht zu helfen."

Der Vorfall ging Roland nach. Die Nacht kam. Das Licht ging aus. Bald waren tiefe Atemzüge in der Zelle zu hören. Die zweite Nacht in diesem Kerker, dachte Roland. Hellwach war er, fühlte nicht die geringste Müdigkeit. Und während er so dalag, rollte vor seinem geistigen Auge sein Leben ab. Sechsundzwanzig Jahre alt war er. Was hatte er mit dieser Zeit angefangen? Was hatte er erreicht?

Erst gegen Morgen schlief er ein.

* * *

Tag um Tag verging. Aus den Tagen wurden Wochen. Und nichts geschah. Roland fühlte sich wie ein einsamer Weltumsegler in seinem winzigen Boot, einem fürchterlichen, endlosen Sturm ausgesetzt, mit festgelaschtem Ruder, Sturmsegel gesetzt und sich selbst an den Mast gebunden, damit ihn See und Sturm nicht über Bord rissen, den unberechenbaren Naturgewalten ausgeliefert.

Wie lange soll dieses Warten denn noch dauern, fragte er sich jeden Abend, wenn das Licht ausging und die Sorge um die Zukunft ihm den Schlaf raubte. Monatelang schon befanden sich seine Zellengefährten in Untersuchungshaft. Es schien, als wollte man die Häftlinge durch lange Haft weich machen. Bei seinem Landsmann wurden es jetzt fünf Monate, bei den beiden Kameltreibern, die wegen Schmuggel unter Anklage standen, waren es drei. Am längsten wartete der Ägypter auf seinen Prozeß.

Fahrlässige Tötung warf man ihm vor. Er war Chirurg und sollte bei einer Operation, die den Tod der Patientin zur Folge hatte, nachlässig gehandelt haben. Sieben Monate befand er sich bereits im Gefängnis.

Hoffentlich muß ich nicht so lange hier schmachten, dachte Roland. Anfangs hatte er geglaubt, das Leben hier nicht ertragen zu können, dieses Eingesperrtsein. Aber der Rhythmus der Tage, die Disziplin des ewig gleichen Ablaufs ließen die Zeit vorüberrinnen.

Eines Tages wurden sein Landsmann und der englische Sprachlehrer entlassen. Beide zu gleicher Zeit und beide als lästige Ausländer ausgewiesen. Das hatte zur Folge, daß er dem deutschsprechenden Ägypter näherkam. In einer stillen Stunde erzählte ihm dieser, wie es zu seiner Verhaftung gekommen war. Achmed schilderte den Vorgang so packend, daß Roland meinte, alles mitzuerleben.

Der Chefarzt, ein Saudi, operierte eine junge Amerikanerin und verschnitt sich. In seiner Not ließ er durch den jungen Arzt, der ihm assistierte, den ägyptischen Kollegen holen. Ahnungsvoll eilte Achmed in den Operationssaal.

Da lag die Patientin auf dem Operationstisch. Ihre Haut war weiß wie Perlmutt, das Gesicht aschfahl, eingerahmt von einer Fülle goldenen Haares. Schön war diese Frau, Mutter von drei Kindern, Ehefrau eines amerikanischen Bauunternehmers, der am Bau des Flughafens beteiligt war.

Die Patientin blutete nur wenig. Sie lag in tiefer Ohnmacht. Der Chefarzt hatte die Gebärmutter geöffnet.

„Eine Schwangerschaft im dritten Monat", erklärte er: „Blutungen. Notwendigkeit zur Kürettage. Scheinbare Verletzung der Innenwand."

Achmed untersuchte sie.

„Sie haben mit dem Löffel perforiert, Chef", stellte er fest. „Es nicht gemerkt. Eine Darmschlinge dabei durch die Öffnung hereingezogen, sie wahrscheinlich für eine Fötus-Membrane gehalten und angekratzt. Blutung nach innen. Verletzter Dünndarm. Äußerste Sepsisgefahr."

Die Augen des Chefarztes flatterten.

„Operieren Sie", forderte er den ägyptischen Kollegen auf. „Ich bin nicht in der Lage weiterzumachen."

Um der Patientin zu helfen, operierte Achmed weiter. Doch sein Eingriff kam zu spät. Zwar gelang ihm die

Operation, aber eine Stunde später starb die junge Frau.

Ihr Mann alarmierte die amerikanische Botschaft, die die Ärzte zur Verantwortung ziehen wollte. Der Chefarzt hängte seinem ägyptischen Kollegen den falschen Schnitt an, man verhaftete ihn und bezichtigte ihn der fahrlässigen Tötung.

* * *

Eine Biene summte um das Gitter des offenen Zellenfensters, hinter dem Roland mit dem Türken stand. Die übrigen Zellengefährten ruhten nach dem Mittagsmahl auf ihren Matten. Sie verfolgten die Biene mit den Augen. Wahrscheinlich war sie von den Blumen, die in Kästen vor den Fenstern des Verwaltungsgebäudes standen, angelockt worden und suchte nun nach anderen Blumen. Sie kam durch das Gitter und ließ sich vor ihnen, am Rande der dicken Mauer, nieder.

Frei sein, dachte Roland wehmütig. Frei wie dieses kleine Lebewesen ... Die Biene flog auf, suchte einige Male in der Fensteröffnung zwischen den dicken Mauern, dann summte sie durch die Gitterstäbe hinaus, fortgetrieben von dem üblichen penetranten Geruch der Gefängnisse nach Schweiß, Urin, Angst und schlechter Seife.

In eine Biene müßte man sich verwandeln können, wie im Märchen, dachte Roland gerade, als er den Türken nachdenklich sagen hörte: „Man müßte fliegen können ...”

Ein lautgewordener Gedanke. Als er nach ihm blickte, sah er dessen Gesicht mit den weichen Zügen, die gar nicht recht zu der stämmigen Gestalt passen wollten. Dreißig war er und Baggerführer auf einer der vielen Baustellen. Mit einem Ruck, als wolle er gewaltsam seine Sehnsucht verdrängen, wandte er sich seiner Matte zu und streckte sich darauf aus. Doch dabei wurde ein schrecklicher Gedanke geboren, der in der folgenden Nacht zur Tat wurde.

Mitten in der Nacht flammte plötzlich das Licht auf.

Der wachhabende Wärter stürzte in die Zelle, weil durch die Bodenritze der Zellentür Blut geflossen war.

Nahe der Tür lag der Türke mit geöffneter Pulsader tot in einer riesigen Blutlache. Der Wärter schlug Alarm. Im Nu füllte eine Traube Menschen Zelle und Gang und wollte von den Zellengefährten des Toten wissen, wie es zu dem Selbstmord gekommen war.

Alle Dinge, mit denen man gewöhnlich Selbstmord verüben konnte, hatte man den Häftlingen abgenommen. Der Selbstmörder hatte aber die scharfen Steinkanten des Türeinganges benutzt, um sich die Pulsadern zu öffnen.

Roland war betroffen.

Blut. Er mußte an seinen Traum auf der Jacht denken.

„Man hatte ihn beim Rauschgifthandel ertappt", sagte der Ägypter: „In seiner Heimat steht darauf die Todesstrafe. Auch die Saudis verstehen darin keinen Spaß. Darum wählte er den Freitod, den sanften Tod. Trotzdem – er war nur ein kleiner Dealer. Aber es ist immer so: die Kleinen faßt man, und die Großen gehen frei aus."

„Die Großen gehen frei aus." Diese Worte des Ägypters gingen Roland nach und verfolgten ihn, als er sich für den Rest der Nacht schlafen legte. Er war in solch eine schmutzige Angelegenheit verwickelt, bei der eine gewissenlose Clique sich an dem Elend ihrer Mitmenschen bereicherte. Der Gedanke daran brachte ihn in Wut und raubte ihm den Schlaf.

* * *

Der Freitod des Türken wirbelte Staub auf. Die Saudis setzten sofort eine Kommission ein, die seinen Fall genau untersuchen sollte. Seine Zellengefährten wurden in das Verwaltungsgebäude gebracht, um einzeln darüber vernommen zu werden. Aufgewühlt von dem nächtlichen Geschehen, saßen sie in dem Vorzimmer und warteten auf ihre Vernehmung.

Übernächtigt und voll Bitterkeit überdachte Roland seine Lage, wobei er unruhig im Zimmer hin- und herlief – wie ein Raubtier in seinem Käfig. Und mit jedem Schritt steigerte sich seine Wut. Der Türke hatte den Freitod gewählt, um seine verbrecherische Tat zu sühnen. Aber jene Clique, der er seine Kerkerhaft verdankte, würde nie daran denken, von sich aus Konsequenzen zu ziehen. Wie oft in den vergangenen Nächten hatte er sich ruhelos auf seiner Matte herumgewälzt und erwogen, vor dem Gericht ein umfassendes Geständnis abzulegen. Aber stets hatte er davon Abstand genommen, wenn der Morgen vor dem vergitterten Fenster graute. Doch bei diesem Warten jetzt drängte alles in ihm zu einer Entscheidung.

Nach einem Blick aus dem Fenster blieb er mit einem Ruck stehen. Auf dem Hof machten die weiblichen Häftlinge ihren üblichen täglichen Rundgang. Plötzlich war ihm, als lege sich eine kalte Hand auf sein Herz. Schlagartig verschwanden die Gedanken an Haß und Rache, seine Augen glitten suchend über den Kreis der Frauen hin. Da war Muna, ein Stück weiter Madeleine Delon, ehemalige Freundin der Vicomtesse, die Engländerin Jane Howard, die Brasilianerin Inez Ramirez mit dem platinblond gefärbten Haar und – sein Atem ging schneller bei ihrem Anblick – die Vicomtesse.

Sie stach von den anderen weiblichen Häftlingen merklich ab. Nicht nur durch ihre Kleidung, einem schlichten, weißen Leinenkleid, sondern vor allem durch ihre stolze Haltung. Wie ein Magnet wirkte die grazile Gestalt auf ihn.

Er hatte wochenlang dieselbe Luft wie sie geatmet, sich um sie gesorgt, schreckliche Stunden mit ihr gemeinsam verlebt. So etwas schweißt zusammen. Und nun waren sie, mitten aus diesem Zusammenleben und Zusammenwachsen heraus, jäh auseinandergerissen worden!

Ihm war zumute wie einem Flieger, der nach einem Irrflug durch einen Riß dunkler Wolken, unter sich plötzlich die Erde grün und braun und glänzend erblickt.

In der Sorge um seine eigene Zukunft waren die Gedanken an sie zurückgedrängt worden. Aber jetzt, bei ihrem unerwarteten Anblick, überwältigte ihn die Sehnsucht. Seine Augen verfolgten die Vicomtesse, bis der Hofgang für die weiblichen Häftlinge beendet war und sie hinter der Pforte verschwanden. Er war bis zu ihrer Verhaftung ihr Halt gewesen. Nun war sie allein. Wie wurde sie jetzt fertig mit diesem harten Leben?

Gleich darauf wurde er zur Vernehmung aufgerufen.

Fünf Männer standen und saßen in dem Vernehmungszimmer, das ganz europäisch, mit einem riesigen Schreibtisch und Aktenschränken, eingerichtet war. Ein hagerer Araber mit dunkler Brille saß hinter dem Schreibtisch, ein rundlicher Typ fungierte als Dolmetscher. Die beiden anderen standen abwartend umher, während der Schreiber mit seiner Schreibmaschine beschäftigt war.

„Kannten Sie den Toten vor Ihrer Haftzeit?" fragte der Dolmetscher Roland, nachdem dessen Personalien aufgenommen worden waren.

Roland verneinte: „Ich habe ihn erst hier im Gefängnis kennengelernt."

Gleich kam die nächste Frage: „Ist Ihnen aufgefallen, daß er in letzter Zeit verändert war?"

Roland fiel das Erlebnis mit der Biene ein. Den Hageren schien es zu interessieren, als er es schilderte. Erregt nahm er die dunkle Brille ab, als der Dolmetscher übersetzte. Roland, der seine Haftzeit benutzt hatte, sein Arabisch zu verbessern, ergänzte in der Landessprache: „Das Erlebnis mit der Biene war wohl der Auslöser für den Freitod des Häftlings. Der Grund aber lag in der langen Haft von fast vier Monaten. Ich kann ihm das nachfühlen, bin ich doch nun schon fast ein Vierteljahr in Untersuchungshaft, unschuldig, ohne bisher ein einziges Mal vernommen worden zu sein. Noch nicht einmal einen Anwalt oder den deutschen Konsul durfte ich sprechen."

Der Kopf des Hageren fuhr ruckartig herum. Streng blickte er den Direktor der Haftanstalt, einen korpulenten Fünfziger, an: „Stimmt das, Kadhal? Wo ist die Akte des Häftlings?"

Der Hagere mußte eine hohe Persönlichkeit sein. Kadhal beeilte sich, seinem verärgerten Vorgesetzten das Verlangte zu geben. Und während der sich in die Akte vertiefte, holte der Direktor aus dem Aktenschrank eine Akte von beträchtlichem Umfang. Er hob sie bedeutungsvoll in die Höhe: „Sein Fall hängt mit dem der Jacht zusammen, über die uns Kalkutta informierte, sie habe eine Unmenge Rauschgift für den Händler Abu el Jussuf an Bord." Der Hagere riß ihm förmlich die Akte aus der Hand und blätterte interessiert darin herum.

Auf einmal war es still in der saudischen Amtsstube. Eine Stille, wie sie dem Sturm voranzugehen pflegt, bevor er mit Urgewalt losbricht.

„Bald ein Vierteljahr läuft schon diese Sache!" schrie der Hagere den Direktor an. „Und das Resultat? Hier steht ein Mann, der noch kein einziges Mal vernommen worden ist."

„Ja ... es ...", stotterte der Direktor: „Richter Hamud Feisal ... ist seit sechs Wochen ... im Krankenhaus."

„Warum hat er keinen Vertreter?" schnauzte der Hagere.

„Wegen der Wichtigkeit des Falles. Richter Hamud Feisal wollte allein ..."

„So geht das nicht!" unterbrach ihn der Hagere barsch: „So nicht. Trotz strengster Suche hat man kein Gramm Rauschgift an Bord der Jacht gefunden. Sie wird von uns besetzt. Wir müssen eine Unmenge bezahlen bei einem Fehlgriff." Seine Stimme steigerte sich zu einem Gebrüll: „Kein Rauschgift an Bord und die Verhafteten behaupten, nichts davon zu wissen. Ist denn diesem Richter Hamud Feisal nicht der Gedanke gekommen, es könne sich hier um eine Verleumdung handeln?"

* * *

„Es wird endlich Zeit, daß hier einmal ein frischer Wind weht", machte der Ägypter nach ihrer Rückkehr in die Zelle seinem Herzen Luft. „Sieben Monate bin ich bereits hier, wurde erst dreimal vernommen und darf wegen des schwebenden Verfahrens weder schreiben noch Post empfangen."

„Ich bin fast ein Vierteljahr hier und noch kein einziges Mal vernommen worden", meinte Roland.

„Nun ja", gab der Ägypter zu bedenken, „dein Fall ist auch verzwickt. Eine Jacht schmuggelt Rauschgift. Da kommt die Besatzung wohl zuletzt in Frage. Die anderen wird Richter Hamud Feisal sicher schon gründlich vernommen haben. Er ist dafür bekannt."

Der Wärter kam und holte die Häftlinge zum üblichen Hofgang. Fast ein Vierteljahr machte ihn Roland schon mit. Und keine Aussicht auf ein Ende der Haft!

Er empfand eine heiße, ohnmächtige Wut gegen die, denen er seine mißliche Lage zu verdanken hatte. Nicht gegen die Vicomtesse, die ihn durch ihre Tat davon überzeugt hatte, daß sie bereute. Aber gegen den Professor und die anderen gewissenlosen Typen, denen jedes Mittel recht war, sich zu bereichern.

Der Professor – war er an Bord bemüht gewesen, sich jugendlich zu geben, wirkte er hier verbraucht und älter, als er wirklich war. War es Taktik, oder hatte ihn die Haft und die Ungewißheit seiner Lage so mitgenommen? Auch die anderen schienen sich gehen zu lassen: Captain Rossi in glänzender Uniform, Monsieur Giraud, Mister Vaillant und Herr Gödecke. Alle waren strikt voneinander getrennt worden, auch Pedro, der Italiener und der Pole. Die Wärter achteten streng darauf, daß zwischen jedem von ihnen ein paar Mithäftlinge gingen.

* * *

Richter Habini, den Vertreter von Richter Hamud Feisal, lernte Roland noch am gleichen Nachmittag kennen.

Ein smarter Typ mit schwarzem, leicht gekräuselten Haar, gepflegtem Bart und Hornbrille. Einer jener jungen Saudis, die bestrebt sind, ihr Land aus dem Dornröschenschlaf zu wecken.

„Sie sind ein Deutscher", meinte er wohlwollend. „Deutschland ist mir sehr sympathisch. Kein Volk der Erde hat soviel kämpfen, bluten und leiden müssen wie das deutsche, das sich aber immer wieder emporarbeitete. Sie können stolz darauf sein."

Manchmal trifft man einen Menschen, bei dem genügt ein Blick ins Gesicht, und man weiß, wie er beschaffen ist. Wenn einer gerecht sein wollte, dann dieser junge saudische Richter, empfand Roland.

Richter Habini schaute in die vor ihm liegenden Akten und strich nachdenklich über seinen Bart.

„Sie haben laut Musterrolle in San Franzisco auf der Jacht ‚Vicomtesse de Leblanc' als Matrose gemustert", sagte er, und als Roland bejahte: „Diese Jacht wurde uns aus Kalkutta als Rauschgiftschmuggler avisiert." Er blickte ihn forschend an. „Was halten Sie von Rauschgift?"

„Es ist zur Geißel der Menschheit geworden", ereiferte sich Roland. „Es ist die Pflicht jedes Menschen, dieses Gift zu bekämpfen!" Er hatte aus Überzeugung gesprochen und wurde von Richter Habini auch so verstanden.

„Das ist auch meine Auffassung", erwiderte er. Lange noch blätterte er in der Akte herum, bis er nach dem Wärter klingelte, der Roland in seine Zelle zurückbrachte.

Später, es ging schon auf den Abend zu, kam der Wärter wieder, um ihn zu holen.

„Nehmen Sie Ihre Habseligkeiten, Decken und Matte mit", befahl er. Das sah ganz nach Verlegung in eine andere Zelle aus, also Trennung von den Leidensgefährten, mit denen er vertraut geworden war. Trennung vor allem von Achmed. Verärgert nahm er seine Sachen und ging. „Inschallah", sagte Achmed, als er sich von ihm verabschiedete.

Der Wärter führte ihn wieder zu Richter Habini.

„Mein Kollege Hamud Feisal scheint manches in der Rauschgiftsache mit der Jacht übersehen zu haben", meinte er. „Um nun vor allem die enorm anwachsenden Kosten einzudämmen, werde ich Sie aus der Haft entlasse, damit Sie die Jacht bewachen und die bisher eingesetzten Polizisten entlasten können. Sie müssen sich aber verpflichten, bis zum Ende des Prozesses in Dschidda zu bleiben und dem Gericht zur Verfügung zu stehen."

Er konnte es immer noch nicht fassen, als das Gerichtsgebäude hinter ihm lag und er dem Hafen zuschritt.

Unmöglich dachte er, das ist unmöglich. Der Freitod des Türken bringt scheinbar einen hohen Beamten zur Untersuchung des Falles in das Gefängnis. Im Laufe der Vernehmung kommt der Prozeß der Jacht ins Gespräch und eine gewisse Nachlässigkeit des erkrankten Richters Hamud Feisal. Soviel Zufall ist unmöglich!

Sechs Polizisten, die sich in der Bewachung der Jacht ablösten und von seiner Entlassung wußten, hatten sich bis dahin im Mannschaftslogis einquartiert. Als sie die Jacht verlassen hatten, ging er zuerst in die Räume der Vicomtesse.

Ein seltsames Gefühl beschlich ihn, als er das Boudoir betrat. Die Vertrautheit dieses Raumes schmerzte ihn. Die Bewohnerin, die diesem Raum Leben eingehaucht hatte, war fern, saß dort an Land in einer einsamen Zelle. Eine nie gekannte Sehnsucht bemächtigte sich seiner.

Auf der Couch liegend, träumte er mit offenen Augen von ihr. Im Geiste sah er sie vor sich, spürte die Wärme, die von ihr ausging.

Doch lange gab er sich nicht der Träumerei hin. Er war hier, um die Jacht zu bewachen. Aber die Vicomtesse ging ihm nicht aus dem Sinn. Ob er nun an Deck hin- und herging oder an den Mast gelehnt sinnend in die Nacht hinausstarrte. Zwischen ihm und ihr war etwas gewachsen, das sich nicht einfach wegwischen ließ. Erst als der Tag anbrach, legte er sich etwas schlafen.

Schritte an Deck weckten ihn. Wer beschreibt sein Erstaunen: Pedro, die beiden Leichtmatrosen und Muna waren gekommen!

„Wir wurden heute in aller Frühe kurz vernommen und mit dem Hinweis entlassen, in Dschidda zu bleiben und uns dem Gericht zur Verfügung zu halten", erklärten sie einmütig. Von der Vicomtesse wußte niemand etwas.

Er war voller Unruhe. „Ich muß mit der Vicomtesse sprechen", sagte er zu Pedro. „Vielleicht kann ich ihr irgendwie helfen."

Pedro machte ein bedenkliches Gesicht. „Ich weiß nicht. Das hier ist kein europäisches Gericht. Hier richtet man nach anderen Maßstäben. Und besonders, wenn es um Frauen geht ..."

11

Roland entschloß sich, ins Stadtgefängnis von Dschidda zurückzukehren und die Vicomtesse zu besuchen. Man wollte ihn abweisen. Doch hartnäckig verlangte er die Vicomtesse zu sprechen. Man schickte ihn von einem zum anderen, zuletzt landete er wieder bei Richter Habini.

Auch der benahm sich ablehnend. Dann wollte er wissen, worüber Roland mit der Vicomtesse sprechen wollte. „Wichtige Arbeiten an Bord, Veränderungen der Jacht, die mit hohen Kosten verknüpft sind und die Einwilligung der Eigentümerin verlangen", erklärte Roland. Endlich erteilte Richter Habini die Besuchserlaubnis.

Man führte ihn in einen großen, durch Gitterstäbe geteilten Raum und ließ ihn längere Zeit warten. Stille herrschte hier. Doch es war nicht die Stille, die beruhigt, sondern in der es scheint, als würde man von allen Seiten belauscht.

Eine Tür auf der anderen Seite ging auf. Erregt betrat die Vicomtesse den Raum, gefolgt von einer Wärterin.

Sie kam dem Gitter näher. Erst zögernd, als sie ihn aber erkannte, stürzte sie auf das Gitter zu. Ihr durch die Haft gebleichtes Gesicht rötete sich, in ihre Augen trat der Glanz der Freude. Impulsiv streckte sie ihre Hände durch die Gitterstäbe, faßte die seinen und stieß heiser hervor: „Roland!"

Die Wärterin kam gelaufen und schimpfte: „No shake hands!"

Ganz dicht war ihr Gesicht vor ihm, ein vertrauter Anblick, den er kennen und lieben gelernt hatte. Sie lösten ihre Hände, zurück blieb eine tiefe Verbundenheit.

Er war sich klar, daß man ihre Gespräche abhören und verwenden würde.

„Die Jacht sollte in Dschidda frisch gestrichen werden", begründete er seinen Besuch. „Soll die weiße Farbe nur erneuert werden oder wünschen Sie eine andere? Ich bin gestern aus der Haft entlassen worden, heute morgen die übrige Besatzung. Wir haben jetzt Zeit für diese Arbeit ..."

Sie begriff schnell.

„Das ist schwer zu sagen", meinte sie nachdenklich. „Lassen Sie mich überlegen und warten Sie mit dieser Arbeit. Weiß ich doch gar nicht, wie lange ich noch in Untersuchungshaft bleiben werde. Gegen meine Jacht besteht der Verdacht, Rauschgift geschmuggelt zu haben. Ein arabischer Händler hier in Dschidda, Abu el Jussuf, soll der Empfänger gewesen sein ..."

Er fiel ihr, Erregung vortäuschend, ins Wort: „Aber man hat sich doch bei einer gründlichen Untersuchung davon überzeugen können, daß das nicht stimmt. Ich werde zum französischen Konsul gehen!"

Sie hob abwehrend ihre Hände: „Nein, Roland. Ich stehe seit meiner Verhaftung mit dem Konsul in Verbindung."

„Und der Erfolg?" fragte er neugierig.

„Warten ... abwarten."

„Furchtbar!" würgte er heraus. „Schrecklich!"

„Es ist schwer", bejahte sie, „aber dieses Gefängnis ist nicht so schwer wie das, was ich mir selber gezimmert hatte. Das war tausendmal schwerer ..."

Die Wärterin schaltete sich ein: „Die Besuchszeit ist beendet. Verabschieden Sie sich."

Aus schmalen Augenwinkeln betrachtete die Vicomtesse Roland. Sie lächelte. Ein Lächeln, das in Tränen endete. Es verfolgte ihn. Nachdenklich trat er aus dem Gerichtsgebäude. Wie konnte er ihr nur helfen?

Abu el Jussuf, der Händler, fiel ihm ein. Er kämpfte mit sich, bis er einen Entschluß faßte. Ich werde ihn aufsuchen. Ich muß erfahren, was die saudische Behörde wirklich über die Rauschgift-Affäre weiß.

Ein Taxi brachte ihn an den Rand von Dschidda, wo der Besitz des Händlers lag, hochragend mit Türmchen und Erkern, halb wie eine Festung, halb wie ein Palast.

Ein Diener, ein riesiger Neger, öffnete auf sein Klopfen. In einer mit Mosaiken und zierlichen Ornamenten geschmückten Halle, mit ziselierten Säulen ganz im orientalischen Stil, ließ er Roland warten, um ihn anzumelden. Auf dem weißen Marmorboden lagen Teppiche von unbeschreiblicher Schönheit. Roland glaubte sich in ein Märchenschloß aus Tausendundeiner Nacht versetzt.

Noch voller Staunen war er, als ein Mädchen durch den Säulengang auf ihn zu kam. Im Gehen flatterte ihr langes weißes Kleid mit großen, roten Blüten. Glänzendes, schwarzes Haar, fiel ihr bis zu den Hüften. Braungrüne, mandelförmige Augen leuchteten über einem schön geschwungenen Mund, der lächelnd eine Reihe perlenweißer Zähne zeigte.

Verwirrt von soviel Schönheit, stellte er sich vor: „Roland Burger – Matrose auf der Jacht ‚Vicomtesse de Leblanc', die hier in Dschidda an die Kette gelegt wurde, weil sie Rauschgift für den Händler Abu el Jussuf geladen haben soll ..."

Sie unterbrach ihn: „Scheich Abu el Jussuf ist mein Vater. Ich bin seine Tochter Aisha."

Er nickte: „Sehr angenehm" und fuhr fort: „Obwohl man, trotz Spürhunden, kein Gramm Rauschgift an Bord fand, wurden die Fahrgäste und die Besatzung verhaftet. Gestern, ausgelöst durch den Freitod eines türkischen Gastarbeiters und die Untersuchung dieses Vorfalls, wurde ein hoher Beamter auf den Fall aufmerksam, und ich wurde entlassen."

„Nichts auf der Jacht gefunden?" wunderte sie sich, und ihre Verwunderung war echt: „Das ist mir neu. Das Gericht bewahrte Stillschweigen darüber. Doch – lassen Sie uns eingehender darüber sprechen. Kommen Sie!"

Sie führte ihn in einen mit orientalischem Luxus ausgestatteten Raum.

„Nehmen Sie bitte Platz", forderte sie ihn mit einer einladenden Geste zu dem mit seidenen Kissen beladenen Divan auf. Sie selber nahm auf einem Hocker vor einem Tischchen Platz, den ein vergoldetes Telefon zierte, hob den Hörer ab und wählte eine Nummer. Wenn sie sich auch Mühe gab, bei dem folgenden Gespräch Beherrschung zu zeigen, so war doch zu spüren, daß Rolands Nachricht sie erregt hatte.

Sie hatte den Anwalt ihrer Familie angerufen, ihm mitgeteilt, was sie gehört hatte und energisch verlangt, daß er auf dem Gericht die Freilassung ihres Vaters durchsetzen solle.

Aufatmend legte sie den Hörer auf und klatschte in die Hände. Eine schwarze Dienerin kam. „Bring uns Nana!" befahl sie. „Entschuldigen Sie, daß ich das Gesetz der Gastfreundschaft verletzt habe", wandte sie sich an Roland. „Aber das Gespräch war wichtig." Sie nahm ein Rosenholzkästchen mit Zigaretten und bot ihm zu rauchen an. „Sie rauchen nicht?" wunderte sie sich, als er ablehnte. „Ich habe in Oxford studiert und kenne keine Kommilitonen und Kommilitoninnen, die nicht geraucht haben. Ich habe mich lange dagegen gewehrt, bis ich dann schließlich auch Gefallen daran fand."

Sie steckte sich eine Zigarette an. Genüßlich inhalierte sie.

„Sie sprechen sehr gut Arabisch“, wunderte sie sich. „Wenn Sie nicht die typisch europäischen blonden Haare und blauen Augen besäßen, könnte man vermuten, Sie hätten arabische Vorfahren.“ Spielerisch griff sie nach dem kostbaren neunundneunzigperligen Rosenkranz, der die neunundneunzig Tugenden Mohammeds darstellen sollte.

„Ein arabischer Matrose, der nur wenig Englisch verstand, war auf meinem vorletzten Schiff“, erwiderte er. „Wie das dann so kommt, wenn man sich verständlich machen will, er lernte Englisch und ich etwas Arabisch. Und im Gefängnis von Dschidda fand ich reichlich Zeit und Gelegenheit, es zu vervollständigen. Sonst bin ich Deutscher.“

„Deutscher“, sagte sie nachdenklich, und es klang, als freue sie sich darüber. „Sie gehören dem Volk an, das am meisten von sich reden machte.“ Als hätte er ihr widersprochen, ereiferte sie sich: „Ich kann mir schon ein Urteil erlauben, denn ich habe Biologie und Geschichte studiert.“

„Geschichte haben Sie studiert?“ wunderte er sich. „Wie kamen Sie darauf, gerade Geschichte zu studieren?“

„Mein verstorbener Großvater war der Religion verhaftet. Ein kluger Iman, der mit wachen Sinnen das Leben betrachtete. Er sagte immer: ‚Wer das Leben und die Menschen verstehen will, muß ihre Vergangenheit kennen. Nur so kann er die Gegenwart begreifen und sich ein Bild von der Zukunft machen.‘“

„Ein wirklich kluger Mann“, sagte Roland anerkennend. „Diese Einsicht sollte eigentlich jeder Mensch haben. Sicher sähe es dann auf der Welt anders aus als jetzt.“

„Meinen Sie?“ zweifelte sie. „Es gibt so viele Menschen, die sich trotz der Kenntnis der Vergangenheit benehmen, als wären sie die ersten Menschen. Sie belauern sich neidisch und gehässig – wie damals, zu Beginn der Menschheitsgeschichte Kain und Abel.“

„Vielleicht hatte Darwin doch recht damit, daß der Mensch vom Tier abstammt", scherzte er, „und hat in sich noch den Instinkt: Friß – oder du wirst gefressen."

„Das sagen Sie und tragen das Kreuz auf der Brust?" entrüstete sie sich. „Kein Wunder, daß sich die Christen wie Raubtiere benommen haben und andere Völker unterjochten, die Indianer fast ausrotteten und versklavten."

Ihr Gespräch war plötzlich zum Streit ausgeartet. Er fühlte sich angegriffen und beleidigt. „Versklavt!" griff er auf. „In der ganzen Welt war die Sklaverei längst aufgehoben, in Ihrem Lande geschah das erst 1960!"

„Der Koran verbietet die Sklaverei nicht", reagierte sie heftig. „Bei uns gehörten Sklaven auch zur Familie. Das ist nicht zu vergleichen mit den Sklaven Amerikas, die man wie Tiere behandelte. Wir tun das, was uns unser Prophet Mohammed im Koran befohlen hat. Ihr Nasrhanis aber – wo ist denn eure Nächstenliebe, die euch Jesus gelehrt hat? Ihr ..."

„Und ihr", unterbrach er sie, „hat euch der Prophet Mohammed vielleicht gelehrt, was der Schah im Iran tat, der seinem Volke Milliarden vorenthielt und ..."

Jäh trat sie mit geballten Fäusten und funkelnden Augen auf ihn zu, daß er meinte, sie würde sich auf ihn stürzen. „Sie sind nicht besser als die anderen", zischte sie wütend. „Sie tragen das Kreuz auf Ihrer Brust und handeln mit Rauschgift, das unzähligen Menschen Elend, Siechtum und sinnlosen, schrecklichen Tod bringt!"

„Wie Sie", fiel er ihr ins Wort.

Sie zuckte zusammen, ihr Gesicht veränderte sich, sie senkte den Kopf.

„Ich würde so etwas niemals tun", sagte sie tonlos. „Daß es mein Vater in letzter Zeit getan hatte, erfuhr ich erst bei meiner Rückkehr aus England."

Das war ehrlich, er fühlte es und zwang auch ihn zur Offenheit.

„Ist Ihnen nicht aufgefallen, daß die Polizei kein Heroin in Dschidda auf der Jacht fand?"

Sie horchte auf, blickte ihn fragend an.

„Es wurde auf der Reise über Bord geworfen und die Verstecke dafür herausgerissen", klärte er sie auf. „Dazu habe ich beigetragen."

„So?" Ihr Gesicht nahm einen nachdenklichen Ausdruck an. „Allah sei Dank dafür, daß er Sie dazu bewog. Allah u Akbar."

Er erhob sich, um zu gehen.

„Bleiben Sie noch", bat sie. „Lassen Sie erst unseren Zorn verfliegen, damit wir als Freunde auseinandergehen können." Sie setzten sich an einem Tischchen, auf dem die Dienerin den Tee abgestellt hatte, gegenüber. Aus den dünnwandigen Tassen duftete der stark gesüßte Pfefferminztee, das Lieblingsgetränk der Araber.

Sie gab sich als liebenswürdige Gastgeberin. Eine faszinierende Persönlichkeit, bildschön und geistreich. Lange saßen sie zusammen und führten ein angeregtes Gespräch. „Ich werde Sie zum Hafen fahren", versprach sie.

Sie hatte ihn beeindruckt. Während sie sich umkleidete, dachte er über sie nach.

Mit einem nonnenartigen Gewand bekleidet, der Tracht ihrer Heimat, kam sie zurück. Den Gesichtsschleier vor dem Gesicht, fuhr sie ihn mit ihrem eleganten Sportwagen zum Hafen.

„Dschidda hat sich sehr verändert, seit in unserem Land Öl gefunden wurde", suchte sie das Gespräch. „Heute arbeitet bei uns kaum noch ein Araber. Alle anfallenden Arbeiten werden von Gastarbeitern aus aller Welt verrichtet. Auf den Ölfeldern und beim Straßenbau, überall trifft man sie an. Sie betreiben auch die Läden, Kinos und Restaurants, sind Angestellte in den Büros und Kellner in den Hotels. Jetzt baut man den größten Flughafen der Welt für die unzähligen Mekkapilger."

Ein Gedanke kam ihm. Unbewußt sprach er ihn aus: „Wie kommt es Ihnen vor, in England frei und unverschleiert gehen zu können und sich hier verschleiert bewegen zu müssen?"

Erst nach einem Weilchen – er dachte schon, sie habe ihm seine Frage übelgenommen – gab sie zur Antwort: „Allah schuf Mann und Weib, also zwei verschiedene Wesen, am Anfang der Zeiten. Er gab jedem seine Funktion und bestimmte, daß die Frau die Dienerin des Mannes sei."

Es reizte ihn plötzlich, sie herauszufordern: „Aber mit Schleier wurde die Frau bestimmt nicht geschaffen."

„Sicher nicht", gab sie zu, „aber Mohammed, Allahs größter Prophet, hat es so bestimmt. Und was er sagt, ist recht und Allahs Wille. Bei den Christen ist das anders. Sie tun nicht alle, was Jesus ihnen gesagt hat."

Wie ein vorwitziger, zurechtgewiesener Schuljunge kam er sich vor. Aber es sollte noch schlimmer kommen. Nach einem Weilchen steuerte sie einen Palmenhain an und hielt in dessen Schatten. Sie löste den Schleier von ihrem Gesicht. Fragend blickten ihn ihre großen, schwarzen Augen an. „Wie stehen Sie zu Gott, Roland Burger?" fragte sie eindringlich.

So direkt hatte ihn noch niemand gefragt. Er wünschte, das Thema Religion nicht angeschnitten zu haben. Die Frage war ihm peinlich. Diese schöne, strenggläubige Orientalin, für die er eine gewisse Zuneigung verspürte, fragte ihn nach Gott!

„Gott?" wiederholte er, um Zeit zu gewinnen, dem forschenden Blick der jungen Araberin ausweichend. „Meine Mutter war eine sehr fromme Frau, mehr eine Christin der Tat als des Wortes. Sie lebte mir vor, wie ein Mensch zu leben hat. Gott wurde für mich wie zu einem Vater, nachdem ich meinen Vater durch einen Unglücksfall verloren hatte. Doch als ich älter wurde und die vielen Ungerechtigkeiten auf der Welt sah, zweifelte ich und verlor meinen Kinderglauben ..."

„Gott ist gerecht", fiel sie ihm ins Wort. Es klang überzeugt. „Wir Menschen sind es, die ungerecht handeln. Wie kann man Gott dafür verantwortlich machen, wo er doch jedem Menschen einen freien Willen gegeben hat.

Wir müssen seine Gebote halten, dann wird die Welt auch besser."

Sie zog den Schleier wieder vor ihr Gesicht. Es klang wie eine ernste Mahnung und Rüge zugleich, als sie dabei sagte: „Sie sollten es ernst nehmen mit Gott, denn auch das Leben ist ernst. Man hängt sich kein Kreuz um die Brust und weiß nichts von Gott." Sie ließ den Wagen an und reihte sich wieder in den Verkehr ein.

Der seltsam erregende Ruf des Muezzin, der zum Gebet am Abend rief, hallte über die Dächer Dschiddas, als sie sich dem Hafen näherten. Die Straße war breiter geworden, mächtige Häuser faßten sie ein. Riesige Schaufenster mit prächtigen Auslagen reihten sich aneinander. Einige Hotels zeigten eine prunkvolle Front. Durch die hohen Glasscheiben sah man in Hallen, in denen üppige Palmen ihre Fächer über leuchtende Teppiche breiteten – neuere Bauten mit Öldollars gebaut. Aber es gab auch noch kleine arabische Restaurants, die Lämmer am Spieß grillten und indische Currygerichte zubereiteten.

Ein buntes Völkergemisch belebte die Hafengegend: Gastarbeiter und Touristen – Europäer, Afrikaner und Asiaten. Dazwischen die verwegenen Gesellen, die die arabischen Daus segelten und die Saudis mit allem möglichen versorgten: Heu für die Kamele, lebende Hammel und Rinder für den Kochtopf, Gewürze, Weizen und Reis. Männer, sanft und freundlich im Gespräch, aber der samtenen Scheide an ihrem Gürtel ähnelnd, aus der unversehens, ihrer spontanen Leidenschaft entsprechend, das Messer zum Vorschein kam.

Die ganze Zeit über hatte sich Rolands Begleiterin dem regen Verkehr widmen müssen. Nun hielt sie bei den Lagerhallen am Hafen.

„Es war mir eine Freude, den deutschen Seemann Roland Burger kennengelernt zu haben", sagte sie, und es klang herzlich. „Ich danke Ihnen für Ihren Besuch und Ihre Nachricht. Möge der Prozeß einen guten Ausgang nehmen."

Ein Würgen saß ihm im Halse, als er ihren Händedruck erwiderte. „Ich werde mich gern an Aisha el Jussuf erinnern", stieß er heiser hervor. Befangen stieg er aus.

Ihre großen, schwarzen Augen blickten ihn noch einmal aus der Tiefe des Schleiers an, dann ließ sie den Wagen an und brauste davon. Verwirrt blickte er hinter ihrem Auto her, bis es im Gewühl des Verkehrs verschwand.

Die Schönheit der jungen Orientalin, ihr Charme und ihre Worte, hatten ihn so durcheinandergebracht, daß er darüber fast die Vicomtesse vergessen hatte. Seine Rückkehr an Bord der Jacht, brachte ihn jäh in die Wirklichkeit zurück.

An der Gangway stand Pedro und verwehrte dem Professor den Zutritt auf die Jacht. Etwas abseits warteten die übrigen Achtergäste. Der Anwalt der Familie Jussuf schien sehr tüchtig zu sein und großen Einfluß zu haben!

„Hallo, Docteur", tat der Professor erfreut, „gut, daß Sie kommen! Dieser Pedro will mich nicht an Bord lassen. Überhaupt – wir beide sollten uns einmal gründlich unterhalten."

Roland übersah absichtlich die ausgestreckte Hand und meinte, während Pedro an Bord zurückging: „Was hätten wir beide uns schon zu sagen, Professor?"

„Viel, sehr viel, mein junger Freund", beteuerte er. „Vorerst eine Bitte. Sie haben zur Zeit großen Einfluß auf meine Nichte, die Vicomtesse. Sorgen Sie doch dafür, daß Sie mich und unsere Freunde wieder an Bord nimmt."

Roland wollte etwas erwidern, kam aber nicht zu Wort.

„Es ist eine Tatsache, daß Claudia in Sie verschossen ist. Und Sie tun gut daran, Ihren Vorteil daraus zu ziehen. Baldigst, rate ich Ihnen, denn einen Matrosen hat sie als Liebhaber noch nicht gehabt. Bisher hat sie nie unter sich gegriffen. Ihr Mann war ein Fürst, und die anderen hohe Tiere. Denken Sie an Captain Rossi. Er kommt aus vornehmer Familie. Bevor Sie kamen, haben sich die beiden gut verstanden. Nun ist sie für Sie entflammt, morgen vielleicht schon wieder für einen anderen. Aber was kann man da machen? Sie ist nun einmal so. Aufbauen und Zerstören tat sie schon als Kind gern. Das Stammschloß der ‚Leblanc' liegt direkt an der See. Claudia hatte die Gewohnheit, verletzte Katzen und Hunde zu sammeln. Sie war rührend um sie bemüht, bis die Tiere gesund waren. Hinterher wurden sie bei Ebbe an einen Pflock gebunden, und meine liebenswürdige Nichte beobachtete mit dem Fernglas, wie sie bei Flut elendig umkamen. Und ähnlich benahm sie sich später den Männern gegenüber."

Roland war entsetzt. „Das soll die Vicomtesse getan haben?" entfuhr es ihm.

Der Professor ereiferte sich: „Das würden Sie bei Ihrer christlichen Anschauung einem Menschen nicht zutrauen. Aber bei ihr bewahrheitet sich die Tatsache: Das Verhalten während der Kindheit wirkt sich bei dem erwachsenen Menschen in irgendeiner Form aus. Doch – nun lassen Sie mich an Bord!"

„Das kommt nicht in Frage!" verwehrte Roland ihm den Zutritt. „Die Jacht ist Eigentum der Vicomtesse. Sie hat bestimmt, daß Sie und die anderen nie wieder an Bord der Jacht kommen dürfen. Und nach diesen unangenehmen Vorkommnissen hat sie allen Grund dazu ..."

Mit einem finsteren Blick wandte sich der Professor zum Gehen.

Er mußte noch darüber nachdenken, als er in seiner Koje lag und den Schlaf herbeizuzwingen suchte. Seit dem Gespräch mit dem Professor mied er das Boudoir der Vicomtesse, als wäre es eine Falle. Es tat weh, was er da von der Vicomtesse gehört hatte, aber ein Mensch, der seine Mitmenschen geringschätzig bewertet, war wohl zu allem fähig.

Ja, das schmerzte. Und alles wirkte so versunken, lebendig und tot zugleich. Erst gegen Morgen schlief er ein.

Müde und zerschlagen erwachte er, als Pedro die Gefährten weckte. Die Vicomtesse! Er versuchte mit sich ins reine zu kommen: Ein schönes, an Luxus gewöhntes Geschöpf, das ein spielerisches, belastetes Leben geführt hatte ... Ich werde heute noch von Bord gehen, bevor ich noch mehr enttäuscht werde! nahm er sich vor.

Um sie von seiner Absicht zu unterrichten, suchte er das Gerichtsgebäude auf. Je näher er kam, desto langsamer wurde sein Schritt. Ein mächtiger Bau mit unzähligen vergitterten Fenstern, und dahinter gepackte Bündel der verschiedensten Schicksale, Menschen voll Bangen und Herzklopfen, die mit jedem Klopfen der Entscheidung und dem Tode einen Millimeter näherkamen. Darunter die Vicomtesse. Er befürchtete, sie könnte sich bei den Verhören in Widersprüche verstrickt haben.

Er war schon bekannt. Diesmal ließ man ihn ohne größere Umstände zu ihr.

„O Roland!" freute sie sich. „Wie gut, daß es Sie gibt!"

Das machte es ihm schwer. „Ich will abmustern und komme, um mich zu verabschieden", würgte er heiser hervor.

Betroffen starrte sie ihn an. Dann preßte es sich über ihre Lippen, verzweifelt und fordernd, ihn in der Aufregung duzend: „Du kannst mich doch nicht allein lassen! Du bist verantwortlich für mich!"

Er wollte etwas erwidern, doch erregt fuhr sie fort: „Doch – du bist es. Seit damals. Ohne dich ..." Ruckartig wandte sie sich von dem Gitter ab, um in ihre Zelle zurückzukehren.

Plötzlich packte ihn die Angst, sie könnte sich etwas antun. Erschreckt rief er ihr zu: „Vicomtesse, Vicomtesse! Lassen Sie mich nicht schuldig an Ihnen werden!"

Sie blieb stehen und wandte sich zögernd um. „Werden Sie bleiben?" fragte sie.

„Ja!" Er schrie es fast: „Ja!"

Langsam, fast zögernd, Fuß vor Fuß setzend, kam sie zurück. Sie blickte ihn an, mit einem Gesicht, in dem die Frage stand: Was weißt du von mir? Was weißt du davon, wenn in ein Leben, in dem alles fragwürdig geworden ist, die Liebe fällt? Wenn aus Fallen und Fallen plötzlich Halt wird?

Er glaubte sie zu verstehen. „Ich werde bleiben", versprach er.

Aufgewühlt verließ er das Gerichtsgebäude. Wie sollte das alles noch enden?

Ein Attaché der französischen Botschaft erwartete ihn an Bord der Jacht. „Ich komme, um Ihnen im Auftrag der Vicomtesse Claudia de Leblanc die Schenkungsurkunde über die Jacht zu überreichen", erklärte er. „Wollen Sie mir die Übergabe bitte durch Ihre Unterschrift bestätigen!"

Die Vicomtesse hatte ihm ihre Jacht geschenkt! Das war so gewaltig, daß er es kaum begreifen konnte. Er sollte Eigner dieses Luxus-Seglers sein!

Wie im Traum schritt er, als der Attaché gegangen war, durch die Achterräume, bedächtig, jeden einzelnen Gegenstand eingehend betrachtend, als sehe er alles zum ersten Mal.

Überall Prunk, selbst auf den Gängen: Holzvertäfelungen und Schleiflack, kostbare Möbel und Gemälde – eine Atmosphäre wie in einem Schloß, nur auf schwimmenden Schiffsplanken – Behaglichkeit verbreitende Kamine, deren Feuer elektrisch glühte, Bäder und Kabinen, aufs beste eingerichtet. Am prächtigsten waren die Eigner-Kabinen, die die Vicomtesse bewohnte: Stuckdecken, Kronleuchter, offener Kamin und Möbel im Stil Louis XVI im Salon, feudal die Schlafkabine mit dem bequemen, weichen Himmelbett, dem nierenförmigen Toilettentisch; der Goldrahmenspiegel, Nachtschränkchen, Sessel und der gewaltige Kleiderschrank mit der kostbaren Garderobe der Vicomtesse aus Tuch, Seide, Leder und Pelz, und dann das prunkvolle Bad mit venezianischem Spiegel und Schwänen aus Gold als Wasserhähne.

Ein Freudentaumel erfaßte ihn: Ich habe ein Schiff, eine wunderschöne Jacht! Ich bin Eigner eines Luxus-Seglers, ich – Roland Burger! Jäh hielt er inne, weil er im

Geist das traurige Gesicht der Vicomtesse vor sich sah. Und damit stand ihm auf einmal sein alter Grundsatz vor Augen: Nur das als Eigentum zu betrachten, was er sich durch seiner Hände Arbeit verdient hatte. Sie wollte ihm eine Freude machen!

Warum hielt man sie überhaupt noch fest, nachdem alle anderen entlassen worden waren?

Es drängte ihn plötzlich, diesem Warum nachzugehen. Er sprach mit Pedro darüber. „Vielleicht wurde sie durch die Achtergäste belastet", meinte der. „Menschen, die so raffiniert gehandelt haben, sind zu allem fähig."

Roland wollte Klarheit vom Gericht. Dabei war es ihm so eilig, daß er eines der Taxis nahm, die am Hafen warteten.

„Hallo, Docteur!" hörte er sich von dem Fahrer angesprochen, als der Wagen anfuhr. Erstaunt erkannte er in ihm den Franko-Amerikaner Vaillant. „Sie? Als Taxifahrer?" wunderte er sich.

„Irgendwie muß man doch seine Brötchen verdienen. Die anderen sind gestern Abend abgehauen. Sie hatten die Schnauze voll von Dschidda und Saudi-Arabien nach dem schweren Verlust durch die hirnverbrannte Vicomtesse. Ich kaufte mir einen Wagen und bin jetzt selbständiger Taxifahrer. Hier in Dschidda gibt es unheimlich viele Gastarbeiter, darunter viele Süchtige, die froh sind, Heroin zu bekommen. Da kann man als Dealer schwer Money machen!"

Roland schüttelte den Kopf. „Was sind Sie nur für ein Mensch? Haben Sie trotz der langen Haft noch nicht die Nase voll? Denken Sie nicht an die armen Menschen, die Sie krank und unglücklich machen?"

„Wer denkt denn an mich?" höhnte er. „Niemand zwingt einen Menschen dazu, Rauschgift zu nehmen. Er tut es freiwillig, so wie andere trinken oder sonstwie süchtig sind. Da muß er auch in Kauf nehmen, daß er elendig zugrunde geht. Hören Sie – ich bin in New York aufgewachsen, in den Slums von Bronx, wo das Motto gilt: Jeder ist sich selbst der Nächste!"

„Halten Sie an!" forderte Roland ihn auf. „Sofort lassen Sie mich raus, bevor ich mich vergesse!"

„Na – na", spottete Vaillant und bremste. „Wir sind hier doch nicht auf der ‚Vicomtesse de Leblanc'!"

„Hüten Sie Ihre Zunge!" drohte Roland. „Sonst rechnen wir einmal ab. Verlassen Sie umgehend mit dem nächsten Flugzeug Dschidda. Begegne ich Ihnen irgendwo beim Dealen, dann schlage ich Sie zusammen und alarmiere die Polizei!"

Menschen von der Art Vaillants, die in ihrer Geldgier über Leichen gehen, sind immer feige Kreaturen. Aufheulend sprang der Motor wieder an, und der Wagen brauste davon.

Der Weg zum Gericht fängt ja gut an, dachte Roland. Ausgerechnet mir muß dieser Typ über den Weg laufen! Daß es im Leben nicht auf solche Vorzeichen ankommt, bewies der weitere Verlauf seines Besuchs.

Er wußte nicht recht, wie er vorgehen sollte. Als er aber Richter Habini, den er aufsuchte, gegenüberstand, fielen ihm die Worte ein, als flüstere sie ihm einer zu: „Bevor ich den König in Riad aufsuche, wollte ich noch einmal mit Ihnen sprechen", begann er. „Die Besatzung der Jacht wurde entlassen, auch die Achtergäste, aber wie steht es mit der Vicomtesse de Leblanc?"

Das war Richter Habini peinlich.

„Mein Vorgänger – seine plötzliche Erkrankung ..." Er suchte nach Ausflüchten. Schließlich ließ er die Vicomtesse holen.

Voller Unruhe sah Roland ihrem Kommen und Richter Habinis Reaktion auf seinen Besuch entgegen. Tiefrot wurde ihr Gesicht, als sie ihn erblickte. Roland hatte mit dem Richter bisher stets Arabisch gesprochen. Aber Habinis Englisch, in dem er jetzt mit der Vicomtesse sprach, war exzellent, stellte Roland erstaunt fest.

„Ihr Mister Burger läßt mir keine Ruhe, Vicomtesse de Leblanc", erklärte er. „Darum werde ich Sie entlassen. Sie sind ja nach Dschidda gekommen, um es zu sehen, da werden Sie sicher noch einige Zeit bleiben. Wie es den Anschein hat, erweisen sich die Anschuldigungen gegen Sie als haltlos ..."

Schweigend verließen sie das Gerichtsgebäude. Die jähe Wendung ihres Schicksals verschloß ihnen die Lippen. Erst als er ein Taxi anhalten wollte, weil er meinte, sie wolle so schnell wie möglich zur Jacht, protestierte sie heftig: „Nein – nein. Lassen Sie uns durch die Stadt laufen, im Freien sein. Ich war so lange eingesperrt, meines Willens beraubt, daß ich meine, in jedem geschlossenen Raum ersticken zu müssen."

Roland verstand, hatte er es doch selbst vor kurzem erlebt.

So schlenderten sie Seite an Seite durch die lärm- und hitzeerfüllten Straßen, Gassen und über Plätze, auf denen Schlangenbeschwörer, Ringkämpfer und Märchenerzähler ihre Show abzogen. Die Muezzins riefen schon zum Gebet am Abend, als die Vicomtesse bat, in einem Palmenhain Platz zu nehmen. „Ich bin von dem ungewohnt vielen Laufen müde."

Herrlich war dieser Park. Uralte Palmen und Eukalyptusbäume ragten über prächtige Bougainvillea-Sträucher, und die Luft war erfüllt von Jasminduft.

Die Vicomtesse atmete tief.

„Wie herrlich kann die Freiheit sein!" seufzte sie. Es klang wie ein lautgewordener Gedanke. „Nur wer gefangen war, kann ihren wirklichen Wert begreifen."

Roland stimmte ihr zu: „So ist es. Was man gehabt hat, schätzt man erst, wenn man es nicht mehr hat."

Gegenüber befand sich eine Moschee. Aufreizend schrillten die Rufe des Muezzins von dem Minarett herab. Und die Gläubigen eilten herbei: alte Männer in Filzhosen und Turban, andere in hellen Zweireihern und junge Burschen in Jeans. Sie nahmen nebeneinander am Brunnen ihre rituellen Waschungen vor, stellten ihre Schuhe in langen Reihen vor der Eingangstür auf, betraten die Halle und fielen drinnen auf die Knie.

Roland fiel die Schenkungs-Urkunde der Jacht ein.

„Ein Attaché der französischen Botschaft war da", berichtete er, nach Worten suchend. „Das hätten Sie nicht tun sollen, mir die Jacht schenken. Mein Grundsatz ist, nur das Brot zu essen, das ich mir durch meiner Hände Arbeit erwerbe ..."

Sie unterbrach ihn unwirsch: „Sie gestatten, daß auch ich einen Grundsatz habe. Ich lasse mir nichts schenken. Ich war am Ende. Da kamen Sie und gaben meinem Leben wieder einen Sinn. Also machte ich mit der Jacht nur ein Gegengeschenk, gar nicht aufzuwiegen mit Ihrem Geschenk. Und – hätten Sie sich damals nicht geweigert, das schmutzige Geschäft mit dem Rauschgift mitzumachen, hätte man in Dschidda das Rauschgift gefunden und mein und unser aller Schicksal an Bord wäre besiegelt gewesen."

Von der Moschee herüber klang der Singsang der Vorbeter und gläubigen Muslims. Die Vicomtesse lauschte. Sein Blick streifte sie.

Ihre Gesichtsknochen waren besonders zart und ihre schmalen Hände ungewöhnlich lang für ihre mittelgroße, gertenschlanke Gestalt. Das pechschwarze, leichtgewellte Haar lag geknotet im Nacken. Wie immer, war sie auch jetzt noch – als eben entlassener Häftling – mit besonderer Eleganz gekleidet.

Und doch erschien sie ihm irgendwie verändert. Das war nicht mehr die Vicomtesse, die er in Erinnerung gehabt hatte. Sie war ernster, reifer und irgendwie selbstbewußter geworden.

„Es war eine harte Zeit, diese Kerkerhaft", sagte sie in seine Gedanken hinein. „Und doch nicht so erbärmlich wie mein früheres Dahinvegetieren. Ich fand Zeit, über alles nachzudenken, und mich von den Tiefschlägen zu erholen, die ich in all den Jahren einstecken mußte, seit ich aus dem Internat kam."

Sie blickte ihn an.

„Ich hatte ja diese Strafe, und eigentlich noch viel

mehr, verdient. Aber Sie, der Sie nichts mit dieser Sache zu tun hatten, wie schwer muß es für Sie gewesen sein!"

„Es war nicht leicht", gab er zu. „Gerade für mich, der ich die See und die Freiheit so sehr liebe. Aber nun ist es vorbei, und wir sollten Dschidda so schnell wie möglich verlassen."

„Das wäre auffällig", wandte sie ein.

Sie debattierten miteinander bis die Nacht heraufzog. Der Mond erhob sich verschwommen und rot über die Dächer von Dschidda, wie die Kuppel einer halb in den Wolken verschwundenen Moschee, als sie die Jacht erreichten.

12

„Ich chartere Ihre Jacht für unbestimmte Zeit", meinte die Vicomtesse bei der gemeinsamen Mahlzeit. „Sorgen Sie für einen tüchtigen Kapitän und die übrige Besatzung. Und dann – meine ehemalige Freundin Madeleine Delon war so eine Art Sekretärin für mich gewesen. Ich würde es gern sehen, wenn Sie Ihren Dienst an Bord als Matrose aufgeben und als mein Sekretär fungieren würden. Wären Sie damit einverstanden?"

Er dachte an ihre gemeinsam verlebte Zeit und empfand das Angebot wie eine Barriere zwischen ihnen. Trotzdem versprach er: „Natürlich werde ich Ihnen jederzeit helfen."

Es wollte an diesem Abend kein rechtes Gespräch zwischen ihnen aufkommen. Frühzeitig zog sich die Vicomtesse zurück. So vertraut ihm ihr Boudoir geworden war, er richtete sich in einer der Kabinen ein. Die lange Kerkerhaft hatte die Vicomtesse gewandelt, ihre Vertrautheit hatte die lange Trennung verwischt, sie schien Distanz wahren zu wollen.

Frühzeitig suchte er am nächsten Morgen die Heuerstelle auf und musterte einen Kapitän, zwei Matrosen, zwei Leichtmatrosen und einen Steward. Mit dem Kapitän hatte er besonderes Glück. Es war ein Finne mit weißem kurzgeschnittenen Haar und braunen Augen, einem Gegensatz, der es fast unmöglich machte, sein Alter zu bestimmen. In seinen Papieren war es mit siebzig angegeben. Ein mittelgroßer, wendiger Seemann und Kap Hornier, der nur zu oft das stürmische Kap Horn mit Seglern umrundet hatte. Pedro und auch die Vicomtesse waren mit seiner Wahl zufrieden.

Wie am Vortage wahrte die Vicomtesse Distanz zu Roland. Es schien, als suche sie die Erlebnisse von früher verwischen zu wollen. Er litt darunter, weil er sie nach wie vor liebte. Sie wurde erst anders, als der weiße Fiat Aisha el Jussufs vor der Gangway der Jacht hielt und die junge Araberin an Bord kam.

„In Ain Siloa findet ein Kamelrennen statt", erklärte sie ihr Kommen, nachdem sie Roland begrüßt hatte. „Ich dachte, es könnte Sie interessieren."

Wenn sie sich auch in der Gewalt hatte, es war ihr anzumerken, daß sie enttäuscht war, als Roland ihr die Vicomtesse vorstellte. „Wir haben auch alle drei Platz in meinem Wagen", blieb sie bei ihrer Einladung.

„Ein Kamelrennen?" wiederholte die Vicomtesse gedehnt, wobei sie Roland nachdenklich anblickte. Ein kurzes Zögern, dann fuhr sie fort: „Ich habe alles mögliche gesehen, ein Kamelrennen jedoch noch nicht."

Aisha, die die englische Sprache gebrauchte, ereiferte sich: „Dann kommen Sie doch mit! Die Kamelrennen in Ain Siloa sind stets eine Sensation."

„Diese Araberin ist bildschön, Docteur!" schwärmte Pedro. „Fällt dir da die Wahl nicht schwer zwischen ihr und der Vicomtesse?"

„Ich dachte immer, du bist ein eingefleischter Junggeselle", meinte Roland belustigt.

„Eingefleischter Junggeselle", wiederholte Pedro. „Ich bin nicht mit Sechzig auf die Welt gekommen, und ein Eunuche bin ich auch nicht. Daß ich nicht geheiratet habe ... Nun ja, es soll vorkommen, daß zwei Menschen sich lieben und nicht zusammenkommen können.”

Roland faßte den alten Seemann am Arm: „Entschuldige, Pedro ...”

War Aisha verärgert? Kaum hatte sie die verwinkelten Gassen der Altstadt Dschiddas hinter sich, sauste sie mit mörderischem Tempo davon, daß der weiße Wagen in wirbelnden Staubwolken verschwand. Sie war ganz in Weiß, der nonnenhaften Landestracht, gehüllt. Die Vicomtesse trug über einem elfenbeinfarbenen, enganliegenden Kleid, einen leichten, hellen Staubmantel aus Seide, um den Kopf hatte sie einen lichtgrünen Schal gewikkelt.

Die Straße nach Ain Siloa war eine einzige weiche Staubdecke, die unter den Rädern des schnellen Wagens wild aufwirbelte. Die Sicht betrug kaum zehn Meter. Aisha schien durch eine endlose Sandwüste zu fahren.

Roland saß zwischen seinen beiden Begleiterinnen, zwischen Orient und Occident, hautnah. Dabei bestürmten ihn die tollsten Gedanken: Aisha ist gekommen, weil ich Eindruck auf sie gemacht habe! Eine junge Orientalin, durch jahrelanges Studium in westlicher Zivilisation mit dem freieren Leben dortiger Frauen bekannt geworden, empfand wohl Grauen vor dem Haremsdasein in ihrer Heimat.

Ziemlich schweigsam verlief die Fahrt, an der keiner so recht Freude zu haben schien.

Unvermittelt tauchten im Staub- und Sandnebel Palmen auf. Aisha verlangsamte ihr höllisches Tempo. Einige weiße Häuser, ein Teich mit hellem, klarem Wasser, ein größeres, villenartiges Gebäude mit langgestreckten Ställen, dahinter, zwischen Zypressen, ragte ein verwittertes Minarett empor. Das war die Oase Ain Siloa.

Am Rande der Oase wimmelte es von Autos und Menschen aus aller Welt: Einheimische Saudis, Touristen und Gastarbeiter aller Hautschattierungen. Frauen in grelle

Farben gekleidet: orange, koralle, karminrot und buttergelb, die wie ein Schwarm tropischer Schmetterlinge wirkten. Und wie bei anderen Rennen: Buchmacher, eine Unmenge Buchmacher, die reichlich Arbeit hatten.

Ein älterer Herr in europäischer Kleidung, mit einem Monokel im blasierten Gesicht, zog achtungsvoll seinen breitkrempigen Hut und grüßte in französisch: „Bonjour, Vicomtesse de Leblanc". Als sie ihn verwundert ansah, stellte er sich vor: „Marzin – Henry Marzin – Herausgeber der größten Zeitung von Dschidda. Ich hatte die Ehre, Ihre verworrene Geschichte in Wort und Bild der Öffentlichkeit bekanntzumachen."

In Sekundenschnelle veränderte sich das Gesicht der Vicomtesse. Ihre Stirn runzelte sich, die Nasenflügel der schmalen Nase zitterten.

„Ich habe die Ergüsse Ihrer schmutzigen Phantasie gelesen, Monsieur Marzin." Ihre Stimme klang scharf: „Sie gehören in ein Irrenhaus, Monsieur, aber nicht in die Redaktion einer führenden Tageszeitung!"

Aufgebracht unterbrach er sie: „Wie die Dinge anfangs lagen ... Und wer ist nicht erbittert über Rauschgifthandel! Rauschgift – die Geisel unseres Jahrhunderts, die die Menschheit ruiniert. Ich habe aber nicht versäumt, in meinem letzten Artikel Ihre Rehabilitation gebührend herauszustellen."

„So – haben Sie das?" fiel sie ihm spöttisch ins Wort. „An mich wagten Sie sich heran, obwohl nichts auf meiner Jacht gefunden wurde, nicht aber an gekrönte Häupter. Zum Beispiel den Schah Reza Pahlewi, der wahrscheinlich Unsummen durch Rauschgift verdiente, was viele wissen. Davon steht nichts in Ihrer feinen Zeitung. Auch nicht, daß seine Geheimpolizei SAVAK die Menschen folterte und auf sein Geheiß ..."

Ihr Streit hatte eine Menge Neugieriger angelockt. Wie ein geprügelter Hund verschwand Monsieur Marzin in der Menge.

„Eine Jeane d'Arc", bewunderte Roland sie. Das trieb

der Vicomtesse das Blut ins Gesicht. Doch dann lenkte sie das Rennen ab.

Einen Augenblick entstand ein Getümmel blökender, störrischer Kamele. Schwere Peitschen klatschten auf ihre Rücken. Sie rannten los, suchten einander zu überholen. Mit weit ausholenden Schritten und Sprüngen ihrer langen Beine jagten sie vorwärts. Einige lösten sich aus dem Pulk, schoben sich nach vorn: fünf, vier, drei, zwei – zuletzt war es nur noch ein hellgraues, schweißtriefendes Tier, das das Ziel erreichte und mit zitternden Gliedern stehenblieb.

Das bedeutete einen beträchtlichen Gewinn für die Vicomtesse und Roland, denn die kamelkundige Aisha hatte ihnen für dieses Tier den sicheren Tip gegeben.

Katastrophal wurde die Rückfahrt. Die meisten der Renn-Besucher waren von Dschidda gekommen. In einer riesigen Autoschlange fuhr Aisha im Schneckentempo. Um ihre Gäste zu unterhalten, erzählte sie ihnen von ihrer Heimat. Von dem ehemaligen armen Saudi-Arabien, seinen Wüsten und Gebirgen und den heiligen Stätten des Islams, Mekka und Medina. Der Islam hatte ein paar Jahrhunderte lang die Zivilisation des Landes beeinflußt. Jetzt schwamm es durch die Gnade Allahs und die Ölquellen in Petro-Dollars, die es in ein Paradies verwandelten.

Die Muezzins riefen von den Minaretts zum Gebet bei Sonnenuntergang, als sie Dschidda erreichten. Herzlich verabschiedeten sich die Vicomtesse und Roland von der jungen Orientalin, die den Pulsschlag Europas gefühlt hatte.

Die Vicomtesse lächelte. „Warum machen Sie ein so böses Gesicht, Roland?"

Sie stand vor ihm, schlank, sicher, auf hohen Beinen, die Hände in den Taschen ihres Staubmantels. „Es war doch ein schöner Tag. Wir sind Aisha nähergekommen und haben durch sie Saudi-Arabien besser kennengelernt. Dann das Kamelrennen, unser Gewinn ..."

„Und dieser Monsieur Marzin?" unterbrach er sie heftig. „Ich empfand ihn wie eine Drohung und Mahnung an die lange, schreckliche Kerkerhaft und habe nur den einen Wunsch, Dschidda sofort zu verlassen."

„Das geht auf keinen Fall", ereiferte sie sich. „Es würde sicher auffallen und womöglich eine neue Verhaftung und Untersuchung nach sich ziehen."

In ihren Augen geisterte, so wie damals, die Angst. „Nein – auf keinen Fall. Diese Kerkerhaft war schrecklich! Die ersten Tage – ich habe ständig geweint und nichts zu mir genommen. Dann kam eine Ärztin, eine Saudi, die in Paris an der Sorbonne Medizin studiert hatte. Sie redete mir zu, Nahrung zu mir zu nehmen."

Überwältigt von der Erinnerung schwieg sie.

Ein Dampfer legte ab von der Pier. Sie blickte ihm nach. Dabei entspannte sich ihr Gesicht.

„‚Lesen Sie!' riet mir die Ärztin. ‚Lesen Sie. Das lenkt ab. Alles andere überlassen Sie Gott.' Da die Gefängnisverwaltung nichts an Literatur zuließ außer der Bibel, besorgte sie mir eine französische Bibel. Man muß wohl in einer bestimmten Lage sein, verzweifelt, hilflos und wahrheitshungrig, um die Bibel recht zu verstehen, denn im Internat gehörte sie zu unserer Ausrüstung, interessierte mich aber kaum. Jetzt gab sie mir Trost, Halt und die Gewißheit, daß Gott mir meine Sünden vergeben hat. Heute kann ich auch Sie verstehen, daß Sie das Kreuz auf der Brust tragen und sich zu ihm, Jesus Christus, bekennen!"

Sie wandte sich zum Gehen. Nachdenklich hielt er sich an ihrer Seite.

Daß sie sich wirklich geändert hatte und es mit dem Glauben ernst nahm, sollte er noch am gleichen Abend erfahren.

„Wir haben noch etwas Dringendes zu erledigen", bat sie ihn in ihr Boudoir. „Schreiben Sie meinem Anwalt folgendes", diktierte sie, als er hinter dem Schreibtisch Platz genommen hatte. „Ab sofort wird ‚Leblanc' – Schloß und

Gut – als Heilstätte für Drogensüchtige eingerichtet. Von den 59 Räumen beanspruche ich nur 6 Räume im Südflügel für mich und meine Haushälterin ...”

Roland hielt betroffen inne und starrte sie an. „Vicomtesse, ist das nicht ein Schritt, den Sie ...”

„Ich bereue, daß ich mich zu diesem schmutzigen Rauschgifthandel hergegeben hatte. Doch was nützt alle Reue, wenn man nicht Taten folgen läßt? Schreiben Sie weiter: Die zu dem Gut gehörenden Felder, Wiesen, Wälder und Viehbestände sollen dazu dienen, die Heilstätte zu finanzieren.”

„Es sei denn, daß ein Mensch von neuem geboren werde ...” Diese Bibelworte fielen ihm dabei ein. Da war eine Frau in Reichtum und Privilegien hineingeboren und verzichtete freiwillig darauf, trat heraus aus der Anonymität ihres Daseins, und das in einer Zeit, in der fast jeder nur an sich dachte. Er sah sie neben jener „Mutter Theresa”, die für viele, die auf der Schattenseite des Lebens stehen, schon zu Lebzeiten zu einer Heiligen geworden war. Hatte er diese vornehme Frau einmal verachtet, dann geliebt und begehrt, so hatte sich das alles jetzt in Hochachtung verwandelt.

Lange noch lag er in dieser Nacht wach und dachte über sie nach.

„Ich muß mich unbedingt auslaufen”, drängte die Vicomtesse am anderen Morgen an Land, wobei sie ihr Notizbuch in ihre Umhängetasche steckte. Diesem Büchlein widmete sie sich ausgiebig, seit sie sich so verändert hatte.

Es war ein herrlicher Tag. Im Sonnenlicht glänzten Moscheen, Minaretts und Paläste. Ein paar Wolken schwammen im Himmelsblau wie schlafende Flamingos. Es war Freitag, der Feiertag der Moslems.

Araber sind fromm. Fünfmal am Tage beten sie, das Gesicht nach Mekka, der heiligen Stadt, gewandt, wo sich im Hof der Moschee die Kaaba, das höchste Heiligtum des Islams, befindet. Besonders fromm ist man in Dschidda, wohin jährlich Millionen Pilger kommen, die

die heiligen Stätten Mekka und Medina aufsuchen, wie es der Prophet Mohammed befohlen hat.

„Eine schöne Stadt!" lobte die Vicomtesse.

Sie bummelten durch die Altstadt. Dann war es eine Menschenmenge, die zusammenlief und ihre Neugier erregte. Sie traten näher und wurden unfreiwillig Zeugen eines Vorfalls, der sie aufs tiefste erschütterte.

Da war eine Frau, gehalten von zwei Männern – eine Ehebrecherin. Unverschleiert stand die schlanke Araberin da, ihr schmales Gesicht umrahmt von pechschwarzem Haar. Die großen, schwarzen Augen drückten Angst aus – Todesangst. Jetzt stießen die Männer sie vorwärts. Sie stürzte zu Boden, sprang auf wie ein gehetztes Tier. Steine flogen, zerfetzten ihre Kleider, rissen blutige Wunden in ihren Körper und warfen sie zu Boden. Wieder sprang sie auf die Füße. Nun zielte man auf ihr Gesicht, den Kopf. Sie wankte und stürzte zu Boden. Einige Male noch zuckte der gemarterte Körper, dann blieb er still liegen. „Allahu akbar!" rief die Menge.

Betroffen starrten die Vicomtesse und Roland sich an. Durch dieses Erleben wurden sie jäh an jenes biblische Geschehen erinnert, dem Jesus von Nazareth durch sein Eingreifen eine andere Wendung gegeben hatte, als es hier der Fall war. Er hatte gesagt: „Wer unter euch ohne Sünde ist, der werfe den ersten Stein."

Doch – sie sollten an diesem Tag noch mehr von der Justiz des Korans kennenlernen.

Währenddessen hatte man einen Mann gebracht. Mit entblößtem Oberkörper stand er da, die Hände auf dem Rücken gefesselt. Ein Dreißigjähriger, bärtig, den Kopf geschoren. Vor ihm ein riesiger Kerl mit weißem Turban, ebenfalls mit nacktem Oberkörper, in der Rechten ein blitzendes Schwert – der Henker. Roland ahnte, was kommen würde, und wollte die Vicomtesse wegführen. Doch das Geschehen faszinierte ihn so, daß er mit ihr stehenblieb und wie gebannt auf die Szene starrte, die sich vor ihren Augen abspielte.

Mit einem einzigen Hieb trennte der Henker dem Delinquenten den Kopf vom Rumpf, aus dem, wie eine Fontaine, ein Blutstrahl schoß, während die Beine ein paar Schritte nach vorn machten, bevor sie kraftlos zusammensackten. Während der Körper in den letzten Zuckungen lag, sprach die Menge – und es klang wie ein Lob – „Allahu akbar."

Blut war geflossen. Menschenblut.

Roland fühlte einen Druck im Kopf. Dicke Schweißtropfen rannen von seiner Stirn.

„Kommen Sie!" hauchte die Vicomtesse und klammerte sich an seinen Arm. „Wer weiß, was noch alles geschieht – im Namen Allahs!"

Stumm schritten sie nebeneinander her, dem Liegeplatz der Jacht zu, aufgewühlt von dem Erlebten.

„Wir verlassen Dschidda sofort!" rief die Vicomtesse Captain Larsen zu, der die Besatzung bei Decksarbeiten beaufsichtigte. „Sofort."

Roland war besorgt um sie. Hatte sie nicht gestern noch vor einem überstürzten Verlassen Dschiddas gewarnt?

Drunten in ihrem Boudoir warf sie sich auf die Couch und weinte herzzerreißend. Roland suchte sie zu trösten. „Wie furchtbar! Wie furchtbar!" klagte sie. „Die Welt ist furchtbar. Als die amerikanischen Astronauten auf dem Mond waren und die Erde mit ihren Verwüstungen unter sich sahen aus der Ferne, wurden die Worte für die Menschheit geprägt: ‚Wir sitzen alle in einem Boot.'" Ihre Erregung steigerte sich. „Das stimmt nicht ganz, Roland, denn das Boot ist eine Galeere!"

Hastige Schritte an Deck und Kommandorufe waren zu hören. Eilig stand Roland auf und ließ die Vicomtesse allein. Er fühlte sich für das Schiff verantwortlich. Bald würde die Jacht auslaufen.

13

Der Kapitän befand sich noch an Land, um die Papiere der Jacht für die Ausfahrt zu klaren. Pedro ließ sie seeklar machen: die Ladeluken schließen und wasserdicht abdekken, die Winden festmachen, alles laufende Gut festzurren und Anker überholen. Am Heck wehte Frankreichs Trikolore, hoch am Mast der blaue Peter. Die Gangway lag noch ausgefahren und verband Schiff und Land. Man wartete auf Captain Larsen.

Mit steigender Nervosität blickte Roland landwärts. Auch Pedro war anzumerken, daß er sich sorgte. Warum blieb der Kapitän so lange aus?

Die Vicomtesse kam an Deck. Auch sie war beunruhigt und sehnte sich in ihrer Hilflosigkeit nach der vertrauten Nähe Rolands.

Endlich tauchte der Kapitän auf! „Es hat verschiedene Nachfragen gegeben." Damit entschuldigte er die Verzögerung.

Nun war es soweit. Die Gangway wurde eingeholt, der Motor angeworfen. Die Jacht machte Fahrt. Der Lotse, dessen Jolle sie im Schlepp hatten, hielt der Einfahrt zu. Es war ein alter Mann, derb und verwittert wie die Kiefern seines Landes. Als die See vor ihnen lag, kletterte er über die Jakobsleiter in seine Jolle. „Aleikum Salam!" rief er mit kehliger Stimme den Abschiedsgruß. Erleichtert grüßte Roland zurück.

„Heiß Segel!" gab Captain Larsen Befehl. Segel um Segel wurde gesetzt. Die Jacht zog ihre schimmernde Bahn. Wie ein Lied von Abschiedsweh und Sehnsucht klang das Rauschen der Bugwelle.

Die schlanken, weißen Minarette Dschiddas, Wahrzeichen des Orients, wurden schmäler und schmäler und wirkten wie silberne Nadeln. Auf einmal kam ein Kanonenboot von Dschidda her, am Heck Saudi-Arabiens grüne Flagge mit Schwert und Insignen. Es hielt direkt auf sie zu.

Die Vicomtesse, die es bemerkte, preßte die Hand auf das wild klopfende Herz und war erleichtert, als Roland auf sie zukam. Mit bleichem Gesicht und Augen, in denen der Haß saß, starrte er auf das näherkommende Kanonenboot, denn noch befand sich die Jacht im Hoheitsgebiet Saudi-Arabiens.

„Ich habe Gott angefleht Roland", stammelte die Vicomtesse. „Ich wollte doch alles wiedergutmachen!"

Seine ganze Zuneigung und Liebe, die in letzter Zeit zurückgedrängt worden war, überwältigte ihn. Er legte den Arm um sie. „Gott hat die Erde geschaffen und sie dem Menschen überlassen. Aber es sieht so aus, als habe er heute keinen Einfluß mehr", sagte er grimmig.

Sie schmiegte sich an ihn. Ihre Schultern zuckten vor verhaltenem Schluchzen.

„Kleine Claudia", flüsterte er, „mein Mädchen! Hier hilft nur tapfer sein!"

Dann, als er den Kopf hob und nach dem Kanonenboot blickte, sah er, daß seine Fahrt nicht ihnen galt. Es hielt genau westlichen Kurs, während die Jacht, vor dem Wind segelnd, auf den noch fernen Suez-Kanal zuhielt.

Sie war seinem Blick gefolgt. Größer und größer wurde die Entfernung zwischen Jacht und Kanonenboot und kleiner und kleiner Saudi-Arabiens Flagge. Endlich hatte dieses Land keine Gewalt mehr über sie!

Die Vicomtesse begann zu lächeln. Es war kein eigentliches Lächeln. Es war wie ein Schein von innen heraus, als hätte jemand in ihr eine Lampe entzündet und der Glanz stiege langsam höher, bis in die Augen.

Dann – plötzlich, wie auf ein geheimes Kommando – sahen sie sich tief in die Augen, und sein Mund suchte ihre Lippen.

„Der Gedanke an dich hat meinem Leben wieder Sinn gegeben", flüsterte sie überglücklich. „Ich liebe dich und möchte mit dir alt werden. Ich habe genug vom Alleinsein. Ich will heiraten, richtig – in der Kirche. Und Kinder haben, die so sein sollen wie du, tapfer wie Prinz Eugen, weise wie Sokrates, wahrheitsliebend wie Franz von Assisi, angesehen wie Goethe und schön wie Apollo!"

Ihr Glück steckte ihn an. Alle Bedenken waren verflogen. Für ihn war sie in dieser Stunde die beste und schönste Frau der Welt, schöner noch als Trojas Helena. Die Frau, die er mit allen Fasern seines Herzens liebte.

„Was hindert uns daran, uns jetzt, auf der Stelle, trauen zu lassen?" fragte sie mit leuchtenden Augen. Froh stimmte er zu: „Captain Larsen soll uns, nach Brauch auf See, trauen. Und Muna und Pedro sollen Trauzeugen sein!"

* * *

Der Tag neigte sich bereits. Tief im Westen, der afrikanischen Seite, stand schon die Sonne, und über den Küstenbergen Arabiens hing die Mondsichel, das Wahrzeichen des Islams. Mit schäumender Bugwelle und voller Leinwand durchfurchte die Jacht die Fluten des Roten Meeres, jenes uralten Schicksalmeeres, das Afrika von Asien trennt.

Auf dem Achterdeck fand die Trauungszeremonie statt. Im Halbkreis standen alle, außer dem Mann am Ruder, um das junge Paar und Captain Larsen herum. Nur ein Tischchen mit dem aufgeschlagenen Journal der Jacht trennte sie. Stille herrschte, erwartungsvolles Schweigen, nur unterbrochen von dem Rauschen der Bugwelle, das einer feierlichen Begleitmusik glich.

„Wir leben in einer ernsten Zeit", begann Captain Larsen mit belegter Stimme. „Überall in der Welt herrscht Unruhe, Gewalt, Bedrohung, Not, Tod, Angst und Haß. Eine ungewisse Zukunft lauert. Das Gebot Gottes am Anfang der Zeiten: ‚Machet euch die Erde untertan', hat der Mensch mißbraucht. Das ist eine Tatsache. Aber auch das ist eine Tatsache: Je verlorener und bedrängter sich der Mensch heute in seiner rauhen Umwelt fühlt, desto größer ist seine Sehnsucht nach den edlen und schönen Dingen des Lebens, nach Wärme, Freude und Geborgenheit. Und es gehört Mut dazu, in dieser verworrenen Zeit eine Familie zu gründen, einen Menschen an sich zu binden und Nachkommen zu zeugen, die in dieser verworrenen Welt leben werden und eine heile Welt daraus machen sollen." Einen Augenblick schwieg er, dann fuhr er nachdenklich fort, als spräche er zu sich selbst: „Und doch wird der Mensch nie eine heile Welt schaffen können. Das kann nur Gott – dadurch, daß er die Herzen der Menschen verändert." Mit gehobener Stimme richtete er dann das Wort an Roland: „Ich frage dich, Roland Burger, willst du Claudia de Leblanc zu deinem Weibe machen, ihr in Freud und Leid treu zur Seite stehen, bis der Tod euch scheidet, so antworte mit Ja."

Seltsam, daß Roland bei dieser Frage an seine Mutter denken mußte, diese zierliche Frau mit dem eisernen Willen und gütigen Herzen, und auch an seinen Vater, diesen starken und wuchtigen Mann. Gegensätze, die in seinem Leben zusammengehörten. Hastig fast, als könnte es zu spät sein, stieß er das Ja in seiner Muttersprache hervor.

„Und du, Claudia de Leblanc", richtete Captain Larsen seine Frage an die Vicomtesse: „Willst du Roland Burger eine treue Lebensgefährtin sein?"

„Ja", antwortete sie laut und freudig, ebenfalls die deutsche Sprache gebrauchend, als wolle sie dadurch die Verbundenheit mit ihrem Lebensgefährten bekunden.

Captain Larsen hob die Hand wie zum Schwur:

„Dann erkläre ich euch, kraft des Seegesetzes, für Mann und Frau, bis daß der Tod euch scheidet."

Hände streckten sich den Neuvermählten entgegen, um sie zu beglückwünschen. Freude und Lebenslust übermannten Roland. Übermütig hob er seine junge Frau empor und trug sie lachend die Treppe hinab. Das steckte sie an. Glücklich schmiegte sie sich an ihn. Liebkosend strich sie mit der Hand durch sein Haar, als er sie, in ihrem Boudoir, auf den Boden stellte. Ein Zittern ging durch seinen Körper.

„Claudia, sage mir, daß es kein Traum ist!" flüsterte er.

„Kein Traum – Wirklichkeit!"

Sie stand vor ihm und hob ihm ihr Gesicht entgegen. Er ließ seine Hände über ihre Schultern gleiten, unendlich zart und doch besitzergreifend.

„Ich liebe dich, Claudia", gestand er. „Schon lange liebe ich dich. Ich hatte mich dagegen gewehrt, aber jetzt will ich mich nicht mehr wehren." Er sah in ihre großen, dunklen Augen, und es war ihm, als hätten sie jetzt einen goldenen Punkt in der Mitte. Sein Blut rauschte in den Adern, das Blut, das unbändige Blut, und raubte ihm fast die Besinnung. Er riß sie heftig an sich, daß ihr fast der Atem stockte, während die anderen droben an Deck ihre Hochzeit feierten und lachten, tranken, sangen und tanzten, wie es eben auf einer Hochzeit üblich ist.

14

Es war gegen Morgen, als Roland erwachte. In der Beuge seines Armes ruhte seine junge Frau, mit der ihn etwas Unerklärliches verband, eine schicksalhafte Verbundenheit, gewachsen durch schweres Erleben.

Er mußte über sie nachdenken: In der strengen Zucht des Internats waren durch Erzählungen anderer und das Lesen von Büchern Träume und Sehnsüchte in ihr wach geworden. Durch den frühen Tod ihres Vaters war ihr schon als junges Mädchen ein riesiges Vermögen in den Schoß gefallen. Davon hatte sie die Jacht gekauft, um nach jahrelangem Eingesperrtsein die Welt zu sehen und das Leben zu genießen. Ihr Unglück war es, daß ein übler Playboy, der leichtlebige Bruder ihres Vaters, ihr Vormund wurde, der sie auf einen seichten Weg brachte ...

„Eine sonderbare Nacht", sagte sie da in seine Gedankengänge hinein. „Wir sind beide glücklich. Und irgendwo sind Menschen eingesperrt wie wilde Tiere, werden gejagt, gefoltert und gemordet, im Iran, in Afganistan und sonstwo auf der Welt. Warum läßt Gott das alles zu?"

„Gott?" wiederholte er nachdenklich. Antwortheischend stand ihre Frage in der Stille der Kabine. Mit angehaltenem Atem lauschte sie auf eine Antwort. Als sie ausblieb, richtete sie sich auf und beugte sich über ihn.

Ihre Augen waren weit geöffnet, das offene Haar in den Nacken geworfen. Sie hatte im Halbdunkel des Raumes etwas von einer hellen jungen, kraftvollen Löwin an sich.

„Roland Burger de Leblanc", fuhr sie fort. „Ein Mann wie aus Granit, ein Träumer und Weltverbesserer dazu." Sie tippte mit dem Finger auf das Kreuz, das er Tag und Nacht auf der Brust trug: „Du mußt es doch wissen, wo du dich durch dieses Kreuz offen zu ihm bekennst!"

Er war betroffen. Ihre Frage erinnerte ihn an das Gespräch über Gott, das er vor kurzem erst mit Aisha geführt hatte. Claudia war nicht irgendwer, sie war jetzt seine Frau, die in der Hoffnungslosigkeit ihrer Lage Gott versprochen hatte, Chateau de Leblanc, ihre Heimat, Suchtkranken zu überlassen, und dieses Versprechen auch gehalten hatte.

„Solange ich Kind war, sah ich Gott so, wie ihn mir meine Mutter darstellte: gütig, in Himmelsfernen wohnend, der unsere Bitten hört und erhört", suchte er ihr zu erklären. „Als ich dann älter wurde, war es die Not der Zeit, die meinen Kinderglauben zerstörte. Da begriff ich nicht nur, daß zwei mal zwei vier ist, sondern auch, daß die meisten Menschen nur deshalb auf der Erde sind, um sich auf Kosten anderer zu bereichern, daß der Tod mit der Geburt beginnt und Gott den Menschen die Zehn Gebote gegeben hat, damit sie in geordneten Verhältnissen leben könnten. Trotzdem herrschen aber überall Haß und Egoismus. Seitdem versuche ich, das alles zu begreifen."

Sie ließ sich zurücksinken. „Um Gott zu finden, ihn wirklich zu begreifen, muß man wohl verzweifelt sein. So verzweifelt, wie ich es war", sagte sie leise. Nach einer kurzen Pause fuhr sie fort: „Ich weiß, daß Gott lebt. Er hat seinen Sohn Jesus in die Welt gesandt, um sie zu erlösen. Er ist für die Sünden der Menschen gestorben – auch für meine. Das habe ich in der Bibel gelesen, und ich habe keine Angst, das zu bekennen. Auch nicht, daß ich dich schrecklich lieb habe und eigentlich durch dich zu Gott gefunden habe." Sie lehnte sich an ihn: „Hinter deiner Stirn ist etwas, das allein bleiben will. Ich fühle es. Es ist wie eine Barriere. Warum?"

„Da ist keine Barriere, Claudia", widersprach er. „Da ist nur ein bewegtes Seemannsleben, das einen formt und prägt. Das Leben eines Seemannes ist kein Haus, das ihm gehört und das er mit den Möbeln der Erinnerung immer reicher dekoriert. Seeleute leben auf Schiffen, auf vielen Schiffen, die bei Sturm und Sonnenschein die Meere durchfurchen. Sie lernen viele Menschen und ihre Schicksale kennen, viele Rassen, Völker und Religionen. Was bleibt, wenn er ein Schiff wechselt, ist Nachdenklichkeit, Sehnsucht und Erwartung."

Er lauschte und wartete auf eine Antwort. Eine Zeitlang herrschte Schweigen. Schließlich sagte sie: „Ich werde für dich beten, werde Gott bitten, daß er dir hilft, zu ihm zu finden." Dabei schmiegte sie sich zärtlich an ihn. Bald verkündeten ihm ihre regelmäßigen Atemzüge, daß sie eingeschlafen war. Auch er verspürte Müdigkeit. In der Stille kamen seine aufgeregten Gedanken endlich zur Ruhe, und bald wurde auch er vom Schlaf übermannt.

* * *

Beirut, in einer malerischen Bucht gelegen, war der nächste Hafen, den sie anliefen – Munas wegen. Von Beirut aus führte die Bahn nach Damaskus, die sie für ihre Heimkehr benutzen wollte.

Ungern ließ Claudia ihre Zofe gehen. Auch die alte Besatzung hing sehr an ihr. Gemeinsames Erleben und gemeinsam durchgestandene Not und Gefahr waren eine starke Bindung.

Claudia ließ extra ihren roten Cadillac aus dem Vorluk hieven, wo er während der Reise verstaut gewesen war, um sie zusammen mit Roland zur Bahn zu fahren. Dabei benahm sie sich wie ein Kind, das versuchte, mit einem Problem fertig zu werden und Zeit zu gewinnen.

„Ich will Muna ein Souvenir kaufen", entschuldigte sie sich, an Roland gewandt. „Ich möchte den berühmten Basar von Beirut besuchen."

Beiruts Basar – wo war die Welt der persischen Märchenerzählerin Scheherazade mehr zu spüren als hier? Gestalten wie aus Tausendundeiner Nacht konnte man in diesen engen Gäßchen begegnen: Langbärtige Händler zwischen Stoffballen und ausgebreiteten Teppichen, Karren mit Gemüse, Fleisch und Schmuck, vermummte Araberinnen, teils das Gesicht ganz hinter schwarzer Seide versteckt, teils ein Schlitz für die Augen frei, neben unverschleierten, europäisch gekleideten Frauen. Dazu die Tonkulisse: Händler brüllten einander an und priesen ihre Ware an, wobei einer den anderen zu übertönen suchte. Das Feilschen um Preise hörte sich an wie ein erbitterter Streit. Und über allem hing eine Duftwolke aus gesottenem Hammelfleisch, Zwiebeln, Knoblauch und Olivenöl.

Wie immer achtete Muna Claudia als ihre Herrin, doch in der Stunde der Trennung betrachtete Claudia sie nicht wie eine Dienerin, sondern eher wie ihre jüngere Schwester.

Aber nicht in einem der Basars oder Souks erstand Claudia Souvenirs für ihre Zofe. Sie fuhren zu einer der Uferpromenaden, der Avenue de Paris, wo sich die vornehmen Geschäfte Beiruts befanden. Hatte sich die Aura der französischen Mandatsherrschaft im Libanon erhalten, seine Kultur, seine Mode, fast seine Seele, so hatte sie hier, auf der Avenue de Paris, ihr Fluidum am stärksten bewahrt.

Und Claudia kaufte für Muna ein, als reise diese in ein elegantes Seebad: Koffer, Kleider, Schuhe, Schmuck und eine Unmenge von Süßigkeiten. Trotz Munas heftigem Protest kaufte sie Stück um Stück. Nichts war ihr dabei zu teuer. Geld schien ihr gar nichts zu bedeuten. Das Ausmaß ihrer Ignoranz über solche Kleinigkeiten wie Geld irritierte nicht nur Muna, sondern auch Roland. Schließlich konnte sie Munas Abreise nicht mehr hinauszögern.

In Beiruts Hauptbahnhof herrschte dieselbe Atmosphäre wie auf allen Bahnhöfen und Kais der Welt, es war eine Stätte des Abschieds und Wiedersehens, der Freude und des Leids.

„Laß von dir hören, Muna!" bat Claudia mit tränenerstickter Stimme, als sich der Zug in Bewegung setzte. Muna versprach es.

„Wenn sie damals nicht gewesen wäre!" erinnerte Roland seine Frau an die gefährliche Situation auf See, als sie dem Zug nachwinkten.

Vor dem Bahnhof hielten Taxis in knalligen Farben: zitronengelb, zinnoberrot, lila und vor allem grün, die Farbe des Propheten Mohammed und zugleich die Farbe des ganzen Orients. Ihre Fahrer schrien in Arabisch und Französisch, im Baß und Tenor Orte aus, als priesen sie Ware an: Damas, Zachle, Baalbek, Broumana, Heliopolis, Biblos ...

„Wie wäre es, wenn wir uns Biblos einmal anschauten?" schlug Roland vor. „Oder die uralten Zedern des Libanon?" Claudia hielt sich die Ohren zu: „Ich will nichts mehr sehen und hören vom Orient. Das erinnert mich an Dschidda, den schrecklichen Kerker. Wir werden so schnell als möglich, diese Stadt verlassen!"

Vom Minarett der El Omari-Moschee herab klang der monotone Ruf des Muezzin, als sie dem Hafen zufuhren: „Allah ist groß – und Mohammed ist sein Prophet – wir weisen den rechten Weg ..."

15

„Eigentlich möchte ich mich, nach all dem schrecklichen Erleben, am liebsten auf 'Château de Leblanc' verkriechen", sagte Claudia, als die Jacht aus der St. Georgs-Bucht fuhr, „... aber da wird es sehr unruhig sein, jetzt, wo man die Heilstätte einrichtet. Und außerdem ist auch noch unsere Hochzeitsreise überfällig." Fragend blickte sie Roland an: „Hast du keinen Wunsch, wo du gern hinmöchtest?"

„Ich?" wiederholte er. Auf einmal fiel ihm Athen ein. „Wir lagen einmal in Piräus. Leider nur kurze Zeit. Ich hätte mir damals gern die Akropolis angesehen, von der ich soviel gelesen habe."

„Soll geschehen, mon chéri", versprach sie und gab Captain Larsen entsprechende Anweisung.

* * *

Sonne und Licht! Immer wieder war es das Licht. Wie ein weißer Schaum kam es vom Horizont hereingeflogen, zwischen dem tiefen Blau des Meeres und dem hellen Himmel.

Wie das Licht hinter ihrem Kopf steht! dachte Roland. Wie eine Glorie ohne Farbe. Weite ohne Perspektive. Wie es über ihre Schultern fließt! Seide aus Strahlen gesponnen. Die Haut fing es auf und strahlte es zurück – wie der Fels, auf dem sie lagen, und das Meer da draußen.

„Wie lange sind wir jetzt eigentlich schon in Griechenland, mon chéri?" fragte Claudia.

„Sechs Wochen."

„Es ist wie sechs Jahre, findest du nicht?"

„Nein", erwiderte Roland. „Es ist wie sechs Stunden!"

Sie musterte ihn, als sehe sie ihn zum ersten Mal und

griff zu ihrem Skizzenblock, den sie in letzter Zeit oft gebrauchte.

„Ich staunen, err Roland Burger de Leblanc! Sie sich entpuppen als eine Dichter." Sie gebrauchte die deutsche Sprache. „Ich weiß, daß Seeleute sein die unverständlixte Menschengattung der Erde, aber aben ein großes, gutes erz!"

„Das Sie aben festgestellt?" ahmte er sie nach.

Sie schmiegte sich an ihn.

„Du bald sein Vater und ich Mutter. Ich das spüren in meine Bauch."

Ruckartig richtete er sich auf.

„Ein Kind! Weißt du das bestimmt?"

„Ich doch spüren in meine Bauch."

„Leib", verbesserte er. „Das ist etwas anderes."

„Ganz egal, Bauch oder Leib. Ich spüren Kind."

Er erhob sich. „Komm – laß uns zu einem Arzt gehen, Mädchen. Er muß es bestätigen und uns sagen, wie du dich verhalten mußt."

Sie suchten einen bekannten Frauenarzt auf. Das Wartezimmer war überfüllt. Doch die Abfertigung ging zügig voran. Der Professor hatte einen jungen Assistenzarzt, der ihm tüchtig half.

Nach ihnen kamen zwei mondäne Amerikanerinnen, die sich von Anfang an für Claudia und Roland zu interessieren schienen und sie ausgiebig musterten.

„He is a nice guy", sagte die Dunkelhaarige.

„Indeed", bestätigte ihre hellblonde Begleiterin, die hochschwanger war. „Aber die Frau bei ihm scheint reich, exzentrisch und geizig zu sein. Ein französisches Ehepaar."

„Schrecklich", seufzte Claudia auf deutsch, um nicht verstanden zu werden: „Wo'er aben Kenntnis, daß ich sein, wie sie sagen?"

Die Schwester rief: „Der Nächste bitte!" und verließ mit Claudia das Wartezimmer. Mit gemischten Gefühlen blieb Roland zurück.

Die letzten Tage und Wochen waren ein einziger Rausch gewesen. Der Brunnen ihrer Zärtlichkeit schien unerschöpflich.

Auf heimlichen, nächtlichen Fahrten legten sie mit dem Boot an einsamer Küste an. Der weiche Moosteppich war ihr Lager, und das Nachttier, das in den mächtigen Kronen der Bäume hauste, wurde zum Zeugen ihrer Liebe. Sie mieteten Pferde und ritten tief ins Land hinein, durchstreiften mit ihren Tieren fruchtbare Täler, silberflimmernde Olivenhaine, endlose Wälder knorriger Kiefern und Pinien und wilde Felsenwüsten. Die Schönheit Hellas erschloß sich ihnen, und Roland lernte nicht nur die Akropolis kennen, sondern auch Olympia, Delphi mit seinem berühmten Apollo-Tempel und viele andere Stätten der griechischen Geschichte.

Mitten in seiner Erinnerung störte ihn die Schwester. Der Professor wollte ihn sprechen.

Besorgt ergriff er die entgegengestreckte Hand des Arztes, der sich ihm als Professor Kressilas vorstellte. Ein Vierziger mit schmalem Gesicht, das dichte Haar an den Schläfen etwas ergraut. Klug und klar war dieses Gesicht, Güte und das Wissen um Leid lagen im Blick der ernsten Augen hinter den dunkelgefaßten Brillengläsern.

„Ihre Frau Gemahlin ist schwanger im dritten Monat", erklärte er. „Komplikationen sind nicht zu befürchten, denn sie ist kerngesund und die Lage des Babys normal." In tiefer Zufriedenheit erwiderte Roland den Händedruck.

Er spürte, daß mit diesem Kinde etwas Neues in sein Leben gekommen war. Mann und Frau waren ein Ehepaar, bekamen sie aber ein Kind, wurden sie zur Familie, ohne die kein Stamm und kein Volk geworden wäre. Er war Seemann geblieben, trotzdem er durch seine Heirat Eigner einer Luxusjacht geworden war. Das Abseitige des Seemannslebens, die Einsamkeit des unwandelbaren Meeres, das Auf-sich-selbst-gestellt-sein an Bord, die von der Eigenart des Seedienstes auferlegte Selbstgenügsamkeit hatten ihn zu einem echten Seemann geformt, und als solcher nahm er das Ereignis ernst.

„Jetzt wird es Zeit, Mädchen, daß wir uns ein Nest bauen!” machte er beim Verlassen der Praxis seinem Herzen Luft. „Du brauchst Ruhe, damit unserem Töchterchen nichts passiert.”

„Töchterchen?” begehrte Claudia auf. „Unser erstes Kind wird ein Junge sein. Ein Roland wie du. Jenem Roland gleichen, der damals bei Roncevales in sein Horn blies, um seine Gefährten zu warnen.” Sie schmiegte sich an ihn. „So wie du mich durch deine Haltung gewarnt hast. Und von Ruhe hat der Professor nichts gesagt. Ich muß noch viel tun. Oder willst du nicht, daß ich mich betätige? Ich meine, daß eine Frau in der Ehe neben dem Mann die Möglichkeit haben muß, sich selbst zu verwirklichen.”

Den Abend verlebten sie auf einer meerumrauschten Hotel-Terrasse, die wie ein Schiffsdeck auf die Felsen gebaut war. Unten schäumte die Brandung. Die Wogen kamen dunkelrot und grünblau aus dem Sonnenuntergang, wechselten zu hellem Goldrot und Orange bis sie, zu farbigem Zwielichtschaum geworden, an den Felsen zerschellten.

Die Dunkelheit kam. Eine kühle Nacht, eine meerumrauschte Terrasse, der Himmel voller Sterne. Wie ein Scheinwerfer tasteten Rolands Gedanken die dunklen Monate der Zukunft ab. Die Gegenwart war hell und schmerzlos, aber er wußte, daß sie nicht schmerzlos bleiben würde. Es war zuviel Spannung im Anfang dieses seines neuen Lebens.

Das Leben war eben ein großes Theater, bei dem jeder mitspielen mußte, ob er wollte oder nicht. Gott verteilte die Rollen, bestimmte, wer Komparse oder Held zu sein hatte, und die Umwelt stellte die Kulissen.

16

Die Jacht hatte das Inselgewirr der Ägäis und die Insel Kreta hinter sich. Sie war der südlichste Teil Europas und hatte sich erst zu Anfang des Jahrhunderts von osmanischer Bevormundung befreien können. Hier, im Südosten Europas befand sich die Wiege europäischer Kultur, die mit dem Hellenismus begann und über Rom, dem Christentum und der französischen Revolution zu dem wurde, was sie heute war.

Sie segelten mit voller Leinwand durch das Mittelmeer, dem Schicksalsmeer der Alten Welt.

Von leichtem Dunst begrenzt waren die Horizonte der See, so daß sie in diesem Augenblick wie ein Meer der Geborgenheit wirkte. Auffrischender Wind trieb die „Vicomtesse de Leblanc" rasch vorwärts. Mit scharfem Kiel durchfurchte sie die blauen Fluten. Der Glanz der Sonne flimmerte auf der weiten Wasserfläche, die – wie Perlenketten – kleine, weiße Schaumkronen trug.

An Bord der Jacht herrschte ein Bild tiefsten Friedens. Vorn auf der Back war Cestari, der Italiener, dabei, Zeugwäsche zu machen. Die übrige Freiwache sonnte sich auf dem Vorluk. Die Wache, außer dem Mann am Ruder neben Captain Larsen, wusch Farbe. Claudia vertrieb sich die Zeit mit Malen. Seit sie wieder zu sich selber gefunden hatte, war das, was sie im Internat mit Verbissenheit betrieb, zu ihrer Lieblingsbeschäftigung geworden. Und sie verstand etwas davon. Es war das Erbgut ihrer früh verstorbenen Mutter, die eine große Malerin gewesen war.

Zärtlich beobachtete Roland sie, der in einem Segelhandbuch las, um sich für die Seefahrtschule vorzubereiten. Das war seine Frau, die unter ihrem Herzen sein Kind trug!

Plötzlich war Propellergeräusch zuhören. Rasch anschwellend durchbrach es die friedliche Stille. Ein amerikanischer Aufklärer brauste heran, ging auf Tiefe, umkreiste die Jacht, um dann wieder nach Westen zu abzudrehen, woher er gekommen war.

„Ein Aufklärer der Sechsten US-Flotte", erklärte Captain Larsen, das Glas in der Hand. „Ich beobachte sie schon ein ganzes Weilchen."

Die Nachricht machte alle neugierig. Sogar Maria, die junge Griechin, die Claudia anstelle von Muna in Piräus als Zofe angeheuert hatte, kam an Deck. Alles blickte wie gebannt dem riesigen Flottenverband entgegen, der rasch näherkam.

Und dann war es soweit! Welch ein imposantes Bild! Es flößte leises Grauen ein – vor solcher Macht und ihren verheerenden Möglichkeiten. In der Mitte fuhr der riesige Flugzeugträger „Nemec", umgeben von Zerstörern, Torpedobooten, Kreuzern, atomaren U-Booten, Fregatten und Schnellbooten. Fünftausend Mann Besatzung besaß er. Auf seinem riesigen Deck ein ständiger An- und Abflug von Jagdbombern, Hubschraubern, Abfangjägern, Radar-Aufklärern und atomaren Jagdflugzeugen.

Roland war bei dem Anblick ganz unbehaglich zumute. Gewiß – er hatte bei der Bundesmarine gedient und selbst an Manövern der NATO-Flotte teilgenommen, aber das plötzliche Auftauchen dieses mächtigen Flottenverbandes weckte auf einmal Erinnerungen an seine früheste Kindheit in ihm. Er wurde geboren, als Deutschland noch in Schutt und Asche lag, sah seinen Vater umherhumpeln, den ehemaligen Frontsoldaten, dem eine Granate das linke Bein abgerissen hatte, seine Mutter, die als Trümmerfrau Schutt wegräumte und Steine schleppte. Das wühlte in ihm wie eine Verpflichtung. Seine Augen suchten Captain Larsen. Dem Alter nach waren er und Pedro die einzigen, die die Hölle des letzten Krieges miterlebt hatten.

Captain Larsen schaute geradeaus. Seine braunen Augen wurden überschattet von mächtigen Brauen. Die Falten dazwischen verrieten die Gewohnheit, angestrengt in die Ferne zu schauen und auf langen Nachtwachen die Dunkelheit zu durchdringen. Jetzt blickten seine gütigen Braunaugen zornig.

„Solange es so etwas auf See gibt, ist der Frieden, nach dem die Menschheit lechzt, noch in weiter Ferne", wetterte er. Tom Harley aus England, der in Dschidda als Matrose gemustert hatte, griff seine Worte auf: „Frieden – Krieg – Kriege hat es immer gegeben, seit es Menschen gibt, und wird es immer geben, Captain. Und die USA ist gegenwärtig die stärkste Macht der Welt. Und diese Macht möchte sie präsentieren, um die andern einzuschüchtern."

„Was Sie nicht sagen", spottete Captain Larsen. „Wenn Krieg immer war und er Ihrer Meinung nach gewissermaßen zum homo sapiens gehört, dann ist es unverständlich, daß er nicht mehr in Höhlen wohnt oder auf Bäumen herumklettert. Wenn da Fortschritt war, warum nicht in der Geisteshaltung?" Er hielt einen Augenblick inne, um dann fortzufahren: „Ich kämpfte während des letzten Krieges in der finnischen Kriegsmarine, und ich wußte, daß mein Volk durch die Alliierten dazu gezwungen wurde, an diesem Völkermord teilzunehmen. Ich glaube, daß die, die dieses blutige Ringen miterlebt haben, dafür stehen, daß Kriege, die nur das Werk einzelner sind, nie mehr stattfinden werden!"

„Krieg ist schrecklich", bestätigte auch Pedro. „Ich habe während des Krieges für die Amerikaner Geleitzüge gefahren. Die deutschen Unterseeboote machten uns schwer zu schaffen, und so manches Schiff erreichte seinen Zielhafen nicht und ging auf See brennend in die Tiefe, und mit ihm die gesamte Besatzung."

Eine lebhafte Diskussion setzte ein. Jeder der Jüngeren, die den letzten Krieg nur vom Hörensagen kannten, hatte seine besondere Meinung von Krieg und Frieden. Zuletzt meinte der Matrose Dierk Nielsen, der aus Dänemark stammte: „Wie wollen Sie Kriege verhindern, Captain? Mit der menschlichen Vernunft ist da nichts zu machen, das hat die Vergangenheit bewiesen!"

„Aber mit Gott", griff Claudia in die Diskussion ein.

„Gott?" höhnte Alvarez, der portugiesische Leichtmatrose, und einige andere lächelten belustigt: „Die Kirche macht doch feste mit, segnet die Waffen, mit denen sich die Menschen abschlachten, und tröstet hinterher die Mütter, Frauen und Waisen derer, die mit den gesegneten Waffen umgebracht wurden!"

Unbeirrt fuhr Claudia fort: „Jesus gebot bei seiner Gefangennahme im Garten Gethsemane: ‚Stecke dein Schwert in die Scheide, denn wer das Schwert nimmt, wird durch das Schwert umkommen.'"

Harley lachte und brachte einige zum Grinsen: „Also hatten Jesus und seine Jünger selber Waffen!"

Claudia schüttelte den Kopf. „Wie unvernünftig Sie daherreden! Wenn die anderen Jünger Schwerter gehabt hätten, hätten sie diese bestimmt benutzt. Also besaßen sie nur eines, das wahrscheinlich zum Schutze gegen wilde Tiere benutzt wurde, denn Jesus und seine Jünger mußten oft durch die Wüste, wo es reichlich Raubzeug gab." Claudias Stimme klang eindringlich und überzeugend. „Jesus predigte keine Gewalt! ‚Du sollst deinen Nächsten lieben wie dich selbst', ‚Ich bin gekommen, daß ich diene', ‚Wer unter euch der Größte sein will, der soll aller Diener sein.' Sind seine Worte, als er von Schmerzen geplagt am Kreuze hing: ‚Vater, vergib ihnen, denn sie wissen nicht, was sie tun!' vielleicht eine Aufforderung zu Gewalt?"

Roland horchte auf. Wie Claudia sprach! So aufrüttelnd hatte wohl damals jene „Jeanne d'Arc", ihre junge Landsmännin, gesprochen, bevor sie ihre Landsleute in die Schlacht führte!

„Die gute, befreiende Botschaft Jesu Christi wurde und wird belächelt", fuhr sie fort. „Dieselben Kräfte, die ihn damals ans Kreuz schlagen ließen, haben bewirkt, daß es mit der Menschheit immer mehr bergab geht."

„Und warum hat Gott das zugelassen? Er ist doch allmächtig?" unterbrach sie der redegewandte Harley.

Claudia blieb ihm die Antwort nicht schuldig. „Wenn ein Vater seinem Kind eine Aufgabe überträgt, interessiert es ihn natürlich, wie sein Kind sie bewältigt. Gott übertrug dem Menschen die Aufgabe, sich die Erde untertan zu machen. Er hat sie so schön gemacht, daß die amerikanischen Astronauten, als sie zum Mond flogen und dabei die Erde aus der Entfernung sahen, nur staunen konnten über die Schönheit des ‚blauen Planeten'. Doch der Mensch versagte, weil er Gott nicht gehorchte."

Hatte bisher aller Interesse der mächtigen Armada gegolten, die mit westlichem Kurs einem fernen Ziel zustrebte, so hatte es sich nun der jungen Frau zugewandt, die lebhaft fortfuhr:

„Der Mensch hat Gottes Schöpfung ausgebeutet und mißbraucht. Und mißbraucht und mißverstanden wurde auch die Frohe Botschaft Jesu Christi, der gesagt hat: ‚Ich bin gekommen, damit sie das Leben und Überfluß haben.'"

„Und was raten Sie zu tun, Mylady?" wollte Harley wissen.

„Die Bibel zu lesen! Da werden Sie sehen, wie Christus Menschen verändert. Liebe bestimmte all sein Handeln. Deshalb sollen auch wir unseren Nächsten lieben und nicht auf den eigenen Vorteil bedacht sein. Die Bibel berichtet, wie zum Beispiel die ersten Christen all ihren Besitz miteinander teilten."

„Damals gab es nicht solche Probleme wie heute, Mylady", wandte Dirk Nielsen ein. „Keine zerstörte, ausgebeutete Erde!"

„Aber sicher andere, viel schwerere Probleme", konterte Claudia. „So wurden die Christen, die ihren Herrn nicht verleugneten, in die Arenen geschleppt und wilden Bestien vorgeworfen. Sie starben lieber für ihren Herrn, als ihn zu verleugnen. Heute sehen wir, wie die Menschen die Erde zu einer Müllhalde machen und es nicht fertiggebracht haben, die Gaben, die Gott ihnen gegeben hat, gerecht zu verteilen. Das sieht man an den vielen Hungernden in der Welt. Es ist offensichtlich, daß die Welt ihrem Ende zutreibt. Das sagt uns auch die Bibel an mehreren Stellen. Es gibt wirklich nur eine Rettung aus diesem Chaos: Die Hinwendung zu Jesus Christus, auf dessen Wiederkunft wir warten. Diese Erde wird zerstört werden, und danach wird Gott einen neuen Himmel und eine neue Erde schaffen."

Die Sechste US-Flotte verschwand im Dunst der Ferne. Nachdenklich zerstreute sich die Mannschaft. Hinterher, als Roland mit Captain Larsen im Kartenhaus allein war, lobte der Kapitän: „Sie haben eine prächtige Frau, Monsieur Burger de Leblanc. Sie erinnert mich an meine Frau, die es auch verstand, einen zum Guten zu beeinflussen." Er schwieg, überwältigt von der Vergangenheit. Dann, als wäre er seinem Gegenüber eine Erklärung schuldig, fuhr er fort: „Selma war eine finnische Krankenschwester. Wir lernten uns im ersten Kriegsjahr kennen. Ich kam verwundet in das Lazarett, das sie betreute. Wir liebten uns vom ersten Augenblick an. Bevor ich zum nächsten Front-Einsatz kam, heirateten wir. Das Jahr darauf wurde Elisa, unser Töchterchen, geboren. Sie wurde von meiner Mutter erzogen, denn Selma und ich standen an der Front. Im letzten Kriegsjahr kam Selma um."

„Und was wurde aus Elisa?" wollte Roland wissen.

Captain Larsens Gesicht erhellte sich. „Elisa – sie wuchs bei meiner Mutter auf, denn ich konnte Selma nicht vergessen und habe nicht wieder geheiratet. Elisa wurde ein liebes Menschenkind, heiratete einen ehrbaren russischen Wissenschaftler und hat selber vier nette Kinder bekommen, drei Jungen und ein Mädchen. Das Mädchen nannte sie nach ihrer Mutter Selma."

Später – in der Abenddämmerung – standen Roland

und Claudia auf der Back und starrten in die aufkommende Nacht, umgeben von der Stille der See. Jeder hängte seinen eigenen Gedanken nach. Schneeig glänzenden Gischt warf der Bug auf. Tümmler umspielten ihn, jagten sich und sprangen über Schaummützen.

„Es war eine wunderschöne Zeit, unsere Flitterwochen", sagte Claudia in das Schweigen hinein. „Jetzt komme ich mir ziemlich undankbar vor, daß ich darüber ganz vergaß, wem ich es zu verdanken habe, daß ich die Kerkerhaft in Dschidda überstand!"

Roland horchte auf. Fragend blickte er sie an.

„Wir sind an dem Lande vorbeigesegelt, wo Jesus von Nazareth in seinem Erdendasein gewandelt hatte."

Er erriet ihre Gedanken: „Du möchtest gern Israel kennenlernen, das Land, wo er gelebt und gewirkt hat?"

Sie schluckte stumm.

Er hatte andere Pläne. Er wollte die Seefahrtschule besuchen. Er mußte Geld verdienen, um Frau und Kind zu ernähren. Vom Geld seiner Frau wollte er nicht leben. Doch trotz aller Zukunftspläne konnte er ihr keinen Wunsch abschlagen.

„Ich spreche sofort mit Captain Larsen wegen der Kursänderung", versprach er. Stürmisch umarmte sie ihn. Daraus spürte er, wie stark dieser Wunsch in ihr gewesen war.

17

„Im September wird bei uns der weiße Mohn angebaut", erzählte Kriangsak, der Steward, so wie einer erzählt, wenn er an seine Heimat denkt. Er war im Goldenen Dreieck daheim, jenem Gebiet, das Laos, Tailand und Kambodscha umfaßt. „Im Februar wird er dann von den Frauen der Meo, Jao und Akha-Stämme geerntet. Sie ritzen die hartschaligen Kapseln mit einem dreischneidigen

Messer an. Den austretenden, milchigen Saft lassen sie über Nacht an der Pflanze trocknen. Morgens wird die braunverfärbte Flüssigkeit, das Roh-Opium, abgekratzt und dann durch Chemikalien zu dem giftigen Schnee verarbeitet, der ...”

„Halt die Schnauze, du Schuft!” schrie ihn der belgische Leichtmatrose Gaston Bousier an. Mit geballten Fäusten bedrängte er den Steward: „Meinen Bruder habt ihr auch auf dem Gewissen. Er war erst sechzehn, als er durch Heroin elend umkam!”

„Im Goldenen Dreieck baut man seit Jahr und Tag weißen Mohn an”, begehrte Kriangsak auf.

„Wir ...” Gaston schlug ihm wütend mitten ins Gesicht.

„Wenn ihr euch unbedingt schlagen müßt, geht an Deck!” Damit trennte Pedro die beiden Streithähne.

An Deck wurde der Streit fortgesetzt. Mit geballten Fäusten gingen die beiden aufeinander los.

„Lassen Sie das, Mylady!” Captain Larsen hielt Claudia zurück, die sie auseinander bringen wollte. „Das muß auf See sein. Würde man sie davon abhalten, würde es in ihnen weiterschwelen wie ein unterdrückter Brand und schlimme Formen annehmen.”

Ein Fausthieb Gastons warf den Steward auf die Decksplanken. Doch glaubten die Zuschauer, der starkknochige, robuste Belgier würde den Asiaten besiegen. Sollten sie sich täuschen? Kriangsak beherrschte – wie viele seines Stammes – Judo. Obwohl sich Gaston erbittert wehrte, unterlag er zuletzt.

„Seltsam!” wunderte sich Claudia, nachdem die beiden Streithähne ihren Kampf mit Shakehands beendet hatten. „Da gibt es zwei Menschen, Tausende von Meilen voneinander entfernt auf die Welt gekommen. Der eine erzählt von dem weißen Mohn seiner Heimat, der andere verlor durch das Gift, das aus diesem weißen Mohn gewonnen wird, seinen Bruder. Und ausgerechnet auf unserer Jacht müssen sie sich treffen und auseinandersetzen!”

„Die Hauptschuld an diesem Streit und der entsetzlichen Not der Heroinabhängigen tragen die gewissenlosen Händler", sagte Captain Larsen ernst. „Mit tausendfachem Verdienst verbreiten sie über den ganzen Erdball, durch Karawanen, Schiffe, Autos und Flugzeuge das tödliche Gift, das die Menschen in tollste Stimmungsschwankungen versetzt, von höchster Euphorie bis zur tiefsten Depression, mit Wahnvorstellungen, die zur Selbstzerstörung führen."

Claudia zuckte bei des Kapitäns Worten wie unter einem Peitschenhieb zusammen. In ihre Augen trat ein ängstlicher Ausdruck. Besorgt hakte Roland seine junge Frau unter und führte sie in ihr Boudoir.

„Die Erinnerung an meine schlimme Vergangenheit wird eben immer wieder wach", sagte sie mit einem schmerzlichen Lächeln. „Ach, wie froh und dankbar bin ich, daß Gott mir meine Sünden vergeben hat! Du glaubst nicht, welch eine Befreiung das bringt!"

Im morgendlichen Zwielicht tauchte die Küste von Libanon auf. Roland hatte es während seiner Matrosenzeit oft erlebt, daß im Dunst der Ferne Land gesichtet wurde. Zuerst war es ein schmaler Streifen, der in der Luft zu schweben schien und allmählich festere Formen annahm. Doch noch nie hatte er dieses Erlebnis so empfunden wie jetzt. Neben ihm stand Claudia, die Wangen vor Erregung gerötet, in den Augen der fiebrige Glanz der Erwartung.

Vor ihnen lag die Küste des Vorderen Orients, wo die Wiege der Menschheit stand. Von dort stammen Kultur und Zivilisation des Abendlandes: der Steinbau, die Feldbestellung, Fertigung des Rades, Bearbeitung der Metalle, Mathematik, Geographie, Astronomie und die wichtigsten Zellen geistiger Entfaltung – die Buchstaben, diese magischen Zeichen des Alphabets. Beide wußten es von der Schule her, aber noch nie war es ihnen so bewußt geworden wie beim Anblick des Landes, dem sie sich jetzt näherten.

Eigentlich hatten sie Saida anlaufen wollen, das Sidon der Antike, aber dann segelten sie Haifa zu, weil Captain Larsen diesen Ort für den Start des jungen Paares günstiger hielt.

Nebel kam auf. Er hielt noch an, als sie sich dem Hafen am Golf von Akka näherten. Da ein Manövrieren bei dem Nebel unmöglich war, mußten sie vor Anker gehen und abwarten, bis die Sonne kam.

Gewaltsam schüttelte Claudia die Nebelstimmung ab. Sie hatte sich die Ankunft im „Heiligen Land" ganz anders vorgestellt, ähnlich dem Hineingleiten in eine Neue Welt. Statt dessen lag nun diese Welt geheimnisvoll hinter einem grauen Vorhang verborgen. Ungeduldig verbrachte sie die Zeit des Wartens.

„Es geschieht mir schon recht, chéri", sagte sie zu Roland. „Wo bin ich nicht überall herumgefahren in der Welt und habe gedankenlos in den Tag hineingelebt. An das Wesentliche habe ich zuletzt gedacht statt zuerst."

Mit gemischten Gefühlen sah Roland dem Kommenden entgegen. Sie kam ihm ungelegen, diese Fahrt durch Israel. Gewiß – es war das Ursprungsland des Christentums. Doch, was hatte das für einen zu sagen, der nur dem Namen nach Christ war!

Gegen Mittag wurden die Nebelschwaden dünner und dünner, bis sie sich leicht lösten und zerflatterten. Einer Fata Morgana gleich stieg aus dem Dunst die aufblühende Hafenstadt Haifa auf. In Sonne gebadet lag die Stadt vor ihnen. Mächtige Kuppeln und Türme wölbten sich aus dem riesigen Häusermeer hervor, in Galerien aufsteigend. Gebäude, unerhört in Größe und Form, leuchteten zwischen dem satten Grün üppiger Gärten. Und über allem schimmerten in zartem Rot die Höhen des Karmelgebirges.

Die Jacht verholte zum Kai. Fieberhaft packte Claudia mit ihrer Zofe alles zusammen, was sie für die Fahrt brauchte, und verstaute es in ihrem roten Cadillac, der an Land gehievt worden war, bis ... per Luftpost ein Schreiben von Claudias Anwalt kam. Es enthielt eine Hiobsbotschaft: Bei der Abschreibung der Jacht und der Einrichtung der Heilstätte auf Château de Leblanc waren jahrelange, schwere Unterschlagungen des Vermögensverwalters, der zugleich die Claudia gehörende Bank leitete, entdeckt worden. Von all ihrem Besitz, Bergwerken, Banken und Fabriken, waren ihr nur noch Château de Leblanc mit dem Gut und 30 000 Franken verblieben.

„Du hast eine arme Frau geheiratet, mon chéri", scherzte sie, als sie den Schicksalsschlag begriffen hatte. „Und mit der Fahrt, auf die ich mich so gefreut hatte, wird es nun ja wohl auch nichts."

„Wir fahren", widersprach er. „Du hast die Jacht für ein Jahr gechartert und den Betrag dafür vorausbezahlt. Also hat es keine Not. Außerdem bin ich gesund und stark und kann arbeiten." Er hatte einmal gehört, daß reiche Leute, die schlagartig ihr Vermögen verloren, oft den Verstand verlieren oder Selbstmord begehen. Deshalb sorgte er sich um die Geliebte.

„Geben Sie mir Vollmacht, Monsieur Burger de Leblanc", bat Captain Larsen, dem die Lage des jungen Paares leid tat. „Ich sehe mich um. Vielleicht finde ich jemand, der die Jacht chartert."

Sie fuhren los. Das pulsierende Leben des Hafens blieb hinter ihnen: das Knirschen der Kräne, das Rattern von Wagen, das Hämmern beim Schwimmdock, das Heulen der Sirenen. Die romantischen Kreuzritterburgen der Küste lockten, aber das Reiseziel Claudias sollte Bethlehem sein. Dort, wo Jesus von Nazareth das Licht dieser Welt erblickte, wollte sie ihre eigentliche Fahrt beginnen.

Schon vom See aus war ihnen die mächtige Goldkuppel aufgefallen. Jetzt, da sie an Land waren, wollten sie sich den imposanten Bau näher betrachten. Ein Prachtbau war das glanzvolle Mausoleum des persischen Mirza-Husayn-Ali, des Gründers der „Bahai" Religion. Inmitten eines herrlichen Parks von dichten Oleanderhecken und blühenden Polyantarosen, die ihre Dornen hinter dunkelroten Blütenkelche versteckten, lag das prunkvolle Gebäude. Ein Wächter versuchte mit wortreichen Gesten, ihnen die Lehre des persischen Religionsstifters nahezubringen, doch Claudia drängte zur Weiterfahrt. Das noch ferne Bethlehem bedeutete ihr mehr als dieses Mausoleum mit dem persischen Propheten.

„Mir hat nicht dieser Mirza-Husayn-Ali im Kerker von Dschidda geholfen, sondern Jesus von Nazareth", erklärte sie mit einer Entschiedenheit, die keinen Widerspruch duldete.

Bei der Weiterfahrt überließ Roland seiner Frau den Platz am Steuer, um sie abzulenken. Er vermied es strikt, die Hiobsbotschaft zu erwähnen. Dabei fiel ihm ein, wie sie damals in Beirut für Muna einkaufte und das Geld mit vollen Händen ausgegeben hatte: eine arme Reiche, für die das Geld längst den Sinn verloren hatte. Wie würde sie nur mit dem riesigen Vermögensverlust fertig werden?

In der Sorge um sie vergaß er ganz, auf den Weg zu achten. Trotz einer ausgezeichneten Landkarte verfuhren sie sich. Und da ein Unglück selten allein kommt, streikte plötzlich auch noch der Wagen.

Was verstand schon ein Seemann von Autoreparaturen? Und Claudia, die an sich eine gute, gewissenhafte Fahrerin war, ging es nicht besser. Sie fühlten sich wie Fische auf dem trockenen Land. Noch dazu befanden sie sich in einer wüstenartigen Landschaft. Nirgendwo war eine Siedlung oder Menschen zu sehen. Und die Sonne hatte längst schon die Scheitelhöhe überschritten.

„Wir müssen hier übernachten, Mädchen", erklärte Roland und holte Zelt und Schlafsäcke aus dem Kofferraum. Claudia war enttäuscht. Sie hatte gehofft, die Nacht in Bethlehem zu verbringen. Roland, der trotz aller Aufgeklärtheit als Seemann etwas abergläubisch war, machte sich seine eigenen Gedanken über diese Fahrt. Seiner Meinung nach hatte Claudia zur Zeit eine Pechsträhne.

Sie waren schon dabei, sich für die Nacht einzurichten, als plötzlich aus der Richtung, aus der sie kamen, ein Wagen auftauchte – einer jener unverwüstlichen Landrover, die es überall zu mieten gab.

Ein rotbärtiger Dreißiger war der Fahrer. Seine Beifahrerin war eine mittelgroße, gertenschlanke, sportlich gekleidete Dame. Ihr schmales Gesicht war von braunem Haar umrahmt. Ein paar graue Augen musterten die Fremden kritisch. Sie wirkte energisch und sympathisch. Als Roland den Wagen anhielt, stieg sie sofort aus, und schritt auf Claudia zu. In ihrer Muttersprache begann sie: „Ich bin Simone Boussard, Foto-Reporterin und eine Landsmännin von Ihnen, Vicomtesse de Leblanc."

„Sie kennen mich, Madame Boussard?" wunderte sich Claudia.

„Wir sahen Ihre Jacht in Haifa liegen, woher wir eben kommen", erklärte die Reporterin. „Aber ich kenne Sie durch meinen Beruf von früher her. Damals hatten sie gerade die Jacht ‚Jeanne d'Arc', der Sie Ihren Namen gaben und auf Hochzeitsreise gingen, erworben. Ich machte viele Aufnahmen von Ihnen und Ihrem schwimmenden Luxuspalast. Nun begegnen wir uns hier! Die Welt ist doch manchmal sehr klein."

„Das ist der amerikanische Journalist Harry Smith, ein Freund und Lebensgefährte", stellte sie ihren rotbärtigen Begleiter vor, einen wahren Riesen von Gestalt, mit einer ausladenden, hohen Stirn, hellblauen, klaren Augen und einem zerklüfteten Gesicht, durchfurcht von allerlei Gedanken.

„Freund und Lebensgefährte?" wiederholte Claudia.

„Freund und Lebensgefährte", bejahte die Reporterin. „Wir leben schon zehn Jahre in solch moderner Paarung. Harry ist nicht für eine Ehe mit Trauschein."

„Und Sie?"

„Was will man machen, wenn man jemand lieb hat?"

Harry Smith verstand etwas von Autos. „Euer Wagen hat versagt, weil der Motor völlig verdreckt ist", stellte er fest. „Ihn zu säubern würde viel Zeit beanspruchen. Ich schlage vor, wir nehmen ihn in Schlepp. Bis Hebron sind es noch sechs Kilometer. Da gibt es sicher eine Autowerkstatt."

„Hebron?" meinte Claudia. „Wir wollten nach Bethlehem."

„Bethlehem?" wiederholte der Journalist. „Aha, verstehe, Trip durch das Heilige Land! Chronologisch festgelegt: Bethlehem, Nazareth, zuletzt Jerusalem, wo Jesus von Nazareth gekreuzigt wurde. Aber es ist durchaus kein Fehler, wenn Sie auch Hebron sehen, die älteste von Menschen dauernd besiedelte Stätte der Welt, dreißig Kilometer südlich von Jerusalem, Erinnerungsstätte dreier Weltreligionen: Judentum, Christentum und Islam ..."

„Wie Sie dieses Hebron anpreisen!" wunderte sich Roland, dem der riesige Amerikaner, der mit allen Vorteilen der dynamischen Neuen Welt ausgestattet zu sein schien, sympathisch war. „Besser kann es ja kein Fremdenführer!"

„Meine Mutter stammt von hier. Sie ist Jüdin. Als Sohn einer Jüdin und eines Christen bin ich doppelt dazu verpflichtet, Israel zu kennen und zu loben. Zudem habe ich vor der Reise reichlich Literatur über dieses Land studiert, um Simone zu helfen. Sie will nämlich ein Buch von unserer Fahrt schreiben."

„Sohn einer Jüdin und eines Christen?" interessierte sich Claudia. „Welchen Glauben haben Sie dann angenommen? Oder hat eines Ihrer Elternteile den Glauben des anderen angenommen?"

„Nichts von alledem. Jeder vertrat seinen Glauben und respektierte den des anderen. Ich wuchs in zwei Religionen auf. Mein Vater, Richter in Nord-Carolina und Gegner jeden Zwanges, überließ mir selber die Entscheidung. Trotzdem bin ich kein religiöser Mensch geworden."

Harry Smith erwies sich als ausgezeichneter Kamerad, und Simone fühlte sich so zu Claudia hingezogen, daß sie die ganze Fahrt bis Hebron mit in ihrem Cadillac fuhr. Sie stammte aus Paris, hatte ein hartes Leben hinter sich und schwärmte von dem Buch, das sie schreiben würde.

Was der Amerikaner anfangs festgestellt hatte, bestätigte die Autowerkstatt in Hebron: Der Motor des Cadillac war total verdreckt. Mit der Weiterfahrt war nicht vor Mittag des nächsten Tages zu rechnen.

„Unser Geldbeutel gestattet uns nicht, ein vornehmes Hotel aufzusuchen, wie Sie es gewöhnt sind", wollte sich Harry Smith verabschieden. „Wir sind weder arm noch reich, gerade so in der Mitte, wie es wohl nötig ist, um gut zu schlafen und etwas sorglos zu leben. Ich bin aber damit zufrieden."

„Ich aber nicht", widersprach seine Freundin.

„Warum nicht?" fragte Roland.

„Geld ist gewiß widerwärtig", entgegnete Simone, „aber um nicht den Reichen dienen zu müssen, was oft scheußlich ist, wie ich erfahren habe, gibt es nur ein Mittel: selbst reich zu werden. Schließlich braucht man Geld, weil man im Leben alles bezahlen muß."

„Alles?" fragte Roland.

„Nein – nicht alles." Das klang zögernd, aber auch nach Erfahrung.

Gemeinsam übernachteten sie in einem einfachen Motel, vier Menschen, die der Zufall zusammengeführt hatte.

„Welch große Ehre für uns", scherzte der Amerikaner während der Abendmahlzeit. „Wir speisen mit einer hochwohlgeborenen, reichen Vicomtesse am gleichen Tisch."

Claudia errötete. „Ich bin ein Mensch wie jeder andere."

„Nicht wie jeder andere", widersprach er. „Für mich sind Reiche Menschen, die nur dem Geld dienen und Summen vertreten, die sie nicht mehr zählen, sondern nur noch zu stapeln vermögen. Arme Reiche, für die das Geld längst den Sinn verloren hat, Not zu lindern, Träume zu erfüllen, Ziele zu erreichen und Sehnsüchte zu wecken. Sie aber sind anders. Sie haben Ihr Schloß samt Gut bedauernswerten Süchtigen überlassen!"

„Woher wissen Sie denn das?" unterbrach ihn Claudia erstaunt.

„Woher?" lachte der Amerikaner. „Für was haben wir denn die Presse? So etwas bleibt doch nicht geheim. Weiß inzwischen die ganze Welt. Und das ist gut so, damit die Leute erfahren, was für Not es gibt, daß da auch Menschen sind, die sich der Notleidenden annehmen."

Menschen, die weit in der Welt herumgekommen sind und mit wachen Augen durchs Leben gehen, finden schnell zueinander. Als die Vier sich spät am Abend schlafen legten, waren sie gute Freunde geworden.

Frühzeitig am nächsten Morgen suchten sie die Moschee „Al Haram al Ibrahim" auf, die sich seit dem Jahre 1167 über der Grabstätte Abrahams wölbt.

„Auch den Mohammedanern ist die Grabstätte des Erzvaters Abrahams heilig", wußte der belesene Harry zu berichten, „war er doch auch der Vater Ismaels, des Sohnes der ‚Hagar', von dem die Araber ihre Existenz herleiten."

Roland war eigenartig zumute: Hier lagen die sterblichen Überreste eines Mannes begraben, der, als die Menschheit sich in Vielgötterei verlor, dem einen Gott folgte, der zu ihm geredet hatte und in dem er den Schöpfer aller Dinge erkannte.

„Neben dem Erzvater Abraham wurden hier auch sein Weib Sara, sein Sohn Isaak, dessen Weib Rebekka und Abrahams Enkel Jakob mit seinem Weib Lea begraben", hörte er Harry sagen.

Darauf erwiderte Claudia: „Seht ihr, bei jedem dieser Männer heißt es ‚sein Weib'." Dabei sah sie Harry an. „Sie bekannten ihr Einsein vor Gott und den Menschen."

„Du verstehst es, einem die Leviten zu lesen, Claudia", meinte Harry, als die Moschee hinter ihnen lag und sie sich voneinander verabschiedeten. Der Amerikaner und die attraktive Foto-Reporterin wollten hinauf nach Massada, der alten jüdischen Festung, deren Besatzung, nach tapferer Gegenwehr lieber Selbstmord beging, als den Römern in die Hände zu fallen. Claudias und Rolands Ziel war nach wie vor Bethlehem.

18

Ob Pilger, Forscher oder Tourist, jeder wird wohl auf dem Wege nach Bethlehem eigentümlich bewegt sein, weil es mehr ist als ein geographischer Ort. Bethlehem – das ist wie ein plötzlich aufgestoßenes Tor, hinter dem frühe Kindheitserinnerungen und Gefühle der Geborgenheit lauern.

Vier Kilometer vor Beit Lahm, wie die Araber Bethlehem nennen, ging ein weißhaariger Greis in der Landestracht auf der Straße.

„Laß uns den alten Mann mitnehmen, chéri", bat die mitleidige Claudia. „Ihm fällt sicher das Gehen schwer."

Achtzig Jahre alt war Hussein Kitani und hocherfreut, als er im Laufe des Gespräches erfuhr, daß Roland Arabisch verstand und Deutscher war. „Alamani", sagte er. Es klang vor verhaltener Begeisterung fast wie Bruder.

Am Morgen war er von Bethlehem nach Hebron aufgebrochen, um eine Ziege zu verkaufen, und befand sich nun auf dem Heimweg.

Bethlehem tauchte auf. Nach Westen zu lagen Terassenlinien von Olivenkulturen, nach Osten senkte sich das gelbbraune, kahle Bergland Judäas über tausend Meter tief zum Einbruch des Jordantales und zum Toten Meer. Dahinter lag das nackte Gebirgsmassiv von Moab mit dem Berge Nebo, von dessen Gipfel der sterbende Mose das verheißene Gelobte Land erblickte, das er nicht mehr betreten durfte.

Der arabische Greis, der der geborene Fremdenführer

zu sein schien, machte sie damit bekannt. Er wohnte mit seiner Enkeltochter und seinem Urenkel in der Nähe des Melonenmarktes, am Rande von Bethlehem, wo die Straße nach Hebron abzweigt, in einer der halbverfallenen Gassen, aus deren Fronten wulstige Fenstergitter wie Vogelkäfige herausragten.

„Hier bin ich zu Hause", sagte er vor einem alten, beschädigten Hause. „Macht mir die Freude und wohnt bei mir, solange ihr in Beit Lahm seid." Sie mußten es ihm versprechen, bevor sie nach Bethlehem hineinfuhren.

Nach Besichtigung der riesigen Geburtskirche mit Hunderten von Touristen aus aller Welt sehnten sich Roland und Claudia nach Ruhe und Stille.

„Laß uns zum Hirtenfeld gehen!" bat Claudia.

Roland, ergriffen von der jahrtausende alten Geschichte der Stadt Bethlehem, folgte ihr.

„Weißt du, daß sich hier in Bethlehem eine uralte Liebesgeschichte abgespielt hat, chéri?" fragte sie nach einem Weilchen. Als er verneinte, erzählte sie: „Ruth las Ähren auf dem Felde des reichen Gutsbesitzers Boas. Heimlich gab dieser seinen Knechten Anweisung, recht viele Ähren liegen zu lassen, damit die Moabiterin, in die er sich verliebt hatte, reichlich davon finden sollte. Sie wurde dann seine Frau und die Urgroßmutter des Königs David."

Der Abend dämmerte. „Wir müssen ans Übernachten denken, Mädchen", mahnte Roland. „Sonst geht es uns so wie damals Maria und Josef und wir finden keine Unterkunft in den Hotels."

„Hotels?" wiederholte sie, „hast du denn vergessen, daß wir von unserem alten Freund Hussein Kitani eingeladen worden sind?"

Nachdenklich blickte Roland sie an. „Ich dachte nur – es wird sicher primitiv sein dort. Du müßtest auf jeglichen Komfort verzichten."

„Tue ich gern!" erwiderte sie.

Es dauerte ein Weilchen, bis sie in der Dämmerung das

alte baufällige Haus in der uralten Gasse beim Melonenmarkt wiederfanden. Eine Anzahl schwarzer Ziegen und Fettschwanzschafe äugten neugierig aus dem Stall unter dem Wohnhaus hervor. Die eisernen Ringe, an denen sie angebunden waren, hafteten im Gestein. Der Stall war, wie viele Ställe in Bethlehem, nichts weiter als eine Kalksteinhöhle, über der das eigentliche Gebäude stand. In den Fels gehauen waren die Krippen. Und da – ihr Fuß stockte, sie glaubten die Vision der Heiligen Nacht zu erleben!

Auf der Steintreppe der Stallgrotte hockte eine junge Frau und wiegte ihr Baby. Barfuß war sie, und ihr mit Kreuzstichen bestickter Rock reichte ihr bis zu den Knöcheln. Sie war eine Schönheit, und der erhabene Anblick beeindruckte Claudia so, daß er in ihr haften blieb und sie Mutter und Kind später ihrem Skizzenblock einverleibte.

Die junge Frau, die sie überraschten, war Leila, die Enkeltochter ihres Bekannten. Sie hatte vor sechs Monaten durch einen Bus-Unfall ihren Mann und ihre Eltern verloren.

Der Greis war überglücklich, daß sie gekommen waren. Es waren auch noch sechs Kinder im Haus, Kinder von Leilas Bruder Jussuf, der mit seiner Frau im Ölland Kuweit arbeitete und nur vierteljährlich auf Besuch kam.

Das Zusammensein mit der arabischen Familie, die wie die meisten Araber Bethlehems Christen waren, wurde zu einem unvergeßlichen Erlebnis für Roland und Claudia.

Zum Schlafen rollte der Greis eine geflochtene Matte auf dem Boden aus; sie diente als Schlafplatz für ihn, die fünf Jungen seines Enkelsohnes und Roland. Claudia schlief mit der Tochter seines Enkelsohnes und Leila mit Baby nebenan. Ohne sich auszuziehen, streckten sich Rolands Schlafgenossen dicht nebeneinander aus, er selber neben dem Greis und dessen ältesten Urenkel.

Tief beeindruckt von der arabischen Gastfreundschaft, verabschiedeten sich Roland und Claudia herzlich am nächsten Morgen.

Es gab viele Gedächtnisstätten in Bethlehem, teilweise kirchengeschichtlich belegt, teilweise der Legende angehörend: die Kapelle des Zimmermanns Joseph, die sich an der Stelle erheben soll, wo ihm der Engel die Flucht nach Ägypten riet, die Kapelle der ersten Märtyrer und dicht neben der Geburtskirche die Klause des Kirchenvaters Hieronymus, der hier die Niederschrift der frühesten lateinischen Bibelübersetzung, der Vulgata, vornahm.

Claudia war eifrig bemüht, möglichst viel in ihrem Skizzenblock festzuhalten. Und Roland wurde zum Schreiben angeregt. Doch nicht nur die Fahrt durch das Heilige Land, sondern auch seine früheren Erlebnisse auf der Jacht beschrieb er, von jenem Augenblick an, als er sie in San Franzisco betrat. Er hatte auch schon einen Titel dafür, Worte, die Claudia einmal gesprochen hatte: „Auf falschem Kurs".

„Mon Poète", nannte ihn Claudia, als sie es bemerkte.

Gegen Mittag verabschiedeten sich Roland und Claudia von ihrem arabischen Gastgeber und seiner Familie.

Um dem chronologischen Ablauf ihrer Fahrt gerecht zu werden, erreichten sie die alte Römerstraße, die neben dem modernen Asphaltband her, von Jerusalem nach Jericho führt. Jerusalem ließen sie zunächst liegen.

Jesus weilte oft in Jericho. Nach den Evangelien heilte er dort den Blinden Bartimäus und holte den Zöllner Zachäus von seinem Maulbeerbaum herab. Wie oft mag er mit seinen Jüngern die Serpentinenstraße, die durch die nackte, dunkelbraune Felsschlucht führt, gegangen sein! Richtig feierlich war ihnen zumute, als sie hindurchfuhren. Diese Felsen hatten schon damals bestanden und hatten ihn und seine Jüngerschar gesehen.

„Es war ein Mensch, der ging von Jerusalem hinab nach Jericho ...", zitierte die bibelkundige Claudia das Gleichnis vom barmherzigen Samariter, bei dem Jesus wohl an diese Felsenschlucht gedacht hatte.

„Dieses Gleichnis regte den Schweizer Henry Dunant an, das Rote Kreuz zu gründen", entsann sich Roland.

Am Fuße der Wüstenberge war die Sultansquelle, wo die Karawanen rasteten.

Jericho. Im Reiseführer wurde sie die älteste Stadt der Welt genannt. Herodes der Große ließ dort seine prunkvolle Winter-Residenz errichten. Archäologen waren dabei, auf dem Ausgrabungsfeld die von den Kanaanitern erbaute siebentausend Jahre alte Steinmauer freizulegen. Einer von ihnen, mit dem sie ins Gespräch kamen, meinte begeistert: „Jeder Fund hat etwas Urweltliches an sich, ist wie eine Botschaft aus den ältesten Tagen der Menschheit. Erst erinnerten unsere Funde an das Waffengeklirr der Kreuzfahrer. Als der Lärm der Religionsfehden verstummt war, stießen wir in den tieferen Schichten auf Römer und Griechen, die ihre Tage im Erdreich beschlossen. Dann fanden wir die gehörnten Altäre der Juden. Nun befinden wir uns in den verschollenen Jahrhunderten, bis zu denen die geschichtliche Erinnerung der Menschen gerade noch zurückreicht."

Es gab so viel zu sehen, daß sie über Nacht in Jericho blieben. Roland war so begeistert, daß er bis zum Morgen aufblieb, um seine Gedanken niederzuschreiben.

Zwischen Wüstenbussen, Eselskarren und Kamelkarawanen verließen sie gegen Mittag die ehemalige alte Kanaaniter-Metropole. Durch die romantische Jordansenke erreichten sie die Straße, die nach Nazareth führte.

„Und er kam nach Nazareth, wo er erzogen war", zitierte Claudia den Bericht des Evangelisten Lukas. Die Sonne stand schon tief im Westen, als sie Jesu Heimatstadt erreichten.

Hatte Roland seine junge Frau zunächst etwas sorgenvoll zu dieser Fahrt begleitet, hatte ihn ihr bisheriger Verlauf so stark beeindruckt, daß ihm jetzt war, als befände er sich auf einer Besuchsreise und fiebere einer besonderen Begegnung entgegen.

Lange konnte er an diesem Abend nicht einschlafen. Hier an diesem Ort war Jesus aufgewachsen, er, der durch seinen Opfertod am Kreuz die Welt mit Gott versöhnte. Er war kein Kriegsmann, der mit der blanken Waffe Länder eroberte, keiner, der durch irgendwelche Erfindungen von sich reden machte. Und doch hat er das Leben von Millionen von Menschen verändert – bis auf diesen Tag.

Am nächsten Morgen konnte er es kaum erwarten, Nazareth näher kennenzulernen. Diese Stadt liegt in einer Mulde. Hänge, die in gewundenen Terrassen sanft die Stadt umschließen, sind bepflanzt mit Wein, Oliven, Feigen und Zypressen.

„Wie oft mag Jesus hier oben gestanden und auf die Flachdächer Nazareths geschaut haben", meinte Eusebius, der Franziskaner-Pater, den sie bei ihrer Wanderung trafen. Er ging aus sich heraus: „Nazareth sah seine Kindheit, seinen Eifer, das Lernen der Heiligen Schrift. Diese Stadt sah auch seine Jugend- und Reifezeit."

Eine volle Woche blieben sie in der Heimatstadt Jesu.

* * *

Danach fuhren sie zum Yam Kinnereth, dem See Genezareth, wo Jesus so gern weilte. Ringsum die Orte, in denen sich die Spuren seiner Erdenwanderung nachweisen lassen. Kapernaum – der wichtigste Ort, an dem er wirkte, den Knecht des Centurio und die Tochter des Jairus heilte, dann Magdala, Bethsaida und all die Stätten seines segensreichen Wirkens. Hier berief er die meisten seiner Jünger. Unweit des Sees, an den Hängen des Hattin, hielt er die Bergpredigt vor all den Menschen, die aus ganz Galiläa, Phönizien und aus den Stätten der Dekapolis herbeigeströmt waren.

„Selig sind, die um der Gerechtigkeit willen verfolgt werden", zitierte Claudia die Worte Jesu an dem Ort, wo er sie damals ausgesprochen hatte. Sie hob ihr Gesicht und blickte Roland aus feuchten Augen an. Dann fuhr sie fort: „Auch ich wurde verfolgt. Aber wie ganz anders ..."

Er nahm sie in seine Arme und tröstete sie: „Derselbe

Jesus, der diese Worte hier gesprochen hatte, prägte auch jene Worte: ‚Gehe hin und sündige hinfort nicht mehr!'"

Sanft löste sie sich aus seinen Armen. „Danke, chéri. Ich hatte ganz vergessen, daß es diese Worte waren, die mich aus meinem selbstgebauten Kerker befreiten."

Wärme lag in der Landschaft um den See Genezareth, von dem die Juden behaupten, er habe die Form einer Zither. Eukalyptushaine wechselten ab mit Hainen von uralten Ölbäumen und fruchtbaren Feldern, dazwischen prächtige Palmen. Das Grün um den See mildert sogar den Anblick des östlichen Berglandes mit seinen schroffen Felsen.

* * *

„Laß uns jetzt nach Machärus hinauffahren, bevor wir Jerusalem aufsuchen!" bat Claudia, als sie an jeder Stelle weilten, wo Johannes der Täufer im Jordan taufte, er, der von Jesus sagte: „Siehe, das ist Gottes Lamm, welches der Welt Sünde trägt!"

Da Roland seiner jungen Frau keinen Wunsch abschlagen konnte, fuhr er zu jener Festung, die Herodes der Große erbaut und seinem Sohne Herodes Antipas, Fürst von Galiläa und Peräa, weitervererbt hatte. Unterhalb der Kuppe zeigt man den Eingang einer Höhle – den Kerker des Johannes.

Bei der Ruine nächtigten Touristen und Beduinen in Zelten und Wagen, die Beduinen in gebührender Entfernung, der Geisterfurcht wegen. Feuer flammten auf, als die Nacht ihren dunklen Schleier über das wildzerklüftete Bergland breitete.

Auch Roland und Claudia blieben. Es war nicht ratsam, den schwierigen Weg nachts zu fahen, und sie hatten ja ein gutes Zelt und warme Schlafsäcke bei sich.

Über den Wüstenbergen im Osten stieg der Mond herauf. Erst war dort nur ein heller Fleck wie der Widerschein eines Feuers zu sehen. Dann lugte, wie das Riesenauge eines Zyklopen, das volle Rund des Nachtgestirns hervor und wurde zusehends größer. Stille kehrte im Beduinenlager ein, die Touristen suchten ihre Wagen und Zelte auf.

Roland und Claudia trieb es noch einmal zum Kerker Johannes' des Täufers. Das weiche Licht des Mondes umschmeichelte jenes Machärus, wo sich einst die schauerliche Episode abspielte, von der die Bibel berichtet.

Schweigend starrten sie in den Kerker. Sie glaubten seine schaurige Ausstrahlung zu spüren. Das Mondlicht drang nur in den vorderen Teil des Kerkers, dahinter war Dunkelheit. Je weiter der Mond wanderte, desto mehr nahm das Dunkel zu. Das zwang Roland zum Nachdenken.

„Licht und Dunkel. Man spricht von Gott als dem Licht, daß er allmächtig und gerecht ist. Wie konnte er da den Mord an Johannes, der die Menschen zur Umkehr rief, zulassen? Wo war da die Gerechtigkeit, wo war seine Allmacht?"

Es waren laut gewordene Gedanken, durch die der Zweifel schwang.

Claudia griff sie auf. „Gott ist der Schöpfer der Welt. Dem Menschen schenkte er Würde und Freiheit – jedem. Und darum ist auch jedem die Freiheit gegeben, sich für oder gegen ihn zu entscheiden, zu tun was er will. Gottes Handlungsweise offenbarte Jesus in seinem Gleichnis von dem Unkraut unter dem Weizen. Ich stieß im Kerker von Dschidda beim Lesen der Bibel darauf." Überwältigt von der Erinnerung, schwieg sie einen Augenblick, um dann fortzufahren: „Jesus erzählte folgendes Gleichnis. Ich lese es dir einmal vor." Damit zog sie ihre Bibel aus der Tasche und las:

– Das Himmelreich ist gleich einem Menschen, der guten Samen auf seinem Acker säte. Da aber die Leute schliefen, kam sein Feind und säte Unkraut zwischen den Weizen und ging davon. Da nun das Kraut wuchs und Frucht brachte, da fand sich auch das Unkraut. Da traten die Knechte zu dem Hausvater und sprachen: Herr, hast du nicht guten Samen auf deinen Acker gesät? Woher hat er denn das Unkraut? Er sprach zu ihnen: Das hat der Feind getan. Da sprachen die Knechte: Willst du denn, daß wir hingehen und es ausjäten? Er sprach: Nein! Auf daß ihr nicht zugleich den Weizen mit ausraufet, so ihr das Unkraut ausjätet. Lasset beides miteinander wachsen bis zur Ernte; und um der Ernte Zeit will ich zu den Schnittern sagen: Sammelt zuvor das Unkraut und bindet es in Bündeln, daß man es verbrenne; aber den Weizen sammelt mir in meine Scheuer.

„Ja, mon chéri. So erklärte Jesus den Menschen Gott. Wir Menschen neigen leicht dazu, Gott so zu sehen, wie wir ihn uns wünschen. Aber für alle Zeit und Ewigkeit gilt, was Gott bei der Begegnung mit Mose am brennenden Dornbusch am Horeb sagte: „Ich bin, der ich bin!"

Lange standen die beiden eng umschlungen, bis Roland mahnte: „Es ist schon spät, Mädchen. Laß uns schlafen gehen!"

19

Es ging schon auf den Abend zu, als sie sich über das steil ansteigende Kidrontal der Stadtsilhouette Jerusalems näherten. Es war wie eine überirdische Vision. Wuchtig reckten sich ihre Mauern empor im Rot der untergehenden Sonne. Alte Kuppelbauten und moderne Hochhäuser waren zu sehen.

Blaubehoste Sabras, Männer in Khaki-Shorts, weibliche und männliche Soldaten, Orthodoxe im schwarzen Kaftan, Zeitungsverkäufer, Handwerker und Touristen belebten die Straßen.

Durch verkehrsreiche Straßen fuhren sie zum Hotel „King David", denn nach dem Übernachten im Wagen,

Zelt und einfachen Unterkünften verlangte es sie nach etwas Komfort.

Im Hotel begegneten sie plötzlich ihren Freunden von Hebron, Harry und Simone, wieder.

„‚Morgen in Jerusalem', endet das uralte, jüdische Gebet der Hoffnung!" Damit begrüßte sie der Journalist. „Wir haben das gemeinsame Glück, schon heute in Jerusalem zu sein!"

„Oho, Harry", wunderte sich Roland, „auf einmal so religiös geworden?"

„Was heißt religiös geworden", ereiferte sich der Amerikaner. „Das Wissen um die Religion gehört zu meinem Beruf. Ein Jornalist muß alles wissen. Nicht nur von der Umweltverschmutzung des ‚blauen Planeten', sondern auch über seine zweibeinigen Bewohner, die sich ‚homo sapiens' nennen und gerade dabei sind, sich wieder einmal en masse an die Gurgel zu fahren."

„Und wo fährt man sich zur Zeit an die Gurgel?" plagte Roland die Neugier.

„Frag lieber, wo man sich nicht an die Gurgel fährt", lautete die Antwort.

„Wie kann das anders sein, wenn niemand Gerechtigkeit übt?" mischte sich Claudia ein.

„Gerechtigkeit?" wiederholte die Fotografin, „die hat es nie gegeben auf der Welt. Gerechtigkeit und Freiheit sind Wunschträume der Menschheit, weiter nichts ..."

Claudia fiel ihr ins Wort: „Ja, es sieht so aus, aber es gibt Gerechtigkeit und Freiheit."

„Wieso?" fragte der Journalist streitlustig.

Claudia antwortete: „Das hat mit dem Sinn des Lebens zu tun. In einer geordneten Beziehung zu Gott, zum Mitmenschen und zur Umwelt gibt es Gerechtigkeit und Freiheit. Jesus hat gesagt: ‚Die Wahrheit wird euch frei machen.' Und genauso ist es."

„Jesus!" tat der Journalist geringschätzig: „Wer war schon Jesus!"

„Das sollte doch, gerade hier, wo er gelebt und gewirkt

hat, nicht schwer zu begreifen sein", kam Roland seiner Frau zu Hilfe und lenkte damit auch die Aufmerksamkeit der am Nachbartisch sitzenden Gäste auf sich. Gepackt von dem Thema, fuhr er fort: „Als Kind begeisterte mich der Schweizer Volksheld Arnold Winkelried, der in der Schlacht bei Sembach ein Bündel feindlicher Speere auf sich zog, um den Schweizer Eidgenossen eine Gasse zu bahnen. Dasselbe hat Jesus von Nazareth getan. Nur in anderer Form. Seine feindlichen Speere waren die Sünden der Menschen, Machtgier, Hochmut und vor allem Egoismus, der blind macht. Also alles, was damals wie heute Freiheit und Leben bedroht. Zu dieser Erkenntnis bin ich jetzt und hier in diesem Land gekommen ..."

„Das haben Sie großartig ausgedrückt, mein Herr", pflichtete ihm ein älterer, weißhaariger Mann bei, der mit schweizerischem Akzent Englisch sprach und sich ihm später als Professor der Theologie vorstellte. „Ähnlich habe ich auch meine Palästina-Reise empfunden."

Andere griffen in das Gespräch ein. Lange wurde diskutiert. Pilger und Touristen aus aller Welt, die im gleichen Hotel abgestiegen waren, fühlten sich angesprochen. Nur langsam ebbte die Diskussion ab, und die Gäste widmeten sich wieder ihren persönlichen Interessen.

„Beinahe hättet ihr uns gar nicht hier angetroffen, Freunde", meinte der Journalist. Er unterbrach sich: „Ich sagte Freunde. Sind wir das?"

„Aber, Harry", wandte Roland ein, „für was hältst du uns denn? Ihr habt uns geholfen, als wir in Not waren. Das vergessen wir euch nie."

„Wenn es nach mir gegangen wäre, hätten wir schon heute früh Jerusalem verlassen, aber Simone wollte unbedingt die Prozession durch die Via Dolorosa mitmachen, und die ist nur freitags, also morgen."

Freunde, dachte Roland. Simone war ein offener, ehrlicher Mensch. Auch Harry konnte ein guter Kamerad sein, nur manchmal fiel er auf, führte gern das große Wort und nahm sich selbst überaus wichtig.

Claudia lobte die romantische Schönheit des Jordantales.

„Was ist dieses Palästina schon gegen die Schönheit Amerikas!" prahlte Harry, „gegen den Grand Canyon, die Sierra Nevada ..."

Ein junger armenischer Student vom Nebentisch, der ihn nicht mochte, unterbrach ihn unwillig: „Ich habe diese Naturwunder auf meiner Reise in die USA gesehen. Landschaftlich schön mögen sie sein, aber es sind doch Orte ohne Geschichte. Hier begann die Geschichte der Menschheit! Hier lebte einst Abraham, der Erzvater der Juden, Christen und Moslems."

Harry Burton lachte. „Die aufeinander reagieren wie Feuer und Wasser, trotz aller Gemeinsamkeit!"

Andere mischten sich ein: „Das ist eine Sache für sich. Von der Menschheitsgeschichte her gibt es für dieses Land hier keinen Vergleich. Der menschenleere Kontinent Amerika wurde erst von Menschen besiedelt, als schon ein großer Teil der Menschheitsgeschichte abgerollt war."

„Na – und?" begehrte Harry auf, der ein schlechter Verlierer war: „Was hat das zu sagen? Wir haben aber den ersten Platz in der Welt erkämpft, sind wahrhaft eine Weltmacht ..."

„Eine Weltmacht?" wiederholte der Armenier, „im Blick auf Größe und Dauer war das Rom, das römische Reich."

„An sich ist doch dieser Harry ein furchtbarer Mensch", meinte Claudia, als sie später im Bett lagen. „Simone hat es bestimmt nicht leicht mit ihm. Zehn Jahre leben sie schon zusammen, ohne verheiratet zu sein. Sie behauptet, die amtliche Bestätigung einer Ehe sei für das Glücklichsein nicht maßgebend."

„Der alte Fritz, der Preußenkönig, sagte einmal: ‚Jeder soll nach seiner Façon selig werden'", beschwichtigte sie Roland. „Laß uns jetzt schlafen, mein Liebes. Ich bin müde."

20

„,Carpe diem'* – riet schon der weise Poet Horaz aus dem uralten Rom", meinte Harry am nächsten Morgen beim Frühstück. „Und wir wollen seinen Rat beherzigen und die Tage, die wir zusammen sind, auskaufen, so gut wir können. Ich habe mich stets bemüht, den Rat des weisen Horaz zu befolgen."

„In punkto Ehe aber nicht", reagierte Claudia, der Simone ihr Leid über ihre wilde Ehe mit dem Journalisten geklagt hatte.

„Ehen werden im Himmel geschlossen, aber auf der Erde gelebt", zitierte Harry, stets zum Scherzen aufgelegt und bemüht das Thema mit einem Witz abzutun. „Und es sieht so aus, daß man ohne Bindung freier lebt. Was meinst du, Roland?"

„Das bloße Zusammenleben zweier Menschen kann niemals eine richtige Ehe ersetzen", antwortete Roland. „Selbst bei den primitivsten Menschen ist das öffentliche Bekenntnis zu dem anderen Menschen uralter Brauch. Meiner Meinung nach läßt das bloße Zusammenleben immer den Schluß zu, daß einer der beiden seinen Partner nicht wirklich liebt und sich darum nicht fest an ihn binden möchte."

Harry runzelte die Stirn. „Es wird Zeit, Simone, daß wir verschwinden. Sonst schleppen uns diese Freunde noch zum Traualtar und legen uns Ehefesseln an."

„Hast du denn genug Material für dein Buch sammeln können, Simone?" lenkte Claudia diplomatisch das Gespräch auf ein anderes Thema. „Roland schreibt auch ein Buch. Hoffentlich berühren sich eure Themen nicht!"

„Da sind wir ja Kollegen, Roland!" freute sich Simone.

---

* Nütze den Tag

„Mein Israelbuch wird das dritte Buch, das ich schreibe. Mein erstes Buch handelte von deiner Heimat, von Deutschland und dem Rhein, der auch uns Franzosen etwas zu sagen hat."

„Vom Rhein?" wiederholte Claudia. „Hast du da auch von der Loreley geschrieben?"

„Von dem Loreleyfelsen", verbesserte Simone, „denn die Loreley selber sehen nur Dichter und Träumer. Und träumen konnte ich nicht bei meinem harten Leben. Ich war damals neunzehn und hatte für vier jüngere Geschwister zu sorgen, weil meine Mutter kränklich war und mein Vater, nachdem er unseren kleinen Familienbesitz verjubelt hatte, mit einer jungen Schauspielerin auf und davon ging. Das sind zentnerschwere Gewichte, die einen immer wieder runterziehen, wenn man die Erfolgsleiter hinaufklettern will."

„Arme Simone!" bedauerte sie Claudia. „Und mancher besitzt soviel und weiß es nicht zu schätzen!"

* * *

Beide Paare hatten das gleiche Ziel – Haifa. Harry und Simone wollten ihren Leihwagen dort abliefern, und auf Roland und Claudia wartete ihre Jacht im Hafen von Haifa.

Den Vormittag benutzten sie, um die christlichen Gedenkstätten Jerusalems kennenzulernen: das Haus, in dem Jesus mit seinen Jüngern das Abendmahl einnahm, die Klagemauer, der Rest des von Titus zerstörten Tempels Salomos, Gethsemane, das Felsengrab und viele andere kirchengeschichtlich belegte und legendäre Stätten.

Eine wohltuende Ruhe lag über der Zionstadt. Ein Streifen schmalen, schwarzen Schattens vor dem Damaskustor glich einem Graben. Es fehlte nur die Zugbrücke. Um die Zinnen blitzte die heiße Sonne. Nur wenige Menschen gingen um die Mittagszeit hier ein und aus. Die Obsthändler vor dem Tor hatten ihre grünen Melonenberge mit Ziegenhaardecken abgeschirmt. Ein Verkäufer, behängt mit Gebetsketten aus Olivenholz, versuchte mit vielen Gesten und Worten den Vieren seine Ware aufzudrängen und folgte ihnen bis in ein enges Gäßchen der Altstadt, voll Lärm und Schmutz, bevor er wieder umkehrte.

In den labyrinthischen, teilweise überdachten oder von Bögen überspannten Gassen der Altstadt war es mit der Ruhe vorbei. Hier herrschte Jahrmarktgeschrei, das nicht zu dem Bild passen wollte, das sie sich von Jerusalem gemacht hatten. Es war kein heiliger Bezirk, sondern ein Revier, geprägt von Händlerschläue, Feilschen um Pfund und Dollar, einem kehligen Ausschreien und Anpreisen von allerlei Waren.

Und immer war es Claudia, die die geschäftstüchtigen Händler und Fremdenführer zuerst bedrängten.

„Die haben eine gute Nase", neckte sie Harry. „Die spüren sofort die Eleganz und den Reichtum des französischen Adels."

„Danke für das Lob!" reagierte Claudia. „Aber ich bin nicht für Schmeicheleien. Früher vielleicht, doch jetzt nicht mehr."

Beim Mittagessen im Hotel saß der Theologieprofessor an seinem gewohnten Platz am Nebentisch. Doch diesmal nicht allein. Ein junger Israeli in blauer Kibutz-Tracht saß bei ihm.

„Mein Neffe David Friedländer", machte er bekannt, „ein später Nachkömmling meiner jüngsten Schwester, die 1933 einen deutschen Wissenschaftler jüdischer Herkunft heiratete. Nur weil er Spezialist für orientalische Sprachen war und für das Auswärtige Amt Übersetzungen machte, wurde er vor dem Konzentrationslager und der Vernichtung bewahrt. Gleich nach dem Zusammenbruch des Dritten Reiches übersiedelte mein Schwager mit seiner Familie nach Israel."

„Warum hat sich Ihr Schwager nicht rechtzeitig aus Hitler-Deutschland abgesetzt?" fragte Harry, der eine Story für sein Blatt witterte.

„O Mister Burton", ereiferte sich der Professor, „es ging ihm wie damals vielen Juden. Deutschland war das Land, das seine Sprache sprach. In dem er geboren wurde, seine Kindheit verbrachte, wo seine Vorfahren begraben lagen. Das macht es schwer, die angestammte Heimat zu verlassen ..."

Roland fühlte sich durch das Gespräch betroffen. Deutschlands Vergangenheit war angesprochen worden. Er kam sich vor, als säße er selbst auf der Anklagebank.

Claudia spürte es. „Judenpogrome gab es unzählige Male in der Weltgeschichte", gab sie zu bedenken. „Zwar nicht in dem Ausmaß wie unter Hitler, aber trotzdem. In Spanien war es sogar so schlimm, daß die Juden dort fast ausgerottet wurden." Claudia erregte sich und riß die Zuhörenden mit: „Und immer waren nur einzelne daran schuld, die ihre Vorteile daraus zogen, und nicht das ganze jeweilige Volk. Es gab so viele Pogrome in der Weltgeschichte wie Lügen, Treuebrüche, Mord, Bartholomäusnächte, Kriege und so weiter."

„Die Geschichte der Menschheit ist mit Blut und Tränen geschrieben", bestätigte der Professor.

„Trotz Jesus von Nazareth", unterbrach ihn Harry, „trotz seiner Lehre der Gewaltlosigkeit und seinem Martertod auf Golgatha."

„Weil man ihn und seine Lehre nicht ernst genommen hat", ereiferte sich Claudia.

Betretenes Schweigen folgte ihren Worten. Es schien, als fühle sich jeder persönlich davon betroffen.

* * *

Am Nachmittag, beim Antonio-Turm, umringte eine Gruppe Pilger und Touristen einen Franziskaner-Pater, der die üblichen Freitagsprozessionen durch die Via Dolorosa zur Grabeskirche leitete. Inderinnen in seidenen Saris, Sudanesen in bunten Kleidern, Chinesen in typischen blauen Anzügen, Araber in Burnussen und mit Turbanen und blonde, blauäugige Nordländer. Sie waren ein Beweis dafür, daß Christi Sendboten die „Frohe Botschaft" ihres geliebten Meisters in aller Welt verkündet hatten.

„Machen Sie den Anfang", meinte der Pater und drückte Harry das mitgeführte Kreuz auf die Schulter: „Sie sind der Größte von uns allen."

Verblüfft starrte der riesige Amerikaner den Pater an, faßte aber dann doch nach dem Kreuz, daß es nicht abglitt. Dabei machte er ein Gesicht, das zum Lachen reizte.

Neben dem Kreuzträger schritt der Pater über das Pflaster der Via Dolorosa, der Gasse, durch die Jesus das Kreuz nach Golgatha getragen hat. Eine kaum fünf Meter breite Häuserschlucht, überbrückt von unzähligen Steinbögen, führte bis zur Grabeskirche. Gitter wölbten sich vor den spärlichen Fensterhöhlen, Unkraut quoll aus den Mauerritzen der Burg Antonio, nördlich des Tempelplatzes. Bei jeder der Leidensstationen hielt die Prozession an, der Franziskaner gab Erklärungen und betete, dann ging es wieder weiter. Harry trug das Kreuz. Er trug es wie eine Last. Aus reiner Freundschaft bot sich Roland an, es bei der vierten Leidensstation zu übernehmen. Sichtlich erleichtert übergab es ihm Harry.

Im ersten Augenblick war das Kreuz leicht, aber dann schien es schwerer und schwerer zu werden.

Roland begann zu schwitzen. Das Wasser drang ihm aus allen Poren, das Blut raste durch seine Adern, seine Schläfen hämmerten, und das leichte Kreuz drückte, als wäre es nicht diese Nachbildung, sondern die schwere Last jenes Kreuzes von damals, das der gefolterte Totgeweihte nach Golgatha schleppen mußte.

Rolands Mutter hatte ihm vor vielen Jahren das Kreuz geschenkt, das er seitdem aus Liebe zu ihr und aus Achtung vor dem, was es verkörperte, getragen hatte. Doch seine wirkliche Bedeutung, das, was der Zimmermannssohn aus Nazareth mit seinem qualvollen Kreuzestod bewirkte, wie unmenschlich er dabei litt, ahnte er erst in dieser Stunde.

Wie über den Ort der Geburt Jesu in Betlehem die Geburtskirche, so hatte Helena, die Mutter des Kaisers Konstantin, über der Richtstätte Golgatha die Grabeskirche errichten lassen. Ein versilbertes Loch im Felsen kennzeichnet den Ort, an dem das Kreuz Jesu gestanden haben soll. Fromme Pilger küßten gläubig den Ort jahrhundertelanger Anbetung.

Bei der fünften Leidensstation hatte ein Inder Roland das Kreuz abgenommen, trotzdem war es Roland, als wäre die Belastung geblieben, die ihm die Erinnerung an jenes Ereignis aufzwang, als erlebe er es jetzt mit, als höre er das Wehklagen der Frauen, und die geharnischten römischen Legionäre hart und laut übers Pflaster marschieren und atmete den Geruch von Leder, Eisen, Schweiß und Blut.

Doch Jesu Kreuzestod war nicht umsonst gewesen, tröstete er sich in der Grabeskirche. Es hatte Gültigkeit für alle Zeit und bis in die Ewigkeit. Seine Augen suchten Claudia: sie war der beste Beweis dafür, daß Jesus Christus Menschen verwandeln und dem Leben einen neuen Sinn geben konnte.

Am nächsten Morgen stand das Gartengrab auf dem Programm. Es liegt in der Nähe des Damaskustores in einem wunderschönen, gepflegten Garten. Ein junger Holländer führte eben eine amerikanische Gruppe zu dem Grab und erklärte die Bedeutung der Auferstehung Jesu: „... Viele fragen, ob diese Felsgruft tatsächlich das Grab Jesu war oder ob es unter der Grabeskirche liege. Das ist aber im Grunde nebensächlich. Wichtig ist doch nur das eine, daß wir wissen: Jesus ist auferstanden! Er ist nicht im Grab geblieben, sondern hat den Tod überwunden. Er lebt, heute und in alle Ewigkeit. Und eines Tages wird er wiederkommen, wie er gesagt hat."

Roland war nachdenklich geworden. Es stimmte. Kein

Mensch war je von den Toten auferstanden. Dieser Jesus lebte also auch heute und würde eines Tages wieder auf diese Erde kommen! Da wurde ihm auf einmal bewußt, daß er so, wie er war, nicht vor ihm bestehen konnte. Schließlich bat er Claudia, sich neben ihn auf eine Bank zu setzen.

„Claudia", begann er, „ich – ich will auch diesem Jesus angehören, so wie du."

„O Roland, wie freue ich mich! Ich habe dafür gebetet, daß du auch ganze Sache machen mögest. Ich wußte, daß du dich meinem Herrn noch nicht völlig ausgeliefert hattest. Sollen wir nicht jetzt zusammen beten?"

Bewegt senkten die beiden den Kopf, und Roland bat Jesus Christus, ihm seine Sünden zu vergeben und ihm neues Leben zu schenken. Überglücklich standen die beiden auf. Claudia fiel ihrem Mann mit Tränen in den Augen um den Hals. „Jetzt sind wir eins im Glauben! Herrlich! Jetzt gehören wir erst richtig zusammen!"

Gegen Mittag besuchten sie mit Harry und Simone noch einmal die Klagemauer, bevor sie Jerusalem verließen.

„Unvorstellbar, daß diese ungefügigen, riesigen Quader, die sich hier übereinander türmen, einmal zu dem berühmten herodianischen Tempel gehörten", meinte Claudia.

„Und doch ist es so und wissenschaftlich belegt", behauptete Simone. Sie griff nach ihrem Reiseführer und las eine kurze Beschreibung des einst so prächtigen Tempels vor.

„Und Jesus von Nazareth hatte die Zerstörung des Tempels vorausgesagt, als diese Mauer noch zu dem weltberühmten Tempelbau gehörte", sagte Claudia nachdenklich. „Sie ist ein deutlicher Beweis für die Wahrheit seiner Worte."

„Ich bin kein Mensch, der an Vorhersagen glaubt", äußerte Simone.

„Ich habe den Eindruck, du verwechselst die biblischen

Prophezeihungen mit den Aussagen von Wahrsagern, Sterndeutern und Kartenlegerinnen", meinte Harry. „Als Sohn einer Jüdin und eines Christen habe ich voller Wahrheitshunger nicht nur die Bibel gründlich gelesen, sondern auch die jüdische Thora und den jüdischen Talmud studiert. So wie die Propheten vor Jesus sein Kommen und Wirken prophezeiten, so prophezeite Jesus die Zerstörung Jerusalems. Es gibt unzählige Menschen auf der Welt, die die Prophezeihungen der Bibel ernst nehmen. Den Israelis sind sie so viel wert, daß sie aufgrund dieser Prophezeihungen das Land Israel beanspruchen."

An der neuerbauten Knesseth vorbei, auf der die weiße israelische Fahne mit dem blauen Davidstern wehte, fuhren sie zur Stadt hinaus. Die goldene Kuppel des islamischen Felsendomes, der über jenem Stein erbaut wurde, auf dem Abraham seinen Sohn Isaak opfern wollte, funkelte im Licht der Mittagssonne.

21

Jerusalem verschwand im Dunst der Ferne. Roland lenkte den Wagen geschickt und zügig. Neben ihm saß Claudia, die Augen geschlossen, in Erinnerung versunken.

Ihre „Fahrt auf heiligen Spuren" näherte sich dem Ende, ein Grund, Bilanz zu machen und über sich und seine Fahrtgenossen nachzudenken.

Claudia und er – zwei grundverschiedene Menschen – waren sich begegnet. Sie, die Sensible und er, der Primitive. Sie hatte den Drang, den Dingen auf den Grund zu gehen, und er – die praktische Veranlagung, sie zu nehmen, wie sie sind. Er hatte rechtzeitig gelernt, sich mit dem Rücken zur Wand zu stellen, Claudia bot sich immer ohne Deckung dar, ohne sich überhaupt umzudrehen, wenn sie von hinten überfallen wurde. Sie hatte ihm manches voraus, den besseren Charakter, die umfassendere Bildung, eine ausgeprägtere Menschlichkeit und ein übertrieben scharfes Gewissen, das zwar durch die Drogensucht verschüttet gewesen war, sich jetzt aber durch ihren Glauben an Jesus freigelegt, herrlich entfaltete. Diese Fahrt, von Claudia angeregt, war recht und gut gewesen. Er hatte sich zwar immer bemüht, ein anständiges Leben zu führen, aber jetzt gehörte sein Leben Jesus Christus.

Heiß brannte die Sonne aus wolkenlosem Blau auf das Verdeck des Cadillac, unter dem es vor Hitze kaum auszuhalten war. Staub wirbelte auf und zwang zu langsamer Fahrt. Der Landrover ihrer Freunde, der gut dreihundert Meter vor ihnen fuhr, war in eine dichte Staubwolke gehüllt. Die Fahrt war eine Anstrengung. Gegen Abend erreichten sie einen idyllisch gelegenen Campingplatz.

In einem uralten Olivenhain lag er, zwei riesige Zedern säumten wie zwei stumme Wächter den Weg, der hineinführte. Aus dem silbrigen Grün von Eukalyptusbäumchen und rotblühendem Oleandersträuchen schimmerten weiße Steinquader, vor denen einige Säulen aufragten. Grasbüschel wucherten zwischen dem Pflaster, Reste von Säulen und Basaltblöcken mit eingehauenen Ornamenten lagen verstreut umher. Verwitterte, breite Stufen führten in ein zerfallenes Gemäuer neben dem weißen Häuschen des Verwalters und zu einer sprudelnden Quelle, deren Wasser in einen kleinen See floß.

Es waren erst einige Camper da, als sie ankamen, doch gegen Abend nahm ihre Zahl schnell zu. Eine Gruppe englischer Pfadfinder gehörte dazu. Sie sorgten für Unterhaltung, zündeten ein riesiges Lagerfeuer an und warteten mit Musik und Gesang auf. Mit einem sandfarbenen Kleinbus waren sie gekommen. Nach Art der Jugend hatten sie in grellen Farben in Englisch, Französisch und Deutsch, Heimat und Reiseziel gemalt – „Von London nach Jerusalem und zurück”.

„Solch einen weiten, strapaziösen Weg habt ihr auf euch genommen, um die Heiligen Stätten zu sehen?” wunderte sich eine alte Dame.

„Warum nicht, Madam", antwortete der Leiter der Gruppe. „Bei den Hindus ist es Brauch, ‚Mutter Ganga', ihren heiligen Fluß, aufzusuchen und darin zu baden, dem Mohammedaner wird zur Pflicht gemacht, einmal in seinem Leben in der Moschee von Mekka zu beten, warum sollen da wir Christen nicht jene Stätten aufsuchen, wo unser Heiland gewirkt, gelebt und gelitten hat?"

Niemand antwortete, jeder fühlte sich angesprochen, denn jeder wollte Christ sein, ganz gleich welcher Konfession er angehörte.

Das Thema erregte die Gemüter. Bis tief in die Nacht hinein wurde an dem großen Lagerfeuer diskutiert.

22

Am nächsten Morgen war Roland schon frühzeitig wach und kroch aus dem Zelt, als Claudia noch schlief. Im Camp lag noch alles in tiefem Schlaf. Hinter dem Kamm der Berge stieg eine Wolke auf, rund und weiß wie ein Schneeball, hob sich, als lugte sie vorsichtig über den Gipfel hinweg, wiegte sich ein paar Minuten lang und löste sich schließlich auf.

Roland ließ sich rücklings ins Gras fallen. Der Himmel war eine riesige blaue Kuppel. „Ich glaube an Gott, den Vater, den Allmächtigen, Schöpfer Himmels und der Erde ..." Dieser Satz aus dem Glaubensbekenntnis fiel ihm ein. Wie wunderbar hatte doch Gott diese Erde geschaffen! Man konnte nur staunen und anbeten.

Claudia, die inzwischen aufgewacht war und seine gewohnte Nähe vermißt hatte, kam auf ihn zu. „Warum aben du mich verlassen, chéri?" grollte sie. „Ich aben bekommen Angst, als du sein fort."

Er umarmte und küßte sie stürmisch. „Du aben Angst?" ahmte er sie nach. „Du brauchen nicht aben Angst, denn ich sein immer in deiner Nähe."

„Schau dir das einmal an, Simone!" wurden sie von ihren Freunden überrascht. „Wir wollten eigentlich etwas mit euch besprechen. Aber der Moment scheint nicht gerade günstig!"

Roland machte eine einladende Handbewegung: „Nehmt Platz und macht eurem Herzen Luft!"

Harry räusperte sich und setzte sich neben die beiden. „Wir haben einen besonderen Wunsch." Der sonst so Redegewandte räusperte sich wieder, um dann fortzufahren: „Wir wollten an sich nach den Staaten fliegen. Mit Zwischenlandung in Marseille, wo Simone ihr Manuskript bei ihrem Verleger abliefern muß, der ihre Reise nach Israel finanziert hat. Und weil Claudia sagte, ihr wolltet heim nach Frankreich ..."

„Wollt ihr jetzt mit uns fahren!" erriet Roland ihr Vorhaben.

Simone nickte stumm. Harry ereiferte sich: „Aus einem ganz bestimmten Grund!" Wieder räusperte er sich, dann stieß er hastig hervor: „Wir möchten auf See heiraten, so wie ihr es getan habt!"

„Heiraten?" wiederholte Claudia überrascht. Dann umarmte sie Simone impulsiv und jubelte: „Ich freue mich ja so! Ich freue mich ja so!"

„Natürlich fahrt ihr mit uns", sagte Roland. „Und Claudia und ich werden eure Trauzeugen sein."

Kurze Zeit später fuhren sie aus dem Campingplatz hinaus.

* * *

Es war noch früh. Die Erde roch nach Tau. Der Tag war erst einige Stunden alt, noch voller Zeit und voller Erwartung.

Wie am Vortag fuhr Harry mit dem Landrover voraus. Sie durchquerten ein unruhiges Gebiet. Israel hatte es im „Sechstagekrieg" 1967 Jordanien abgenommen.

Rolands Gedanken eilten der Fahrt weit voraus. Im

Geist sah er schon das Meer, den Hafen von Haifa und die Jacht vor sich.

„Genau auf den Tag zehn Wochen sind es er, daß wir aben die Jacht verlassen", störte Claudia seinen Gedankengang. „Wie schnell doch die Zeit vergangen ist!"

Sie hatte deutsch gesprochen, als er ihr auf französisch antwortete, ereiferte sie sich: „Öre gut ssu. Ich sein geworden durch meine Heirat mit dich deutsch wie du. Unser Kind werden auch deutsch. Da es bald kommen, wir von jetzt immer deutsch sprechen, damit es lernen deutsche Sprache!"

Er unterbrach sie: „Deutsch und Französisch. Denn ich liebe dich. Und durch dich habe ich deine Heimat lieb, als wäre es meine eigene. Hast du verstanden?" Sie nickte lächelnd und lehnte sich an seine Schulter.

Er fühlte sich glücklich in diesem Augenblick, unsagbar glücklich. Aber dann war da auf einmal ein Gefühl, wie es einen überkommt, wenn man aus einem schönen Traum erwacht und sich in einer tristen Wirklichkeit wiederfindet. Er sorgte sich auf einmal um Claudia, um sein Kind, das sie unter dem Herzen trug. Wie eine schwere Last drückte ihn die Sorge um die Zukunft.

Höher und höher stieg die Sonne und brannte auf das Verdeck des Cadillac. Angenehm kühl empfanden sie den Fahrtwind.

Ein zerschossener, jordanischer Panzer und zerstörte Höfe inmitten karger Baumwollfelder erinnerten an den Sechstagekrieg, als dieses Gebiet noch zum Haschemiten-Königsreich gehörte.

Gegen Mittag, die Sonne stand fast in Scheitelhöhe, sahen sie eine junge Araberin am Straßenrand gehen. Barfuß, ihr Kopftuch so geschlungen, daß nur die Augen herausblickten, schritt sie dahin. In ihrer Schlankheit und Zierlichkeit wirkte sie selbst noch wie ein Kind. Auf dem Arm trug sie ihren einjährigen Jungen, ein Bündel mit ihren Habseligkeiten auf dem Kopf.

„Nimm sie mit, chéri!" bat Claudia, als sie an ihr vorbeifuhren. „Sie ist eine Araberin wie Muna, der wir so viel zu danken haben."

„Hagar mit ihrem Sohne Ismael", dachte Roland, den Gedanken aussprechend, als er anhielt.

Die Araberin kam näher. Claudia hatte den Wagenschlag geöffnet und lud sie ein, erst in englischer Sprache, dann französisch. Abwehrend blickten die schwarzglänzenden Augen, fester faßte sie den Jungen, als fürchte sie, er könne ihr genommen werden. Mit abweisendem Stolz schritt sie weiter. Erst als Roland die arabische Sprache gebrauchte, trat in ihre Augen ein milder Glanz.

„Ich bin Leila Khaleb aus dem Dorfe El Hadr", gab sie mit leiser Stimme Auskunft. „Ich will zu meinem Bruder Hassan, der im Libanon lebt."

Erst als ihr Roland sagte, daß sie Touristen und Alamani wären, stieg sie zögernd in den Wagen, argwöhnisch Claudia beobachtend, die mit einem Stück Schokolade versuchte, das Vertrauen des Jungen zu gewinnen. Doch nach und nach ging sie aus sich heraus und blätterte ihr bitteres Lebensbuch auf; das Lebensbuch einer jungen Frau und Mutter in einem friedelosen Land!

„Wir nehmen die Ärmste mit nach Château de Leblanc", meinte Claudia, als sie Haifa vor sich liegen sah. „Sie kann bei uns bleiben, bis ihr Mann aus dem Gefängnis entlassen wird."

Doch Leila wehrte entschieden ab, als es ihr Roland verdolmetschte: „Ich will zu Hassan, meinem Bruder."

In Haifa erwartete sie eine große Überraschung. Ihre Jacht war nicht mehr im Hafen! Was war geschehen?

Bei der Hafenmeisterei bekamen sie Auskunft. Vier Tage nach ihrer Abreise war sie ausgelaufen. In einem Brief, den Kapitän Larsen mit ihren Kleidern beim Harbourmaster hinterlassen hatte, unterrichtete er sie, daß ein gut zahlendes Forscherteam sie zu einer Expedition in die Magellanstraße und Feuerland gechartert habe. Den Erlös hatte er auf ihr Konto überwiesen …

Das Ereignis traf nicht nur Roland und Claudia, sondern auch Harry und Simone. Doch der Amerikaner hatte sich schnell wieder gefangen. „Macht nix", meinte er, „fahren wir einfach mit einem Passagier-Steamer nach Marseille. Geheiratet wird auf jeden Fall auf See."

Schmerzlich wurde der Abschied von der jungen Araberin und ihrem Baby, die Roland „Hagar und Ismael" getauft hatte, trotzdem sie sie erst kurze Zeit kannten. Es war wohl die Not der jungen Araberin, der Stolz, mit dem sie ihr hartes Schicksal ertrug, die sie ihnen nahe brachte. Es kostete sie Mühe, sie zu bewegen, die von ihnen bezahlte Fahrkarte anzunehmen und den Autobus zu benutzen, der sie in kurzer Zeit zu ihrem Bruder Hassan in den Libanon brachte.

23

Wieder einmal hieß es Abschied nehmen. Als Seemann hatte Roland immer wieder ein Land verlassen müssen. Es waren befristete Arbeitsplätze für ihn gewesen, Liegezeiten seiner Schiffe bis zum neuen Startsignal „Leinen los!" Aber in diesem Land, wo Jesus Christus gelebt und gelitten hatte, hatte er Frieden gefunden. Frieden mit Gott.

Bis die Küste im Dunst verschwand, stand er neben Claudia an die Reling gelehnt.

Der Abend brach herein. Die See verbreitete Kühle. Roland holte für Claudia einen Mantel aus der Kabine. Sie suchten einen ruhigen Platz auf dem Promenadendeck, wo die Bordstühle standen. Simone und Harry hatten gleich nach dem Dinner ihre Kabine aufgesucht, um an Simones Manuskript zu arbeiten.

Wie Pulsschläge arbeiteten die Maschinen der „Esmeralda". Lautlos glitt der Riesenleib des spanischen Passagierdampfers durch die Nacht.

Claudia spürte, wie die Spannung ihrer Nerven und

Muskeln nachließ. Die Anstrengung der Fahrt machten sich bemerkbar, die Augen fielen ihr fast zu.

Ganz anders erging es Roland. Er war wieder auf See. Neben dem Herzschlag des Schiffes hörte er das Schäumen der in unermüdlichem Wechselspiel zurückweichenden und herandrängenden See. Es waren vertraute Laute für ihn. Und doch – sie erinnerten ihn zwar daran, daß er wieder auf See war, doch nicht, um Dienst zu tun und das Leben eines Seemanns zu führen, sondern träge im Liegestuhl zu liegen und zu faulenzen. Alles in ihm bäumte sich dagegen auf. Hätte doch Kapitän Larsen auf ihn gewartet, dann schipperte er jetzt mit der Jacht drunten um Feuerland herum und könnte seine Wachen gehen!

Claudias tiefe Atemzüge ließen ihn aufhorchen. Wie eine sanfte Hand glätteten sie seine aufgewühlten Gedanken. Lächelnd beugte er sich über sie.

„Gute Nacht, mein Mädchen!" weckte er sie.

Erschrocken richtete sie sich auf und blickte sich verwundert um. Sie gähnte, hielt die Hand vor den Mund. „Je suis fatiguêe, mon chéri", sagte sie in ihrer Muttersprache, um die Worte dann gleich auf Deutsch zu wiederholen: „Ich bin müde, mein Liebling."

Beglückt zog er sie an sich und führte sie in ihre Kabine: Er liebte sie. Was war alles andere gegen ihre Nähe!

* * *

Auf der Höhe von Kreta wurden Simone und Harry getraut. Trauung auf See an Bord eines Passagierdampfers! Das war eine Sensation für die Passagiere, die die Tage in Urlaubsstimmung und süßem Nichtstun verbrachten. Aufgeregt umringten sie den Kapitän, das Brautpaar und die Trauzeugen; das smaragdfarbene Meer und der leuchtendblaue Himmel bildeten die Kulisse für die feierliche Handlung. Eine leichte Brise wehte von Afrika herüber. Sie brachte einen Geruch von Sand, eine Ahnung von ungeheuren Weiten.

Trauung auf See. Nicht nur das Brautpaar, auch die Zuschauer empfanden schon von der Atmosphäre her, daß der Mensch ein Teil der unendlichen Schöpfung war, ein Mikrokosmos im gewaltigen Kosmos. Interessiert schaute die Menge auf das Brautpaar, das vor dem mit dem Sternenbanner und Frankreichs Trikolore geschmückten Tischchen stand. Darauf lag das Journal der „Esmeralda", in dem alles vermerkt wurde, was an Bord geschah. Unzählige Kameras klickten. Wer wollte sich einen solch seltenen Augenblick schon entgehen lassen?

Neben dem Brautpaar standen Roland und Claudia als Trauzeugen vor dem alten, weißhaarigen, spanischen Kapitän. Beide dachten dabei an ihre eigene Trauung, dort unten auf dem Roten Meer zwischen Asien und Afrika ...

Die Bordkapelle leitete mit dem Hochzeitsmarsch aus Lohengrin die Feier ein, und ihre Klänge vermischten sich mit dem Rauschen der Bugwelle.

Dann zwangen der Ernst der Stunde und die Stimme des Kapitäns, zu schauen und zu lauschen. Er bediente sich des Englischen. Nicht nur, weil es die Muttersprache des Bräutigams war, sondern auch von den meisten der internationalen Passagiere verstanden wurde.

„Ein Amerikaner und eine Französin wollen auf einem spanischen Schiff den Bund der Ehe eingehen." Das klang wie eine Feststellung aus dem Munde des weißhaarigen Seemannes mit den vier Goldringen an den Ärmeln seiner Uniformjacke. Seine Stimme steigerte sich: „Ein wahrhaft verbindendes internationales Geschehen in unserer waffenstarrenden, von Wirtschaftskämpfen zerrissenen Zeit. Und ich freue mich, diese Bindung nach dem Internationalen Seegesetz vollziehen zu können." Schweigend schaute er das Brautpaar an und fuhr dann fort: „Ich habe schon viele Trauungen auf See miterlebt, fahre ich doch fast ein halbes Jahrhundert schon zur See. Eine davon ist mir unvergeßlich geblieben." Überwältigt von der Erinnerung schwieg er einen Augenblick, um dann weiterzusprechen:

„Das war auf der ‚France', dem größten Passagierschiff, das je gebaut wurde, mit weiträumigen Luxuswohnungen für Multimillionäre, Frankreichs ganzer Stolz, die heute als 'Norway' unter der norwegischen Flagge Kreuzfahrten in die Karibik fährt. Es war damals meine erste Reise als 'Le premier du bâteau'. An Bord befand sich eine bildschöne, blutjunge, portugiesische Contessa mit ihrem Vater, einem leichtsinnigen, verschuldeten Adligen. Um sein Image aufzumöbeln, wollte er seine Tochter mit einem älteren, chilenischen Bergwerksbesitzer verheiraten, und um keine Zeit zu verlieren, sollte die Trauung sofort auf der 'France' stattfinden." Der Kapitän atmete schwer: „Ich sehe noch die junge, schöne Contessa mit dem verweinten Gesicht neben dem verlebten Chilenen stehen. Plötzlich, als der Kapitän sie fragte, ob sie dessen Lebensgefährtin werden wolle, schrie sie auf: 'Nein! Nein! Ich liebe ihn nicht!' Durch die bestürzte Menge rennend, sprang sie in die See. Obwohl sofort beherzte Matrosen folgten, konnte sie nur als Leiche geborgen werden ..." Des Kapitäns Stimme steigerte sich zur Eindringlichkeit: „Dieses junge Menschenkind wollte lieber tot sein, als ohne Liebe eine Ehe einzugehen. Denn Liebe allein ist der Garant einer Ehe ..." Sein Blick suchte das Brautpaar: „Eure leuchtenden Augen verraten nur zu gut, daß euch die Liebe zusammengeführt hat. Darum macht es mir besondere Freude, euren Lebensbund zu vollziehen. Und so frage ich dich, Harry Burton, willst du Simone Boussard zu deinem Weibe machen und ihr in Freud und Leid beistehen, bis der Tod euch scheidet? So antworte mit Ja."

Klar und bestimmt kam das: „Ja – ich will", aus Harry Burtons Munde, fast wie ein Schwur. Freudig bejahte es auch Simone, als der Kapitän die Frage an sie richtete.

„So erkläre ich euch vor Gott und den Menschen als rechtlich verbundene Eheleute", beschloß der Kapitän den Trauungsakt.

Der Matrosenchor, bestehend aus zwanzig Besatzungsmitgliedern, war angetreten. Kaum hatten Claudia und Roland als Trauzeugen ihre Unterschrift vollzogen, stimmten sie den Choral an, den das Brautpaar sich gewünscht hatte. Aus rauhen Seemannskehlen gesungen, hallte er wie eine Offenbarung und ein Glaubensbekenntnis zugleich über Schiff und See: „Ich bete an die Macht der Liebe, die sich in Jesu offenbart ..."

Bewegt hörte alles zu und zerstreute sich nachdenklich, als die Feier beendet war.

Anläßlich der Trauung auf See hatte der Kapitän im Namen seiner Reederei eine Tanzunterhaltung veranstaltet. Der Speisesaal erstrahlte in festlichem Glanz. Frische Blumen leuchteten und dufteten auf allen Tischen, und die Gesichter der Passagiere strahlten vor Freude. Der Küchenchef hatte sich mit dem Souper übertroffen.

Harry und Simone saßen mit ihren Trauzeugen am Tisch des Kapitäns, der sich als geistreicher Plauderer und liebenswürdiger Seemann erwies.

Die Unterhaltung flog von Tisch zu Tisch, denn wo kommen sich Menschen so schnell nahe wie auf Reisen und auf der See! Der Saal war erfüllt vom Stimmengewirr fröhlicher Menschen.

Schließlich schlug Simone vor: „Laßt uns noch ein wenig an Deck gehen." Sie verabschiedeten sich von dem Kapitän und gingen nach oben.

An Deck war es leer. Ein warmer Wind wehte von Afrika herüber.

Claudia zeigte in die Finsternis: „Ein Dampfer. Seht ihr? Ganz nahe."

„Schiffe, die sich nachts begegnen. Menschen, die aneinander vorübergleiten und nichts voneinander wissen", sagte Simone versonnen.

„Was wissen wir Menschen überhaupt voneinander?" fragte Harry. „Man lebt oft jahrelang zusammen, glaubt sich verbunden mit dem anderen, plötzlich – durch ein unerwartetes Ereignis erkennt man, daß man aneinander vorbeigelebt hat!"

„Jeder Mensch muß seine Erfahrungen sammeln, Harry", meinte Claudia.

„Erfahrungen", seufzte Simone. „Ich wollte, ich hätte welche mit Schwiegereltern. Harry und ich fliegen anschließend von Marseille nach den USA. Er will mich seinen Eltern vorstellen – und bei deren religiöser Einstellung, meine Schwiegermutter Jüdin, mein Schwiegervater Christ!"

„Harry wird dir sicher beistehen", tröstete Claudia. „Natürlich mußt du auch bereitwillig sein. Leider sind meine Schwiegereltern gestorben. Aber ich denke an sie in Dankbarkeit, denn ihnen verdanke ich meinen Mann und das Kind unter meinem Herzen, in dem sie weiterleben."

Begütigend legte Harry die Hand auf Simones Schulter. „Es wird schon alles gut werden", ermunterte er sie. „Ich weiß – ich war in vielem unsicher, pendelte auch zwischen dem Glauben von Mutter und Vater hin und her. Aber seit Jerusalem sehe ich auch darin klar. Das Christentum ist die Fortsetzung des Judentums. Jesus hat das einmal ganz klar ausgedrückt: Ich bin nicht gekommen, das Gesetz aufzulösen, sondern zu erfüllen."

In ihrer Fahrtrichtung bildete sich ein heller Flecken am dunklen Nachthimmel. Der Mond ging auf und warf lichte Streifen über die See, Himmel und Meer miteinander verbindend.

„Pfad der Geister nennen die Indianer diese Naturerscheinung", sagte Harry.

„Kennst du Indianer, Harry?" wollte Roland wissen.

Harry bejahte. „Einen sogar sehr gut. Er hat mir das Leben gerettet."

„Davon hast du mir ja noch gar nichts erzählt!" schmollte Simone.

„Damit geht man nicht hausieren", erwiderte er. Simone machte ein beleidigtes Gesicht, als hätte er sie gescholten.

Claudia und Roland schwiegen. Sie wußten, daß man

einen Menschen in einem solchen Augenblick nicht drängen darf.

„Der Ort, an dem ich meine Kindheit verbrachte, lag in einem Tal, das von steilen Felswänden umschlossen war", fing Harry dann zögernd an. „Diese Steilfelsen reizten uns Jungen. Klettern war unser liebster Sport. Ich trieb es dabei so toll, daß ich mich eines Tages in der steilsten Wand verstieg. Angeklammert an den Fels, zwischen Himmel und Erde hängend, schrie ich verzweifelt um Hilfe. Einige Männer, die auf dem Felde im Tal arbeiteten, wurden auf mich aufmerksam. Einer rannte zum Ort, um ein Seil zu holen, die anderen schrien durcheinander, aber in die Felswand zu steigen, schien ihnen zu gefährlich. Nur einer tat es ..."

Überwältigt von der Erinnerung an den Schrecken jener Stunde schwieg der Erzähler. Seine Zuhörer, gefesselt von seiner Schilderung, lauschten gespannt.

„Kle-Ska, ein alter Indianer, der, als man seinen Stamm ins Reservat brachte, geblieben war, dachte nicht an Gefahr, sondern nur an Hilfe. Stück um Stück arbeitete er sich die Steilwand hinauf und kam gerade recht, um mich auf einen Felssockel zu ziehen, als mich eben meine Kräfte verlassen wollten." Harry atmete schwer, als hätte er das damalige furchtbare Geschehen eben erst erlebt. „Es war grauenvoll. Wochenlang hinterher war ich noch krank ..."

„Was es doch alles für Schicksale gibt!" meinte Claudia später beim Schlafengehen zu Roland. „Und wie sie manchmal einander gleichen. Harry hatte sich verstiegen und hing voller Verzweiflung in der Felswand. Ich wurde mit dem Leben nicht mehr fertig, suchte Zuflucht in Alkohol und Drogen und wurde ein seelisches Wrack. Harry half der alte Indianer. Mir halfen der Mann am Kreuz von Golgatha und du."

Beglückt zog er sie an sich.

„Das Kreuz", sagte er. „Dabei ist mir seine wirkliche Bedeutung erst in Jerusalem bewußt geworden!"

24

Mit Sonnenaufgang lief die „Esmeralda" in den Vieux Port, den alten Hafen von Marseille, ein. Im Frühlicht glänzte die riesige Statue der Jungfrau Maria auf dem Glockenturm der hochgelegenen Kirche „Notre Dame de la Garde", dem Wahrzeichen von Marseille, wie pures Gold.

Monsieur Légrèt, Simones Verleger, dem sie telegrafisch ihre Ankunft mitgeteilt hatte, holte sie in seinem Wagen vom Schiff ab. Er nahm Claudia mit, weil die Ausladung ihres Cadillac einige Zeit beanspruchte. Roland sollte sie im Haus des Verlegers abholen.

An die Reling gelehnt, wartete Roland und beobachtete das Treiben ringsum.

Marseille, das schon 600 vor Christus von den Griechen gegründet worden war – Frankreichs zweitgrößter Hafen am Golfe du Lion. Er kannte es von früheren Besuchen her: die Schwebefähre zwischen Fort St. Jean und Fort St. Antonio, Château d'If, die Insel, auf der Alexander Dumas „Graf von Monte Christo" spielt, Museen und Paläste und die Cannebière, die Prunkstraße von Marseille.

Reger Betrieb herrschte auf der „Esmeralda". Kräne ratterten, holten Ladung und Gepäck der Passagiere aus den Laderäumen oder füllten sie aufs neue, denn der spanische Passagierdampfer nahm in Marseille neue Passagiere an Bord: sonnenhungrige Nordländer und wissensdurstige Touristen, befuhr sie doch fast alle Häfen des Mittelmeeres von Gibraltar bis Nahost, mit längeren Liegezeiten für ausgiebige Landausflüge.

Über die Gangway strömten die neuen Passagiere, die es hinzog zu fernen Gestaden: zu Spaniens Sonnenküste, der fremden Welt Nordafrikas, den Pyramiden von Gizeh, dem Orakel von Delphi und ins Heilige Land, dem

Land der Bibel, an das er mit Wehmut und Dankbarkeit dachte.

Die Zeit verging. Wind machte sich auf, am Himmel ballte sich dunkles Gewölk zusammen. Ein früher Herbst folgte dem verregneten Sommer. Der Wind schnitt sich an den Ecken der Häuser und Lagerhallen, vergriff sich an den Röcken der Frauen und machte Männer zu Clowns, die ihre Mützen und Hüte jagten.

Endlich war das Warten für Roland vorbei. Der rote Cadillac wurde an Land gehievt. Gehalten von der starken Halfterung es Kranes, schwebte er in der Luft, ein Stück Erinnerung an unvergeßliche Erlebnisse. Über die Gangway verließ Roland die „Esmeralda".

Es regnete, während er durch die Hafengegend fuhr. Als er in die Cannebière einbog, hörte der Regen auf. Nur der Wind wehte noch, riß die Plakate der letzten Wahl, die an Bäumen und Wänden klebten, in Fetzen und schlug papierne Politikerköpfe gegen Holz und Stein. Welkes Laub trieb durch die Straßen, der September gähnte wie eine offene Gruft, um den Sommer zu begraben.

Vornehme Hotels befanden sich zu beiden Seiten der Cannebière, neben großen Kaufhäusern, Banken und den schillernden, teuren Auslagen der Juweliere. Glänzende Fassade einer Hafenstadt, die erst 1481 französisch wurde, nachdem sie Griechen, Römer, Westgoten, Ostgoten und Franken besessen hatten. Passanten aller Hautschattierungen auf den Trottoirs: hellhäutige Franzosen und Nordländer, tiefschwarze Neger, braune Araber und gelbfarbige Vietnamesen.

Monsieur Légrèt hatte seinen Verlag in der Nähe der Universität.

Bei einer Kreuzung, wo Roland wegen Rotlicht halten mußte, befand sich ein Arbeitsamt. Eine lange Menschenschlange bis auf die Straße hinaus wartete auf Abfertigung.

Beklemmend legte sich der Anblick auf Roland. Lähmende Angst und Sorge um die Zukunft, wie er sie noch nie empfunden, packten ihn. Er fühlte sich verantwortlich für Claudia und das Kind. Was war er schon? Ein Seemann, der noch nicht einmal das Steuermannspatent besaß. Gewiß – da war die Jacht, das Geschenk Claudias. Doch sie brachte nur etwas ein, wenn er sie verchartern konnte ...

Hupgeheul setzte hinter ihm ein und rief ihn in die Wirklichkeit zurück. Die Verkehrsampel zeigte Grün, die Autofahrer drängten zur Weiterfahrt. Geistesabwesend ließ er den Cadillac weiterrollen. Wie benommen fuhr er in die nächste Seitenstraße und parkte. Schwer atmend lehnte er sich zurück und schloß die Augen: Es war gar nicht so einfach, wenn man eine Familie hatte! Er biß die Zähne zusammen und ließ den Wagen an. Ich werde gleich zur Seefahrtschule gehen und mich für das Steuermanns-Examen anmelden! sagte er vor sich hin.

Gesagt, getan. Doch die Anmeldung brauchte Zeit. Es ging bereits auf Mittag. Claudia wartete schon lange.

Der Portier an dem breiten Marmorportal meldete ihn telefonisch bei seinem Chef und geleitete ihn zu dem Schnellift, der ihn flugs in den dritten Stock beförderte, wo der Besitzer des Verlagspalastes seine Wohnung hatte. Ein livrierter, schwarzer Diener empfing ihn und führte ihn in den Salon, wo sich sein Chef mit seinen Besuchern befand.

Ein kräftiger, untersetzter Vierziger mit einem Cäsarenhaupt, das war Monsieur Légrèt. Doch ein paar große, braune Augen milderten das strenge Gesicht. Er streckte Roland beide Hände zur Begrüßung entgegen. Hände, die kräftig und sensibel waren, die wie die Hände eines Pianisten schienen, der in seiner Freizeit boxt.

„Genauso hatte ich mir den Seemann Roland Burger de Leblanc vorgestellt, genauso wie Sie in Wirklichkeit sind, Monsieur Burger de Leblanc", sagte er herzlich. „Wissen Sie, daß ich Sie beneide? Ich wollte auch einmal Seemann werden, die Welt und fremde Völker kennenlernen und Abenteuer erleben. Aber mein Vater, der wie sein Vater Verleger war, wollte unbedingt, daß ich in ihre Fußstapfen treten sollte. Der Familie zuliebe tat ich es. So blieb mein Wunsch unerfüllte Sehnsucht."

Das sprach Roland an. Er fühlte vom ersten Augenblick an Sympathie für Bernhard Légrèt.

Seine Frau war zehn Jahre jünger, mittelgroß, schlank, ihre Haare zeigten ein bräunliches Rot als hübschen Gegensatz zu den hellen Augen, deren Iris grünblau schimmerte. Richtig mädchenhaft wirkte sie, obwohl sie Mutter dreier Kinder war, des zwölfjährigen Louis, neunjährigen Jean und der kleinen dreijährigen Adrienne, die Claudia in ihr Herz geschlossen hatte und die nicht von ihrer Seite wich.

Der Hausherr nötigte sie, zum Lunch zu bleiben.

„Ihre liebe Gemahlin war so freundlich, mir Einblick in Ihr Manuskript zu gewähren", meinte er während der Mahlzeit. „Ich fand es so interessant, daß ich es meinem Hauptlektor zu einer schnellen Prüfung gab. Wenn er meinen Eindruck bestätigt, Monsieur Burger de Leblanc, haben Sie wahrscheinlich einen Bestseller geschrieben, und ich würde Sie bitten, ihn meinem Verlag zu überlassen."

Träume ich? fragte sich Roland. Das, was ich gefühlt und niedergeschrieben habe, soll ein Buch, ja vielleicht sogar ein Bestseller werden?

„Haben Sie schon Bücher geschrieben, Monsieur Burger de Leblanc?" Diese Frage des Verlegers riß Roland aus seinen Gedanken. Ganz heiser vor Erregung klang seine Stimme, als er sie verneinte.

„Dann sind Sie ein Naturtalent", erklärte der erfahrene Verleger. „Und ich kann Sie nur bitten, aus dem reichen Schatz Ihrer Erfahrungen und Beobachtungen weiterzuschreiben, denn Sie verstehen nicht nur die Licht- und Schattenseiten unseres Daseins zu schildern, sondern auch die Schönheiten unserer Erde. Außerdem zeigen Sie in Ihrem Manuskript eine Haltung, die die Menschen unserer Zeit bitter nötig haben."

„Unsereiner, als Mann vom Fach, müht sich ab, etwas Gescheites zu Papier zu bringen, und einer, der noch nie geschrieben hat, schreibt auf Anhieb einen Bestseller", meinte Harry. Es sollte scherzhaft klingen, aber man spürte seine Bitterkeit deutlich daraus.

„Vielleicht muß man dazu ein Deutscher sein, aus dem Volk der Denker und Dichter stammen", meinte Claudia.

„Ich kann es gar nicht fassen", stammelte Roland.

* * *

Drei Stunden später brachte Familie Légrèt Simone und Harry zum Flugplatz. Auf die Kinder wirkte er mit seinen an- und abfliegenden Maschinen und den internationalen Fluggästen wie ein Magnet.

„Halte dich an Monsieur Légrèt, Roland!" riet Simone. „Ich kenne ihn schon jahrelang. Er ist eine Kapazität in seinem Beruf."

Monsieur Anaux, Légrèts Hauptlektor, war der gleichen Meinung wie sein Chef über Rolands Arbeit. „Es wird ein Riesenerfolg werden", prophezeite er. Er kannte das Leben, den Bildungshunger der Menschen und ihre Sehnsucht nach Hoffnung.

Monsieur Légrèt drängte auf einen Vertrag. Zehntausend Franken Honorar als Vorschuß blätterte er Roland auf den Tisch und bat ihn, zu bleiben, um eine kleine Feier zu veranstalten.

„Eine kleine Feier", hatte Monsieur Légrèt gesagt. Es wurde ein festlicher Abend bei Kerzenschein. Damen in teuren Kleidern mit kostbarem Schmuck behangen, Herren in Frack und ordensgeschmückten Uniformen, gepflegte Konversation, eine Atmosphäre des Reichtums, die gewöhnliche Sterbliche nur aus Büchern und Filmen kannten.

War anfangs Roland, der Verfasser eines Bestsellers, Mittelpunkt des Abends gewesen, sollte sich das ändern, als eine alte Dame Claudia als jene Vicomtesse de Leblanc aus altem französischem Adel erkannte, die den größten Teil ihres Schlosses einem Wohltätigkeitswerk zur Verfügung gestellt hatte. Sofort wurde sie umringt, sprach man nur noch von ihr und erinnerte sich an die vielen Artikel, die über sie gedruckt worden waren. Fast wie eine Heilige wurde sie betrachtet, was ihr äußerst zuwider war. Eugénie, die Gattin des Verlegers dachte praktisch. Sie nützte die Stimmung und sammelte für die Süchtigen von Château de Leblanc. 107 000,– Franken war die stattliche Summe, um die sie ihre satten Gäste erleichtert hatte und die sie Claudia voller Freude aushändigte. Es war schon spät in der Nacht, als sich die letzten Gäste verabschiedeten.

„Leisten Sie mir noch etwas Gesellschaft, Monsieur Burger de Leblanc!" bat ihn der Verleger. „Dieser Abend hat mich doch sehr erregt."

Sie nahmen vor dem Kamin im Salon Platz. Nachdenklich starrte der Verleger in die knisternden Flammen. Welch prächtiger Salon in diesem prunkvollen Palast! Wie reich mußte dieser Monsieur Légrèt sein, dachte Roland gerade. Da hörte er ihn sagen:

„Mich beeindruckte beim Lesen Ihres Manuskriptes vor allem Ihre Stellung zu Jesus von Nazareth. Ich bin durchaus für Religion und habe immer versucht, ein anständiger Mensch zu sein ..."

„Ich auch", erwiderte Roland. „Aber daß das durchaus nicht genügt, erfuhr ich bei unserer Reise durch das Land der Bibel, als ich, von dem Erleben gezwungen, mich mit der Person des Nazareners näher auseinandersetzte."

Roland spürte den fragenden Blick seines Gegenübers an seinen Lippen hängen. Das steigerte seinen Eifer:

„Es war Gottes Wille, einen freien, lebensfrohen Menschen zu schaffen. Als dann durch Adam und Eva die Sünde in die Welt kam, war es aus mit der Freiheit. Der Mensch wurde zum Sklaven seiner Lüste und Leidenschaften. Deshalb sandte Gott seinen Sohn in diese Welt, um die Menschen zu retten und zu ihm zurückzuführen. Aber er wurde abgelehnt und mußte ans Kreuz. Und doch hatte Gott es in seiner Liebe so vorgesehen, schon vor Grundlegung der Welt, sagt die Bibel. Jetzt läßt er alle Menschen bitten: ‚Laßt euch versöhnen mit Gott!' Nur wer dieses Angebot annimmt, findet neues, ewiges Leben, das heute schon beginnt und nie mehr aufhört."

Es war still geworden im Raum. Die Zuhörer waren offensichtlich von Rolands Worten ergriffen. Voll Eifer fuhr er fort:

„Wohin der Weg der Menschheit ohne Gott führt, sieht man heute an allen Ecken und Enden. Wir haben eine ausgebeutete Erde, eine verschmutzte Umwelt, eine waffenstarrende Menschheit. Und der Mensch, der immer so mit seinem Verstand prahlt, sieht nicht das Unheil, dem er zustrebt."

„Der einzige Weg, dem kommenden Gericht zu entgehen", schaltete sich Claudia ein, „ist, sich dem Herrn Jesus Christus auszuliefern, sein Leben an ihn zu binden und ihm zu vertrauen. Ohne ihn sind wir rettungslos verloren. Ich habe es erlebt, welche Befreiung und Freude es bringt, im Frieden Gottes geborgen zu sein."

„So habe ich das noch nie gesehen", sagte Monsieur Légrèt nachdenklich. „Das ist ja höchst interessant, was Sie mir da erzählt haben. Und das alles steht in der Bibel?"

„Natürlich. Und es ist so einfach. Selbst ein Kind kann es erfassen. Wenn Sie keine Bibel haben, kaufen Sie sich bald eine und fangen Sie an, möglichst oft darin zu lesen", riet ihm Roland.

25

Die Sonne war noch einmal in den Herbst eingebrochen. Sie saugte den Nebel aus dem nassen Boden. Auf bunten Laubblättern glänzten Tautropfen wie silberne Tränen.

Hügel, Wälder und Felder der Provence schmiegten sich in den hellen Septembertag.

Die Herbstsonne strahlte auf die Windschutzscheibe des Cadillac und über Berge und Täler, durch die sich die Rhone in Jahrmilliarden ihren Weg gebahnt hatte.

„Schön ist deine Heimat, Mädchen", lobte Roland, „wirklich schön und romantisch."

„Nicht nur schön und romantisch", erwiderte Claudia. „Sie hat auch eine bewegte geschichtliche Vergangenheit. Römer, Germanen und Kelten wechselten in der Herrschaft einander ab. Nach dem Zerfall des Reiches Karls des Großen drangen Araber und Sarazenen in die Provence ein. Sie hat oft den Besitzer gewechselt, bevor sie französich wurde."

„Und dabei hat es jedesmal Kämpfe und Kriege gegeben, sind Blut und Tränen geflossen. Da kann man verstehen, daß sich die Menschheit nach Frieden sehnt, denn Kriege gab und gibt es, solange diese Erde besteht."

„Darum ist es bitter notwendig, daß man sich für die Frohe Botschaft einsetzt", erregte sich Claudia. „Die Menschen brauchen keinen Frieden auf Zeit, sondern einen Frieden von Dauer, und den kann nur Jesus geben."

Die Sonne stand bereits im Zenith, als sich das junge Paar ihrem Ziel näherte: Château de Leblanc.

Wie von einer Riesenfaust aus der Landschaft emporgehoben, thronte es neben einem großen, fruchtbaren Tal auf einem Bergkegel, mehr Trutzburg als Schloß. Ein Serpentinenweg mit uralten Wehren führte auf die Höhe. Er hatte einst dem Feind den Angriff erschwert und ihnen jetzt die Auffahrt.

„Dort bin ich geboren, dort habe ich die ersten Jahre meiner Kindheit verlebt, mon chéri." Claudia deutete auf das Schloß.

Das erinnerte Roland an die hämischen Worte ihres Onkels in Dschidda, Château de Leblanc lag also nicht am Meer! Hier gab es nicht Ebbe und Flut, hatte es also auch nicht die junge Vicomtesse als Tierquälerin gegeben! Aus seiner Nachdenklichkeit heraus sagte er zärtlich: „Bernhard Légrèt hat mich gebeten, bald mein nächstes Buch zu schreiben. Ich weiß schon den Titel: ‚Claudia, ein Kind der Provence'."

Lächelnd schmiegte sie sich an ihn. „Ich bin gespannt, wie du mich siehst!" neckte sie.

Ein Rudel Fohlen des Burggestüts auf der Koppel am Fuße des Burgweges galoppierte, aufgescheucht durch das Motorengeräusch, mit bebenden Nüstern und wehenden Mähnen und Schwänzen davon.

Roland war begeistert von dem, was er sah. Seine Gedanken suchten das Dunkel der Zukunft zu durchdringen: Hier war es schön, hier war lebendige Natur! Hier würden Claudia und sein Kind leben und auf ihn warten, wenn er auf See war. Bernhard Légrèt hatte ihm versprochen, die Jacht für eine Weltreise zu chartern, wenn sie von der Feuerland-Reise zurückkehrte. Vielleicht hatte er bis dahin seinen Steuermann gemacht. Und später dann den Kapitän ...

Voll freudiger Erwartung fuhr er über die alte Schloßbrücke und durch den Torbogen in den großen Schloßhof, als er erschrocken auf die Bremse trat.

Über den Schloßhof hetzte ein junges Mädchen, barfuß und im Nachthemd. Wie eine Fahne im Sturmwind flatterte ihr langes, loses Haar, das an die wehenden Mähnen der Fohlen drunten auf der Koppel erinnerte. Doch war es bei den Fohlen der Motorlärm, der sie vorwärtstrieb, so waren hier drei Wärterinnen in weißen Kitteln die Ursache. Sie jagten hinter der Flüchtigen her.

Die erste der Wärterinnen griff nach der Flüchtigen. Doch das Mädchen entwand sich ihrem Griff. Man sah, daß sie bis zum Skelett abgemagert war, totenblaß das abgezehrte Gesicht, in dem ein paar große Braunaugen angstvoll glühten.

Kurz vor dem Cadillac brach sie erschöpft zusammen, preßte die Fäuste gegen den Bauch und keuchte heiser: „Mir ist übel! Ich muß kotzen!" Die Wärterinnen kamen.

„Haut ab, ihr Polypen!" tobte die Bedrängte. „Ich brauch' einen Schuß, sonst krepiere ich mit diesen verdammten Krämpfen, die mich zerreißen!" Zwei der Wärterinnen zerrten sie fort, während die dritte an den Wagen trat und sich entschuldigte: „Sie ist unbemerkt davongelaufen. Sie macht einen Entzug. Wir haben zu wenig Personal!"

Entsetzt starrte Claudia dem Mädchen nach.

„Oh, mon chéri", schluchzte sie, „und so etwas habe ich gefördert!"

„Reg dich nicht auf, Mädchen", suchte Roland zu trösten. „Du versuchst doch, es wiedergutzumachen."

Eine ältere Frau, die von der Freitreppe her kam, lenkte sie ab.

„Das ist meine Haushälterin, die schon meinem Vater den Haushalt geführt hat. Eine Marquise aus altem französischen Adel. Rede sie aber bloß nicht mit Marquise an. Da wird sie ganz bös. Sie will Madame Berthiér genannt werden."

Eine hagere Fünfzigerin war Madame, korrekt und strenggläubig, zu strenggläubig, so daß durch sie die Frohbotschaft Christi in Frage gestellt wurde. Roland konnte Claudias Vater nicht begreifen, daß er sie damals in den mutterlosen Haushalt geholt hatte.

Etwas später machte ihnen Professor Chirac, der Leiter des Zentrums, seine Aufwartung. Ein freundlicher, weißhaariger Mediziner, längst schon pensionsreif, aber um der Sache willen noch im harten Einsatz für die Drogenabhängigen. „Ja – wir haben zu wenig Personal", bestätigte er die Aussage der Schwester, „für neunzig Zöglinge ein Professor, ein Assistenzarzt, acht Schwestern und drei Sozialhelfer, das ist zu wenig. Das Doppelte wäre notwendig, um jeden Fall individuell behandeln zu können." Hinterher zeigte er Roland das Heim. In jedem Zimmer hingen drogenabhängige, junge Menschen herum, die versuchten, in einem Leben ohne Stoff, ohne Drogen, ohne Heroin, ohne Tabletten und Alkohol die ersten Gehversuche zu machen. Zwischen sechzehn und sechsundzwanzig Jahre jung waren sie. Alle hatten Erfahrung mit der Polizei, mit Gerichten und dem Gefängnis gemacht, waren angeklagt wegen Bettelei, Diebstahl, Prostitution und Betrug. Und jeder wußte von Leidensgenossen, die es nicht bis in ein Entwöhnungsheim geschafft hatten, die ausgebrannt von den Drogen, verzehrt von dem Gift elendiglich umgekommen waren. Jeder, der nach Château de Leblanc kam, trug die Narben der Giftspritzen an seinem Körper und die Verzweiflung im Herzen.

Roland wurde mit schrecklichen Fällen bekanntgemacht.

Da war unter anderem Adrienne, das Mädchen, das sie bei ihrer Ankunft kennengelernt hatten. Siebzehn Jahre jung war sie. Sie hatte eine Bürokaufmannslehre in der Firma ihres Vaters begonnen, war begabt, sprach fünf Sprachen, hatte eine sehr gute Stimme, war außergewöhnlich musikalisch und konnte meisterhaft malen. Dann brach sie eines Tages ihre Lehre ab und floh. Das Establishment mit seiner Ordnung nahm ihr die Luft weg. Mit ein paar Gelegenheitsjobs in Paris fristete sie ihr Leben. Dann folgte ein Trip nach Nepal. Erst rauchte sie Hasch, dann nahm sie LSD, Kokain und zuletzt Heroin, so daß sie nicht mehr von der Nadel loskam. Ihre Eltern holten sie zurück. Doch sie hielt es nur drei Monate daheim aus. Wieder brach sie aus. Sechs Monate hielt sie sich auf der Szene. Völlig entkräftet, unterkühlt und nicht ansprechbar fand man sie danach in einem Park. Sie wurde in ein psychiatrisches Landeskrankenhaus zur Ruhigstellung eingewiesen. Von dort flüchtete sie, wurde verhaftet, kam ins Gefängnis, bis ihre Eltern ihr einen Therapie-Platz auf Château de Leblanc besorgten.

Von all den schweren Fällen, mit denen Professor Chirac Roland bekanntmachte, erschütterte ihn das Schicksal des Schülers Jean Durant am meisten.

Bei der Besichtigung des Heimes hörte er ihn laut

schreien: „Ich brenne! Ich verbrenne! Mutter! Mutter! Hilf mir doch!”

Um Kühlung vor dem vermeintlichen Brand zu bekommen, hatte er sich die Kleider vom Leibe gerissen. Furchtbar sah der abgezehrte Körper mit den vielen Narben der Einstiche aus. Schaum stand ihm vor dem Mund. Schweiß quoll ihm aus allen Poren und perlte ihm von der Stirn. Weit aufgerissen starrten die dunklen Augen aus dem totenblassen Gesicht. Madame Bessau, Professor Chiracs Assistenzärztin, war mit zwei Sozialhelfern um ihn bemüht.

Draußen entlud sich ein Unwetter über Château de Leblanc. Den rollenden Donner im Ohr, hörte Roland den Professor erklären: „Man fand ihn, vollgepumpt mit Heroin, im Keller seiner Schule. Er hatte schon mit Dreizehn den ersten Joint geraucht, wie er mir erzählte, überredet von einem Klassenkameraden. Bald schoß er Heroin. So wurde sein Körper vorzeitig verbraucht ...”

Tief bewegt starrte Roland auf den tobenden Jungen, der sich aufbäumte gegen das Dunkel, das ihn auslöschen wollte. Das Fleisch unter seiner Haut schien eingesunken, als wäre es von feinen Instrumenten von innen heraus ausgehöhlt worden. Die Linien traten mehr hervor, die Haut war wie Seide, die zu reißen drohte. Leiser wurde die Stimme des Tobenden, schwächer seine Bewegungen. Die beiden Sozialhelfer verließen den Raum, nur die Ärztin blieb, strich ihm beruhigend über das Haar, dann beugte sie sich über ihn, drückte ihm die Augen zu und zog die Decke über sein Gesicht. Als sie den Raum verließ, lief etwas Blinkendes über ihre Wangen.

„Sie hat ihren Jungen durch Rauschgift verloren”, sagte Professor Chirac leise. „Er verendete auf der Bahnhofstoilette von Aix, einsam und verlassen. Um Gefährdeten zu helfen, fing sie mit Vierzig das Medizinstudium an ...”

Wie aus weiter Ferne hörte Roland das Schicksal dieser tapferen, leidgeprüften Mutter, ergriffen von dem Todeskampf des jungen Fixers.

„Warum ist das so, Professor? Er war doch noch ein Kind. Warum?" stieß Roland hervor.

„Warum?" wiederholte Professor Chirac, um dann mit dozierender Stimme fortzufahren, als befände er sich im Hörsaal vor Studenten: „Das liegt an unserer Gesellschaft. Nicht nur hier in Frankreich, auch in Deutschland, Amerika, ja der ganzen Welt. Wir haben ein Dasein geschaffen, das das Leben nicht mehr lebenswert macht und in dem die Verantwortung Gott, sich selbst und den Mitmenschen gegenüber nicht mehr erkannt und wahrgenommen wird. Die Anfälligen unter uns brauchen Lebenshilfe in dieser verworrenen Zeit. Die Religion, der Glaube könnte sie geben ..."

„So ist es", sagte Roland, an Claudias Wandlung denkend.

„Skeptizismus ist ein wesentliches Kennzeichen denkender Menschen unserer Zeit. Die Abwehr richtet sich gegen alles, was mit Gott zu tun hat. So auch gegen die Bibel, die doch die einzige Hilfe für eine erfolgreiche Therapie anbietet. Dabei muß jeder, der das Neue Testament mit offenem Herzen liest, zu der Erkenntnis kommen, daß nur Jesus Christus heilen und erretten kann."

Jesus! Roland wurde an sein Erlebnis in Jerusalem erinnert. War Jesus nicht auf diese Erde gekommen, um zu suchen und zu retten, was verloren ist? Hatte er nicht gesagt: „Wie mich der Vater gesandt hat, so sende ich euch." Roland kämpfte einen kurzen, schweren Kampf mit sich. Gewiß – die Welt war schön, und es war herrlich, Seemann zu sein, aber – war es nicht seine Pflicht, die Menschen auf diesen Herrn hinzuweisen, der allein neues Leben geben konnte?

Hastig, als könnte es zu spät sein, bot er dem Professor an: „Sie sagten, Sie brauchten Hilfe, Professor Chirac. Ich möchte mithelfen. Ich bin zwar Seemann, habe aber zwei Semester Medizin studiert und bin bei der deutschen Bundesmarine als Sanitäter eingesetzt gewesen."

Professor Chirac war überrascht.

„Sie? Gern nehme ich Ihre Hilfe an. Ich könnte Sie als Sozialhelfer einstellen", meinte er dann. „Ein Kursus von wenigen Wochen würde in Ihrem Falle genügen."

Ein beglückendes Gefühl überkam Roland. Er hatte sich entschieden. Vielleicht schon damals in Jerusalem. Denn alles entscheidet sich schon lange vorher. Man weiß es nur nicht und hält die spektakuläre Wende für die Entscheidung, die lange vorher schon in der Stille gefallen ist. Claudia würde sich sicher über seinen Entschluß freuen!

Er mußte über den Hof, denn bei der Einrichtung des Heimes hatte man die Gänge zum Südflügel vermauert. Noch immer tobte das Unwetter. Trotzdem blieb er mitten auf dem Wege stehen, getrieben von dem unkontrollierbaren Gefühl, das wie Feuer durch seine Adern schoß: Er war kein Zuschauer mehr, kein Außenstehender, sondern Mitwirkender, Verkündiger der Frohen Botschaft Jesu Christi, durfte Not lindern, Kranken helfen!

Glück, Unglück und die Sorge um seine Zukunft waren nur noch leere Hülsen, weggeschleudert von dem mächtigen Gefühl, zu leben und sich geborgen zu wissen in der Macht der Liebe, die sich in Jesus offenbarte. Er fühlte sich nur noch an diesen Herrn gebunden, fühlte sich durch die Hingabe an Gott, im Dienst am Nächsten in eine neue Dimension gedrängt. Jetzt fing ein neues Leben an.

Weitere Sachbücher und Biographien aus dem Verlag Schulte + Gerth

Johnny Cash: **Der Mann in Schwarz**
Der weltbekannte Country-Sänger beschreibt in großer Offenheit sein turbulentes Leben und die große Wende, die sich darin vollzogen hat.
Nr. 15 595

Cliff Richard: **Ein Christ im Showgeschäft**
Autobiographie eines Popstars, dem die Flimmerwelt der Schlager genauso vertraut ist wie die ständige Begegnung mit dem lebendigen Gott
Nr. 3 003

Betty Malz: **Ich sah ein Stück der Ewigkeit**
25 Minuten lang war Betty Malz nach einer Operation klinisch tot. Sie schildert ihre Erlebnisse, die über die bekannt gewordenen Sterbeerfahrungen hinausgehen.
Nr. 15 306

Paula d'Arcy: **Meine liebe Sarah**
Das Tagebuch einer jungen Frau, die nach einem schweren Unfall Mann und Kind verliert. Ein Buch voller Verzweiflung, aber auch voller Hoffnung und Trost.
Nr. 15 328

Georg Schönauer: **Jagd nach Brot und Dollars**
Autobiographie eines Mannes, der immer auf der Suche nach Abenteuern und dem großen Geld war. Nicht nur einmal hing sein Leben an einem seidenen Faden.
Nr. 15 959

Joni Eareckson: **Joni**
Ein junges Mädchen ist nach einem Badeunfall querschnittgelähmt. Nach bitteren Kämpfen lernt sie, ihr Schicksal anzunehmen. Autobiographie.
Nr. 15 289 Auch als Tb erhältlich. Nr. 15 598

Joni Eareckson: **Der nächste Schritt**
Joni hat ihre Erfahrungen vertieft, ist gereift, und der Leser folgt staunend einem großen Leben, in dem sich Gott so offensichtlich offenbart hat.
Nr. 15 312 Auch als Tb erhältlich. Nr. 15 511

Meg Woodsen: **Wenn ich mit dreißig sterbe**
Das Mädchen Peggy erfährt, daß es sehr früh sterben wird. Zusammen mit seiner Mutter durchläuft es alle Phasen von der Ablehnung bis zur Annahme des Schicksals.
Nr. 15 311

C.W.Stafford: **Schrei im Wind**
Eine spannende und informative Autobiographie einer Indianerin, deren Leben sich nach Elend und Selbstmordversuch drastisch ändert.
Nr. 15 304

C.W.Stafford: **Lied im Wind**
Das Leben wird für die bekehrte Indianerin zur Zerreißprobe. Nur mühsam findet sie ihren richtigen Platz und kann es kaum begreifen, zur Missionarin berufen zu sein.
Nr. 15 322

Lee Hultquist: **Verlockende Stimmen**
Die verlockenden Stimmen der modernen Jugendsekten führen Jugendliche in die totale Abhängigkeit. In diesem Buch wird ausführlich über den Weg aus den Klauen der Kinder Gottes berichtet.
Nr. 15 591